［英］萨宾·达兰特——著

赵莹——译

# 说对
# 谎我

*Lie
with
Me*

SABINE DURRANT

湖南文艺出版社
HUNAN LITERATURE AND ART PUBLISHING HOUSE

博集天卷
CS-BOOKY

图书在版编目（CIP）数据

对我说谎 /（英）萨宾·达兰特（Sabine Durrant）著；赵莹译 .—长沙：湖南文艺出版社，
2018.2
书名原文：Lie With Me
ISBN 978-7-5404-8442-2

Ⅰ.①对… Ⅱ.①萨…②赵… Ⅲ.①长篇小说—英国—现代 Ⅳ.①I561.45

中国版本图书馆 CIP 数据核字（2017）第 313135 号

著作权合同登记号：

LIE WITH ME by SABINE DURRANT

Copyright：© TPC & G LTD 2016

This edition arranged with GREENE & HEATON LIMITED through BIG APPLE AGENCY,
INC., LABUAN, MALAYSIA.

Simplified Chinese edition copyright: 2018 China South Booky Culture Media Co.,Ltd

All rights reserved

上架建议：畅销·外国文学

**DUI WO SHUOHUANG**
**对我说谎**

作　　者：［英］萨宾·达兰特（Sabine Durrant）
译　　者：赵　莹
出 版 人：曾赛丰
责任编辑：薛　健　刘诗哲
监　　制：蔡明菲　邢越超
策划编辑：马冬冬　刘宁远
特约编辑：温雅卿
版权支持：文赛峰
营销支持：张锦涵　李　群　姚长杰
版式设计：张丽娜
封面设计：尚燕平
出版发行：湖南文艺出版社
　　　　　（长沙市雨花区东二环一段 508 号　邮编：410014）
网　　址：www.hnwy.net
印　　刷：三河市鑫金马印装有限公司
经　　销：新华书店
开　　本：880mm×1270mm　1/32
字　　数：246 千字
印　　张：11
版　　次：2018 年 2 月第 1 版
印　　次：2018 年 2 月第 1 次印刷
书　　号：ISBN 978-7-5404-8442-2
定　　价：45.00 元

若有质量问题，请致电质量监督电话：010-59096394
团购电话：010-59320018

# 目录

*contents*

献给

弗朗西斯卡

昨天夜里，我突然意识到，这一切的开端也许可以追溯到更久以前。黑暗中，我惊恐地从床上坐起来，用指甲在手臂内侧画出了"书店"两个字。不过这会儿已经看不出来了，因为手臂上的皮肤由于蚊虫叮咬已经发炎红肿，我在睡梦中一定使劲抓挠过了。不过，这一写还是起到了作用。今天早上，整件事情的来龙去脉我都已经清楚地回忆起来了。

我一直以为，一切都是从查令十字街上那家名叫"哈德森"的二手书店开始的，如果当初我的目光没有被那个愚蠢小店员的一头红发所吸引，那所有一切都不会发生。可会不会是我弄错了呢？难道这一切早在几个星期甚至几个月前就已经开始了？是不是早在那个该死的姑娘消失之前，早在我大学时代就已经有了苗头？或者说更早之前，在我中学和童年时代，或是早在 1973 年，在我挣扎着一脸青紫地来到这严酷世界的那一刻？

我想我要说的是，在我们的自我毁灭中，有多少是因为我们自作孽？这场噩梦有多少是我咎由自取？你可以憎恨，可以抱怨，可以抗议。你可以做些愚蠢而孤注一掷的事，但也许有时候，你得站出来，自己承担起所有的责任。

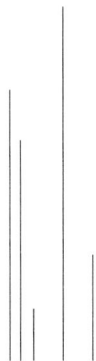

从前
*Before*

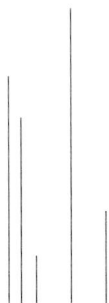

# 第一章

*Chapter one*

## 伦 敦 的 下 午

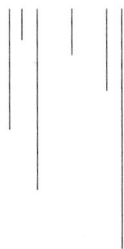

她凝视着窗外，嘴里含着一缕红色的长发，慵懒的样子看上去那么性感，我的指尖仿佛过了电一般麻酥酥的。

这天下午，伦敦的空气湿漉漉的，空中灰蒙蒙的飘着小雨，洒上了道道雨痕的建筑和天空、路面汇集到了一起。这样的天气我已经很久没见过了。

我刚和老朋友迈克尔·斯蒂尔在查令十字地下通道的波特斯酒馆吃完午餐，十六岁那年我们发现了这家店，地段隐蔽，房东也比较谨慎，从那以后我们就成了这里的常客。现在我们当然都更愿意在不那么潮湿昏暗的地方碰面，比方说圣马丁小巷那家专供卢瓦尔葡萄酒的别致的小酒馆，不过介于怀旧情结，我们俩谁也不会提议换地方。

通常跟迈克尔告别时，我都是带着一肚子快要喷涌而出的优越感趾高气扬地离开的。他的生活整天围绕着养活妻子和两个双胞胎儿子，还有他那份在布罗姆利的律师工作这些事，在听我讲到那些在苏荷区的醉酒之夜和我的年轻女友的故事时，他的眼里满是羡慕。他会一边切着盘里的苏格兰蛋，一边插话问道："这个多大了？""二十四岁？我的老天！"

他不是我的读者，对朋友忠诚同时又很无知，还一直把我当成一位大文豪。他根本没想过，要靠一本小小的二十年前的畅销书来保持盛名不衰，是不太可能的。对他来说，我还是那个"伦敦文学之星"（他的原话），当他像我指望的那样去埋单的时候，感觉也更像是在献殷勤而不是做慈善。如果双方都虚张声势一下能维持我们之间的现状，这点代价倒也微不足道了。很多友谊都是建立在谎言之上的，这一点，我非常确定。

然而，这一回，在我走出地下通道时，却感觉很受挫。事实上，最近我的生活境遇急转直下，不过我没有对别人提起。我的最新小说刚被拒绝了，之前提到的那个二十四岁的姑娘也离开了我，投入了某个政治博主还是什么人的怀抱。更糟糕的是，就在那天早上，我刚发现自己被从布鲁姆斯伯里的免租公寓驱逐出来了，这六年来那里一直就像我的家一样。所以，简而言之，我，四十二岁，身无分文，还即将灰溜溜地搬去东希恩跟我妈妈同住。

好像觉得我还不够惨似的，天空还下着雨，很是应景。

我吃力地沿着威廉四街往特拉法尔加广场走着，一路避闪着行人的雨伞。走到邮局门前，一群背着背包穿着荧光色运动鞋的外国学生堵住了道路，我被挤到了排水沟上，一只鞋陷进了水坑里，路过的一辆计程车溅起的脏水浸湿了我的灯芯绒裤腿。我气恼地咒骂着，避开路边停放的车辆蹦跳着到了马路对面，转弯进了圣马丁小巷，然后穿过塞西尔街，走进了查令十字街。道路上车水马龙，建筑工地繁忙而嘈杂，脚手架叮当作响，轨道交通造成一片混乱，整个世界都在猛烈震颤着。我顽强地穿过空中不断倾泻而下的雨水通过了地铁站，然后被一溜拖着行李的观光客再次挤到路边，贴在了一家商店的窗户上。

我用手撑着玻璃，直到他们拉着行李箱一阵轰隆隆地走过，然后点燃了一支香烟。我站在哈德森二手书店的门口，这里专卖摄影和电影类书籍。店里靠后面的位置有个不大的小说专区，如果我没记错的话，我曾经从那里顺手牵羊过一本早期版本的《幸运的吉姆》（不是初版，而是1961年企鹅图书出版的橙色封面的版本，封面上尼古拉斯·宾利写道：很好）。

我透过窗户往里望去。店里布满灰尘，大部分书架的上层都空荡荡的，有种不复往昔的凄凉。

这时，我看见了那个女孩。

她凝视着窗外，嘴里含着一缕红色的长发，慵懒的样子看上去那么性感，我的指尖仿佛过了电一般麻酥酥的。

我掐灭了香烟，把没抽完的一截放进了外套口袋里，然后推开了书店的门。

我长得还不赖（没经历这些事之前还更好看些），略带皱纹的蓝眼睛、挺拔的颧骨、饱满的嘴唇，听说正是女人们青睐的长相。我花很多功夫来打理自己的外貌，但又不希望被别人看出来。在剃胡须的时候，我有时会用手扶着自己轮廓分明、完美对称的下巴，欣赏自己修长的手指、整齐的胡楂，还有贵族鼻子上小小的弯钩。我认为，对精神生活的追求，并不是忽略身体的理由。我的胸膛很宽阔，之前在布鲁姆斯伯里那家名叫"热力脉搏"的健身房的免费"体验月"里上过的课程很有成效，即便到现在我仍然很认真地锻炼来保持身材紧实。我还很懂得如何"运用"自己的外形：微笑要腼腆谦逊，眼神接触要谨慎运用，一头金发要做深思状不经意地揉乱。

我进门时，那姑娘几乎都没有抬头看一眼。她穿着长款的几何纹上衣，下身是紧身裤和厚重的骑士靴；一只耳朵的内软骨上穿着三颗耳钉，脸上化着浓妆；脖子侧面有一个小鸟形状的刺青。

我微微低下头，快速地甩了甩头发，然后模仿着伦敦腔说道："我的老天，瞧这倾盆大雨。"

她坐在一张金属凳子上，鞋跟蹬着地轻轻往后摇晃着，朝我这边扫了一眼。然后，她放开了嘴里那缕红宝石色的头发。

我提高了嗓门，接着说道："不过，拉斯金说过，这世上不存在所谓的坏天气，只有各种不同的好天气。"

她紧绷的嘴角似乎轻轻动了动，隐约露出一丝笑意。

我竖起外套潮湿的衣领："这种话他还是跟我的裁缝说去吧！"

那一抹微笑不见了。裁缝？她怎么会知道我身上这件在卡姆登镇的乐施会买来的便宜货？这实在是一种讽刺。

我又走近了一步。她面前的桌上有一个星巴克的马克杯，上面用黑色毛毡笔潦草地写着一个名字：乔西。

"你叫乔西？"我问道。

她直截了当地答道："不是，我只是跟咖啡师随便说了个名字而已。

每次我都会用不同的名字。有什么需要帮忙的吗？你想买点什么呢？"她上下打量着面前这个穿着吸水的粗花呢套装、灯芯绒裤子和漏水的粗革皮鞋的可悲的中年男人。吧台上有部手机振动了一下，她没有拿起来，只是眼睛瞥过去，用空闲的那只手碰了碰手机，越过杯子读着屏幕，这姿态完全是一副懒得搭理我的样子。

她的态度刺痛了我，我只好溜到书店后面蹲下来假装在浏览下层书架上的书籍（这个区域的书两本卖五英镑）。也许她刚走出校门涉世未深，还不懂得欣赏我。可即便如此，她居然敢用这种态度对待我？老天！

从这个角度，我闻到书本里潮湿纸张和汗水的味道，还看到别人指尖触碰过所留下的痕迹。这儿还有一股凛冽的寒意。目光扫过一排发黄的平装书，我的出版商在上一封邮件里写到的话从我脑子里浮现出来："这太实验性了……不符合目前的市场需求……写点与现实有关的小说怎么样？"我站起来心想，去你的。我宁愿带着所剩不多的尊严去伦敦图书馆，快速看了一眼手表后，我又改主意了，要不还是去格劳乔吧。这会儿快三点了，说不定那儿能有人给我买杯酒喝呢。

我很努力地去回想当时有没有听到店门开合的声音，也不知那扇门是不是那种会撞出声音的门。我进来的时候店里看上去是空无一人的，不过以店里的布局要藏匿什么人倒不是难事，事实上我现在就藏得很好。会不会是我进来时他就已经在里面了？我当时似乎是不是有闻到一阵西印度酸橙的气味？这好像挺重要，但也可能不是。也许只是我的大脑在试图为一个偶然事件寻找一种合理的解释而已。

"保罗！保罗·莫里斯！"

这人站在书架对面，我只能看见他的脑袋。我对照他的五官在脑子里快速搜寻了一下：两眼距离很近，后撤的发际线把脸形修饰成了矫情的心形，瘦小的下巴。最后还是他门牙间的那条大缝点燃了我的记忆。安东尼·霍普金斯，我在剑桥的同届，如果我没记错的话，他应该是学历史的。几年前我在希腊度假时遇见过。我有种不太舒服的感觉，我们上一次碰面的结果并不太好。

"安东尼？"我说道，"安东尼·霍普金斯！"

"是安德鲁。"他的眉间闪过一丝恼怒。

"安德鲁，对对。安德鲁·霍普金斯。抱歉！"我拍了下脑门说，"真高兴见到你。"我使劲地回想着我们过往的细节。我当时跟正在交往的一个叫萨芙伦的派对女郎和她的几个朋友一起在环岛旅行。船靠岸的时候我已经把她们甩掉了。当时喝了些酒。安德鲁是不是有借钱给我？现在他穿着细条纹西装站在我的面前，伸出了右手。我们握了握手。"好久……不见。"我说道。

他笑了："是啊，自从帕罗斯一别以后就再没见过面了。"他的手臂上搭着一件挂着水珠的雨衣。店员望向这边，听着我们的对话。"你好吗？还是在瞎写东西？我在《标准晚报》上看见你的署名了，好像是书评，是吧？我们都很喜欢你那本小说，当时你把书卖出去了，我妹妹可激动了。"

"啊，谢谢。"我微鞠一躬以示谢意。没错，他妹妹，我在剑桥的时候跟她有过来往。"你是指《生命注解》吧。"我尽量提高音量,好让那小婊子知道自己刚刚错过了大好机会。"是的,很多人都说他们很喜欢那本书。我想,它刺到了人们的痛处。实际上,《纽约时报》上的一篇评论曾经说——"

"后续还有什么激动人心的新作吗?"他打断我说。

那姑娘弯腰去打开暖风机,丝质上衣的领口敞开了一条缝。我往旁边挪了挪,好看清楚这美妙的春光,我的眼睛捕捉到了她柔和的胸部曲线,还有粉色的胸罩。

"也就写了些杂七杂八的东西。"我答道。我可不会跟他说后续两本书的销量都很惨淡,续篇也石沉大海了。

"不错啊,你这个创造力十足的家伙,总能搞一些有意思的事情。不像我们这些沉闷无趣的法律狗。"

那姑娘已经回到凳子上。暖风机的气流吹得她的丝质上衣皱皱卷卷的。安德鲁还在不停地东拉西扯。他说他在年利达律师事务所工作,在诉讼部,不过已经晋升成合伙人了。"这样一来工作时间更长了,得全天候随时待命。"他耸了耸肩膀,明明很高兴却装作一副无奈的样子。可你又能把他怎么样呢?什么上私立学校的孩子啦,两辆车啦,按揭快要"压死"他啦之类的一堆废话。我有好几次插话说:"天哪,是呀,嗯。"可他就是没完没了地啰唆着。他假装不经意地向我展示着自己多么成功,显摆着自己的老婆。蒂娜已经离开了伦敦市,"可怜的姑娘,她可累坏了"。她在达维奇搞了个小生意,是一间专卖毛线的店铺,竟然出乎意料地成功。"谁会想到卖羊毛能挣那么多钱？"他别扭地笑了一声，跟打嗝似的。

我觉得既无聊又恼火。"我可想不到。"我鼓起勇气说。

他心不在焉地从架上拿起一本书，是弗朗索瓦·特吕弗的《希区柯克》。"你如今结婚了吗？"他拿着书敲了敲手掌问道。

我摇了摇头。如今？我又一次想起了他妹妹，她的牙齿间也有个大牙缝，留着精灵一样的小短发。我要是能记起她的名字，还能问候一下她。是叫洛蒂，还是莱蒂？她很黏人，这点我倒是很肯定。不过我们有没有上过床呢？

突然我感觉很热，像是幽闭恐惧症犯了一般，迫切地想要逃出去。

霍普金斯又说了什么我没完全听清，只听见一句"厨房晚餐"。他用手里那本《希区柯克》猛地拍了一下我的肩膀，就好像过去这二十年，或者说刚过去这二十分钟里发生了什么事让我们变成了亲密的兄弟似的。他拿出了手机，一种无法摆脱的恐惧向我袭来，我意识到，他在等我给他留电话号码。

我看了看门口，外面雨还在下着。那个红发妖妇这会儿正在看书。我扭过头去看书的作者是谁——纳博科夫。写些胡言乱语还自命不凡。我真是想扯掉她手里的书，一把拽住她的头发，捏住她的脖子把拇指按进她的刺青里，好好给她点颜色看看。

我回过头来对着霍普金斯，面带微笑给他留下了号码。他跟我保证会给我打电话，我只在脑子里暗暗叮嘱自己千万别接他电话。

他再次联系我，是在两个星期过去后，2月下旬一个星期二的下午。我暂时还住在布鲁姆斯伯里。事情是这样的：房子的主人亚历克斯·杨，是纽约爱乐乐团的小提琴手，他让我住在他家，作为回报，我替他照顾他的猫。我只需要在他和他男友回来的时候离开就可以。这条开着有机咖啡店，还有别致的"老式"男装店的兰伯康杜街，是我的精神家园。这套公寓在一栋高大的乔治王朝时期风格的建筑的顶楼，房子里没有任何属于我的东西，一切都是他的（包括各种绘画作品、白色的床单被罩、中世纪风格的家具，还有意式咖啡机），这些都正是我想要的生活。可是，这样的日子也快要到头了，我只能尽力不去想这些。

我手里捧着一本《伦敦书评》，正坐在一张旧天鹅绒扶手椅上享受着温暖的冬日阳光，这时电话响了起来。阳光透过长长的窗户，矮矮地洒在脚下的土耳其地毯上，窗格的影子印出一幅跳房子的格子来。身旁的桌上放着一杯咖啡和一块乳酪三明治，这是我仅剩的一点面包了。这只名叫珀尔塞福涅的猫蜷在我的膝盖上如同一条貂皮，我已经渐渐喜欢上它了。

来电的是个陌生的号码，不过我也没太警惕。前一晚我在酒吧认识了一个名叫凯蒂的年轻研究生，她正尝试转攻新闻学。我把联系方式写在了她的手掌上，告诉她说如果需要一些建议的话，可以联系我。接起电话时，我已经开始想象我们碰面时的情景（我兴许会说"去我那儿最方便"），我幻想着她娇喘着顺从的样子，仿佛看到摇曳的酒杯、她感激涕零的表情，还有两人跌到床上的画面。

"保罗·莫里斯。"我接起电话，端出一副大忙人简洁而职业的腔调说道。

"啊！我可逮到你了。"

不是凯蒂，是个男人的声音，我一下子没听出来是谁。会是某个偶尔雇用我的文学机构的员工吗？也许是多米尼克·贝洛，我的苏荷区酒鬼同类，也是 *Stanza* 杂志的编辑，他最近把威尔·赛尔夫的新著作扔给我品评，可我的杂志没有按时送到（这就是就业力不足的问题所在：即便是必须做的事情也没法按期完成）。

"是啊。"我怀疑地说。现在已经来不及假装他打错电话了，我都把自己名字说出来了。

"你好。我打电话是要引诱你到达维奇这荒地来。"达维奇？"蒂娜很期待见到你。"蒂娜？"我可得留心点，我可知道你在女人堆里是什么样。弗洛莉的事我一直都还没原谅你呢。"他大笑起来。

对啊，弗洛莉，不是洛蒂，弗洛莉·霍普金斯，是安东尼·霍普金斯的……不，是安德鲁·霍普金斯的妹妹。算了，管他叫什么呢。我想起那天在书店，他说到"诉讼"这个词的时候，嘴使劲往两边咧开的样子，还有牙齿磕到一起的声音。

"好啊，太好了。"我心想，该死的。

"这周末怎么样？星期六没问题吧？我的一个客户刚送了我一箱好酒，要是不跟朋友们分享就太可惜了，这可是 2009 年的教皇新堡。蒂娜会做她最拿手的慢炖羊肉，摩洛哥风味的。"

说来也不怕丢人，当你生活只够勉强糊口的时候，虽然要长途跋涉去伦敦东南部的荒野，但考虑到这趟行程可期的收获，这选择也就相当简单了。一顿美餐，加上一杯法国美酒，一切都非常合乎情理。还有，人脉也是需要多加关注的。我就快要无家可归了，你永远不知道什么人可能会派上用场。话说回来，他到底是有钱到了什么地步呢？我想到他那身西服的剪裁，肩部的线条如此服帖，他跟我握手时，手掌那么柔软，不由得很好奇他的家会是什么样子。

桌上那块用母亲牌面包做的乳酪三明治恶狠狠地盯着我。"星期六啊，"我说道，"稍等，我看一下。嗯，可以。我下星期会在纽约，不过星期六没问题。星期六我能去。"

"好极了。"在他告知我时间、地点等具体细节后，我们挂断了电话。

我抚摩着膝上的猫咪，又静静地在椅子上坐了一阵。


按照他给我的地址，我来到了达维奇外围一条宽阔的大街，街旁是一列列树木，离最近的车站赫恩山站步行要足足十分钟的路程，从维多利亚车站出发跟去贝肯纳姆的迈克尔餐馆是坐同一条线路，我星期天常去那里吃午餐。这地方完全不同于其他郊区，不那么荒凉也少受打扰。我的代理人就住在这里，现在我总算明白是为什么了。这里的道路都宽阔又坦然，就连树木看上去都一副对自己甚是满意的样子。

安德鲁的房子是一栋维多利亚晚期风格的独栋大别墅，有着山形的屋顶，弧形的车道上三辆车歪歪扭扭地停放着。房子正面几乎爬满了攀缘植物，排水管的拐角处有个废弃的鸟巢。前凸窗上的百叶窗打开着，木片间透出灯光，光影流动着，壁炉的火光在轻轻闪烁。

我后退一步，站在树篱后面，想点支烟。风很大，一阵阵猛刮着，费了好几根火柴我才把烟点燃。我胳膊下夹着一瓶花四英镑九十九便士从车站边上的商店买来的酒，是一瓶长相思白葡萄酒。瓶身上蓝色的纸巾，被凝结的水珠浸湿，已经渐渐支离破碎。

一辆大车缓慢驶过，缓缓地通过减速带。三个少年在对面人行道上慢慢走着，身后拖着乐器。他们在一盏街灯下停住脚盯着我看，其中一个耳语了几句，另外两个人听了大笑起来。在这种地方，一个单身男人，没有家人，没有一条狗，没有一辆全时四驱沃尔沃，没有一把该死的大提琴，显得那么突兀。我转过脸，面朝着女贞树的方向，在视平线高度的树枝上，挂着一根银色的金属丝。我把烟叼在嘴边，拉了拉那根金属丝，拽出了一个红色的圣诞装饰品，上面点缀着一片撒了白霜的雪花。我把它揣进了外套口袋里。我最后深吸了一口烟，把烟头扔在地上，用脚踩灭了它。

想来奇怪，其实在这个时候，我要离开还来得及，我可以甩开脚步带着我的圣诞装饰返回火车站，唯一能证明我来过这里的只有地上被踩灭的烟头。


一开始我以为自己找错地方了。来开门的是个长着淡褐色眼睛的女人，脸部宽大而舒展，她用一条绿色丝巾绑着满头浓密的鬈发，这么波希米亚风格的打扮不可能是安德鲁的老婆。我伸开双臂，挥动着手里的酒：我来了。

那女人打量了我一阵，说道："你是保罗·莫里斯吧。我们都在等你呢。来，快进来，我是蒂娜。"

我伸出空着的那只手，她握了握手把我拉进了大厅里，屋顶的大型水晶吊灯透下片片光斑，一个个小小的菱形碎片洒满了地板和墙面。深色的栏杆沿着宽大的台阶蜿蜒而上。我脱下身上的粗花呢外套，蒂娜打开巨大的法式衣橱把外套挂在了里面。她推开通往客厅的门，一群陌生人正站在一架钢琴旁边，听到开门声都转身朝这边看过来，在众人的目光下，我觉得自己好像一丝不挂一样，胸口阵阵发紧。壁炉的火光不停闪烁着；空气中弥漫着蜡烛过于浓重的甜香；孩子们穿着泳衣和背带裤的照片装在精心装裱的相框里挂满了每一面墙壁。

回忆如同井底的沉渣一样被搅得翻腾起来。我想起那次和学校一个男孩相约喝茶聚会，想起我妈妈给我穿上的那套西服，还有那个男孩的妈妈和他交换的眼神，我不自觉地使劲咽了口口水。

安德鲁朝我走来。"我亲爱的朋友，"他说，"你能赶在去纽约之前抽时间过来我真是太高兴了。"

"纽约？"我说道，"啊，对啊，去出趟公差，很快就回来。"

我递过手里的酒，他看着我的眼睛接了过去，他抱着那瓶四英镑九十九便士的黑岛牌葡萄酒，手握着瓶颈，瓶底夹在胳膊肘内，像个侍酒师一样。剃须留下的小疙瘩遍布他的脖子。"来跟大家打个招呼吧！"

我穿着我最好的一身西服，没打领带，白衬衣顶上三颗扣子敞开着。我的衣着太正式了，其他人都穿着牛仔裤，男士穿着马球衫，而女士都穿着印花短上衣。我深吸一口气，理了理袖口，咧开嘴角露出一个女士们所喜爱的笑容。

"这是保罗，就是我常跟你们提到的大学旧友。"安德鲁领着我来到钢琴前，给我介绍了一长串名字：鲁伯特和汤姆，苏茜和伊兹……我好像只看到一晃而过的一个个下巴、尖鼻子、细瘦的腿，还有羊绒衫和摇晃的耳环。"噢，还有阿布。"最后这个矮胖女人的名字他差点忘了说。

一杯冰香槟递到了我手上，我发现自己成了众人关注的焦点。这下我的焦虑感似乎减轻了许多，在这种环境下我反而更能自在发挥。没过多大一会儿，我已经靠在钢琴上开始夸张地演绎我那次艰辛的旅程：什么地铁啊，火车啊，还有那该死的徒步跋涉等。我转身怒斥安德鲁："只有我一个人是步行的。就像在洛杉矶一样，我有两次不得不拦下一辆汽车来问路，两次呢。"安德鲁大笑起来。"保罗是位小说家。"他说道。

"你是小说家？"苏茜说。

"是的。"

"你写《生命注解》的时候多大来着？二十二岁？"

我谦虚地笑笑。"是二十一岁，那是我在剑桥的最后一年。出版的时候我二十二岁。当时排在《星期日泰晤士报》畅销书第九名。"

这些话听上去是那么单纯，仿佛不带一丝一毫的炫耀，可我知道它们已经在新鲜土地上落了地、生了根，希望的幼苗已萌发新梢。

"真是令人激动。那后来你还写过什么吗？"苏茜问。

我能感觉到自己的笑容凝固了。"也就是写些杂七杂八的东西，有几部短篇小说估计你都没听说过。"

"据说每个人心中都有一部小说，是真的吗？"我身后一个声音问道。

这种陈词滥调真是烦人。我转过头想看看是谁问了这么个问题，只见一个留着及肩金发的瘦小女人站在门口，身上的围裙上沾了许多面粉。

她走上前来朝我伸出手，手腕上的手镯叮当作响。她的下巴又尖又小，有些歪斜的嘴上涂着与她并不相称的浅粉色口红。尽管她并不年轻，但身上却有种孩子气。虽然算不上特别，但比起眼前的其他人还是更有魅力些。"我是艾丽斯，"她说，"我们之前见过。"

她看上去的确有那么一点点眼熟，但我想不起来在哪里见过她。"是吗？"

她把头侧向一边，手还停在半空中。"艾丽斯·麦肯锡，想起来了吗？"

安德鲁推着钢琴站起身来。"保罗，你还记得艾丽斯吗？你们之前肯定见过，尤其是那晚在希腊。"说完他笑了起来。

我心里仿佛裂开了一条口子。我并不愿意去回想希腊的事。我选择了忽略她伸出的手，转而弯下腰亲吻了她的脸颊，说道："当然。"

她没有动，脸还是歪向我这边。"你抽烟了吧，我能闻出来。"

我举起双手做出投降的动作。

她靠得更近了，抬起手抚摸着我衬衫的领子，深呼吸一口，把我嘴边的空气扇向她的鼻子。"不用道歉，闻上去还不错。好了，我得回厨房了，那边还等着我呢。"

她消失在了门口。安德鲁一直目送着她离开。

"艾丽斯真是不可思议。"阿布也靠近了些，"她可真是厉害。"

"哦，是吗？"我感觉她看上去挺普通的。

"是啊。她真的很棒。"阿布提高音量接着说，"艾丽斯的丈夫去世的时候她多少岁来着，安德鲁？"

安德鲁猛地转过身，闭上眼睛想了想："嗯，哈利去世有十年了，对，她那时候应该刚三十岁出头，他们的孩子还那么小。"

"真是不幸，"我说道，"是癌症吗？"

"是肾上腺癌，"阿布说，"相当罕见的病。他时常肚子疼，当时他们还以为是阑尾炎。发现的时候癌细胞已经扩散了，他不到三个月就去世了。可她那么坚强，为了孩子她一直自己扛着。"阿布的语气听上去一半是敬佩一半是自鸣得意，就好像给我们讲述艾丽斯的崇高也让她跟着沾了光一样。

"艾丽斯是个伟大的母亲，"安德鲁说，"也是个杰出的律师。她可不像我一样为了捞钱替那些大企业卖命。她为塔尔波特公司工作，你知道吧，就是斯托克韦尔那个有名的法律援助公司。她主要代理政治避难者。"

"还有那些受虐待的妻子。"阿布补充说。

"她跟妇女反性暴力组织，还有维护女权、维护女性难民权益等这一类的运动都有密切联系。"

"她发起了'寻找贾思敏'运动。"阿布说道，一副我该知道她在说什么东西的样子。

"你们之前见过面的，"安德鲁说，"那天晚上在帕罗斯，我们正在港口一起吃饭的时候看到你了。你还记得吗？"

我抓着一把椅子的椅背，往后靠了靠。"我那天晚上估计不太在状态。"我谨慎地说。

"老兄，你那天整个人醉得一塌糊涂，都有点失控了。"

我挠了挠头，做出一副搞笑的样子。"估计是中暑了吧。"

安德鲁啧的一声弹了下舌头说："是中了松香酒的毒吧。"

我朝阿布瞥了一眼。"从那以后，我再也没喝过松香酒了。简直是厌恶疗法。"

阿布的脸颊上嵌着两个深深的酒窝。之前我觉得她太胖太时髦，不合我的口味，可现在仔细一看，我发现她相当漂亮：白皮肤蓝眼睛。她站着的姿势也很性感：胸口高挺炫耀着傲人的乳沟，粗短的双腿被紧身牛仔裤裹成了细锥形，脚趾外翻着，就像芭蕾舞者一样。

我避开安德鲁的眼睛，朝她微笑了一下。

"这些都是很久以前的事了。"安德鲁说。

"可以用餐了！"蒂娜站在门口，手里挥舞着一把木勺子朝大家喊道。有几缕粗硬的红褐色头发从她的印花头巾下散落开来，她的脸颊也红红的。

我是第一个离开客厅的，我跟在她后面沿着走廊进入到巨大的白色和奶油色相间的厨房。厨房中间有个岛台将空间划分开来，艾丽斯正在台上的水槽里洗着生菜。从天花板上垂下一个金属装置，上面悬挂着几个不锈钢平底锅，远端的玻璃门径直通向花园。院子的一角被厨房的灯光照亮了，其余部分则一点点消失进了黑暗之中。

其他人跟在我们后面也都一一走了进来。一个男人的声音说道："我担心的是停车的问题。"锃亮的红木餐桌摆放得十分考究。安德鲁拿起一个长长的玩意儿开始点蜡烛，那东西是黑色的，很漂亮，侧面写着"迪普泰克"几个字。咔嗒，咔嗒，每按一下便发出声响。蒂娜手里拿着一张破纸片，正安排大家就座，场面似乎有些尴尬，于是她假装在认真辨认纸片上自己的字迹。

我坐在分配给我的位子上背对着厨房，对面的墙壁被三幅巨大的画给遮盖住了。这些画难看极了，画上是半抽象的海景，用了青绿色、橙色，还有大面积的白色，几种明亮的颜色形成强烈的视觉冲击。这一点不合我的品味，我喜欢的是裸体画。

"这些都是我的杰作，"蒂娜在我身后说，"你可得嘴下留情啊。"

"我没打算批评啊。这些画那么地……那么鲜活。我喜欢你对光线的捕捉。"

"其实我画的是希腊呢。就是……就是你去过的帕罗斯。这是从喀耳刻之所看到的景色。多亏了艾丽斯，我们每年都会去那儿玩。"

我们俩都抬头看了一圈四周。艾丽斯还在水槽旁边倒腾东西，听到我们提起她的名字便抬起头来，淡淡地朝我们笑了笑。

蒂娜又转回头说："不过可惜了，都要结束了。"

"什么要结束了？"安德鲁已经在桌子的上端坐了下来。

"帕罗斯啊。"

"确实是太可惜了。"他提高了音量，"可怜的艾丽斯。这真算是一个时代的终结啊。"

"什么，希腊吗？"艾丽斯一边端来一个冒着热气的塔吉锅，一边说道，"是啊，我的租约快到期了，1月时业主给我写信说他要把地卖给开发商，就是那些修建德尔菲诺斯度假村的蠢货。不过，虽然地要卖了，房子还能最后再住上一阵。今年夏天你们还要来喀耳刻吧，蒂娜、安德鲁？最后再热闹一回。"

"当然了。"安德鲁又站了起来好让蒂娜从他的椅子旁边挤过去，"要是不去孩子们会杀了我们的，那我们可就真的死定了。"

"真的假的？"我说道。

"那就好。"艾丽斯在安德鲁对面的桌子另一头坐了下来。她拿起餐巾夸张地轻轻甩开然后铺在自己的腿上，"开动吧，各位。"

我看了她一会儿，又看看安德鲁，最后再看了看坐在桌子中间某个位置的蒂娜。谁看了都会觉得艾丽斯才是女主人。所谓的蒂娜拿手的摩洛哥羊肉，会不会根本就不是她做的？我拿起勺子吃了一大口，然后才意识到我好像应该服务一下我左右两边的苏茜和伊兹。"抱歉。"我一边帮她们布菜一边说，"我太没礼貌了。一看就知道我上的是寄宿学校吧，一到用餐时间就一片恐慌，大家都只顾着自己吃饭。"

"寄宿学校？哪一所啊？"两个男人中秃顶的那个问道。

我跟他说了我的性格成型期是在哪里度过的，能看出他很惊讶。那所学校有很好的学术声誉，我还不着痕迹地提起我在学者之家的事，稍稍暗示了一下我的学术成就。蒂娜接住了我的暗示，说道："你这聪明的家伙，看来不光是脸长得好看呢。"

"噢，你认识塞巴斯蒂安·波特吗？"伊兹说，"他应该跟你年龄差不多。"

"不认识啊。"话一出口我发现自己似乎否定得太快了，于是补充说，"这个名字我倒是有印象。我想他应该是比我高几届。"

"噢，好吧，"她说，"可能学校太大了人认不全。"她耸耸肩，上衣朝前滑了些露出锁骨，一只耳环上的羽毛缠在了头发里（我当然认识塞巴斯蒂安·波特了，想当年，包括他在内的一群浑蛋搞得我的生活痛苦不堪呢）。

我的注意力回到食物上。羊肉非常美味，酱汁带有一丝丝橙花水和藏红花的味道，肉质细嫩极了。不管这菜究竟是出自蒂娜还是艾丽斯之手，能品尝到如此美味也算不虚此行了。安德鲁从玻璃瓶里倒了酒，估计就是他之前答应和大家同享的 2009 年的教皇新堡葡萄酒吧。酒液顺着喉咙流下，柔滑无比，果然是佳酿。

各种无聊的对话在我周围此起彼伏，从蒂娜的羊毛店到室内赛车场，再到在座某人孩子所上的学校。什么某个新的六年级主任上任了，大家却还是怀念前任主任啦；某个理科教员不够格啦；还有阿布的女儿没能挤进爱丁堡公爵计划啦，说什么报名人数太多最后只能抽签决定，太不公平了。还说阿布的丈夫之前忙着工作，一回来就直接杀到学校去找校方理论了。

"你有孩子吗？"苏茜问我。

"没有。"

"那听我们聊这些一定很无聊吧。"

"完全不会。"我回答说。

"我们说话可得小心点。"艾丽斯接话说，"说不定他正忙着把我们所说的记在脑子里当作下部小说的素材呢。"

这话一点也不让我意外，我已经记不清这是第几次听人们这么说了。艾丽斯依旧穿着她的围裙，这会儿上面除了面粉还溅上了一滴滴的肉汁。她又补上了一层难看的口红，酒杯的杯口也印上了口红印。

我突然非常想抽支烟，腿都有点发抖了。我找了个借口，推开椅子走到了宽阔的玻璃门前，到处摸索了一通才找到打开滑门的开关。我侧身从门缝钻出去，轻轻地从背后关上了门。

花园被阴影遮蔽着，有一片又长又宽的草坪，边缘是一圈灌木丛。花园的尽头，瘦骨嶙峋的树木快要顶破天空，远处空空荡荡一片，只有一块运动场。空气中弥漫着泥土潮湿的味道。

而我身后这所房子里的一切，却被桌上的烛光和明晃晃的刀叉照得明亮通透，对任何可能在四周窥探的人来说，所有细节都一览无余。呆人的大笑声，椅子在地板上摩擦的声音，还有阿布尖叫着喊"不！"的声音，在寂静的夜色中无比清晰。

我挪了几步避开大家的视线范围。草地上有一张铁艺长椅，躲开厨房隐藏在灌木丛边上。我坐在椅子边沿，生怕把裤子给弄湿了。远远地耸立着的是一副儿童攀爬架和有着高大的黑色围布的蹦床，看上去就像是肯特湿地上运输囚犯的船只。月亮钻出云层，在草地上洒下点点月光，一会儿就又消失不见了。一架飞机从头顶掠过，在风中留下一声怒吼。

这一次，烟很容易就点燃了。屋外很冷，我该拿了外套再出来的。我在想到底还要多久才能回家呢？这一晚其实还不错，我总算熬到这会儿了，可现在连饭都吃过了，这里也没什么值得我留恋的了。没有女人，也没有工作机会，更不像是有人会让我代看房子。我深深地吸了一口烟，把尼古丁都溶进了血液里。

突然，身后掀起一阵谈话的声音，还有一股热气猛地涌来，打断了我的思绪。我转过身，看见艾丽斯正站在露台上。我坐着没动，想着也许她会再回到屋里呢，可是她又走了几步穿过草坪，然后看见了我。

"嘿。"她说道。

她快速地整理了一下脑后的头发，女人都爱这样，头发半绾半垂着，一副很神秘的样子，就好像这是她们唯一能接受的发式。奇怪的是，这样子还挺动人的。

艾丽斯又走近了一步。"能从你这儿讨支烟吗？"

又是这一套。这些不抽烟的人就不能自己买烟吗？要么干脆别抽烟呀。"当然可以。"我一边把手伸进夹克口袋里,一边殷勤地说。

她挨着我坐下来,胳膊肘支在膝盖上,我递了一支烟给她。我调侃了一下我这超超低星的丝卡牌香烟的女性气质,她听了大笑起来,不过我只是借此来转移她对我打火机的注意力而已,就是安德鲁留在桌上的那个细长的东西。点完烟我又把它揣回口袋里,继续用手指摩挲着,黑色的亚光表面,摸起来很柔和。

她深吸一口烟,说道:"还不错。我平时其实不抽烟的,就是人们常说的那种社交型烟民。不过现在要保持这种习惯越来越难了。"然后她就电子烟如何破坏了抽烟的乐趣,还有她乐于享受的那种飘飘欲仙的感觉是怎样被消磨殆尽的,发表了一番精辟的见解。

我附和说:"总不能跟一个抽着电子烟的人说'来一管'吧?除非你想来一口焦糖口味的唾沫。"

"说得没错。"她笑了。她弯弯的眉毛下有一双杏眼,绿色的瞳孔像只猫一样。

"我都忘了问了,"她说,"你是怎么认识安德鲁的?"

"我跟他是三一学院同学。"

"噢,对啊,是在剑桥大学吧。"她微笑着说,"那时候你们很熟吗?"

"也不算是吧。"我靠在了椅背上,管他裤子湿不湿的。我微微仰起头接着说,"我认识他妹妹。"

"弗洛莉啊,嗯,也对。"

"你认识她?"

"上中学时我跟她是好朋友，通过她我才认识了安德鲁。我以前常去剑桥看她。其实，我说不定还见过你呢。"艾丽斯微笑着说，"我要感谢她的事还多着呢。安德鲁和我是好朋友。"

好朋友。她尖着嗓子假笑了一声。艾丽斯就是那种喜欢吹嘘和调情的女人，但全都是虚情假意。凡是重要的事她都不会告诉你，你永远不知道她的底细，不知道她到底有没有隐瞒什么。除此之外，床上功夫也很糟糕。

她仔细端详了一下手里的烟，然后抬起头羞怯地说："你不记得之前见过我了吧？在剑桥，还有希腊。"

"你的确有些眼熟。"我扔掉了烟，用脚后跟把它踩进草地里。我决定不再兜圈子了。"不过，你听我说艾丽斯，我真的很抱歉。我今晚一直为这个觉得很尴尬。我其实都不知道安德鲁为什么要邀请我。他说的希腊的事，我当时整个人醉成一摊烂泥，根本没什么印象了。那是八年前的事了吧？"

"是十年。"

"那可不是我人生中的光彩时刻。我们当时玩了一趟所谓的买酒游。当时我跟朋友们走散了，船把我扔在港口就开走了。后来我遇到了安德鲁，很幸运地得到了他的帮助。不过实话跟你说吧，当时那些具体的细节现在对我来说已经相当模糊了。"

"想不想听我说说我都记得些什么？"

"如果你非要说的话。"

她笑了。"那天你闯进了我们正在吃饭的那家餐馆。当时你穿着一件紫色的 T 恤衫，上面写着'让宙斯令你疯狂'。你在餐馆里大喊大叫非常粗鲁，后来居然还唱起歌来。"

"真的吗？"我很惊讶。她看上去好像觉得这件事很有趣，这倒是让我来了兴致。"宙斯，对，我还记得那件 T 恤衫。还有……还有唱歌，唱歌从来不是我的强项。"

"安德鲁给你叫了辆出租车，然后把你塞了进去，我想他是这么形容的。"

"安德鲁可真是个绅士。"

厨房里突然传来一阵噪声。艾丽斯最后看了一眼手里的烟头，把它弹进了花坛里。她穿着一件小小的紫色羊毛衫，就是老太太会穿的那种，她把领口捏拢起来。突然，她一脸凝重的表情。"那天晚上的每个细节都已经刻进了我的记忆里，所有一切我都清楚地记得。那时候真是太糟糕了。"

"我听说了，你的丈夫……"

"我指的不是哈利。"她摇摇头，轻轻地苦笑了一声，"他在前一年就去世了。我指的是那一天晚上，就是贾思敏失踪的那一晚。"

如果我用力搜寻，也许在我昏暗的记忆深处，能找出些痕迹好让我明白她在说什么，可是我竭力回忆，还是只找到一些残存的碎片，一些支离破碎的细节。

"能给点提示吗？"

艾丽斯皱起了眉头。"贾思敏啊，就是贾思敏·赫尔利啊，你当时在场的。还有她可怜的妈妈伊冯娜。老天！"她松开了羊毛衫的衣领，双手十指紧绷着在空中挥舞。"那事当时还上了报纸的，你第二天一定听说了，或者在报纸上看到过。你当时住在哪儿？是在艾尔康达吗？即便是一开始就没抱任何希望的帕罗斯警方，都去做过调查。你一定记得的。"

我难堪地垂着头，从没觉得如此情感匮乏过。她终于唤醒了我的记忆，即便有些细节还是很模糊，但印象中的确是有过那么一个离家出走的少女，一个单亲母亲，还有个狡猾的男朋友。"对，对，没错，"我赶紧说道，"我当然记得，真是令人遗憾。"

她把一只手的手指放在鼻梁上。我拍了拍她的肩膀，竭尽所能在脸上堆出痛苦和担忧的表情。我现在迫切地想要回到屋里，不仅仅是因为天冷。这时候除了力不从心，我还感到一丝恼怒，这两种情绪混到一起可没什么好结果。

厨房的光透过交错的灌木丛闪烁着。安德鲁绕着桌子来回走动，手里的酒瓶反着光。蒂娜已经走到了房间的另一头，正弯着腰从冰箱里端出什么东西，是松糕吗？阿布的双手举在空中，正试图脱掉羊毛衫，可是被上衣裹住了。我瞥到一眼裸露的皮肤和内衣肩带。

一声提示音把我的注意力拉回到艾丽斯这边。她擦了擦眼睛，从牛仔裤的前兜里费力地掏出她的手机。

"我的大女儿菲比，她想让我去一个派对上接她。"艾丽斯一边读着信息一边说，"不过，她今天只能坐夜班公交车了。我今晚喝太多酒没法开车了。"

她快速地发了一条信息，一边打字一边嘴里念着："老实说，她已经快十八岁了，就快离开家了。我还以为她已经学会独立点了呢。"她往前挪了挪屁股，好把手机揣回裤兜里。"不过，等她走了以后我会是什么样也只有上帝才知道了。每当从她房间门前经过，我都忍不住想象房间空荡荡的样子。"

她哆嗦了一下，弓身耸起肩膀，揉捏着小臂。"我想我们该进去了。"

"再让我看一眼你的手机。"

她迎上我的目光。"为什么？"

"快啊。"

"不要。"我好像看到一丝浅浅的微笑。

"上面好像有兔子耳朵是吧？"

我猛地伸手去抢，好像要把手伸进她的裤兜里似的。她一把甩开我，咯咯地笑着，然后像小孩子闹气一样，抽出手机朝我扔过来。"拿去拿去，看个够吧你，想笑尽管笑。"

手机落在我的腿上，我把它翻过来，然后淡淡地说："你的手机壳是个蓝色兔子的形状。"

"是我儿子弗兰克给我的，是个礼物！"

"你带这手机去工作吗，你这大牌律师，就带着这个去参加你那些重要会议？"

她咧着嘴笑嘻嘻的。这时我发现了她嘴有些歪斜的原因。她的一边嘴角有个小小皱皱的箭头，是道伤疤。

一种感觉油然从我心底升起。她没有跟我调过情，她甚至都不是我喜欢的类型——首先光是她的年龄就至少老了二十岁。所以我也不知道这究竟是种什么样的感觉，也许是阿布的内衣造成的，又或者是被我想象中艾丽斯牛仔裤兜下面温暖的臀部给勾起的。也许是因为她敏捷的动作，又或许在那个时候，我已经下意识地开始期望着在某座舒适的房子里的某个空房间了。可当我看到她那道伤疤，突然有了想要舔一舔它的冲动。

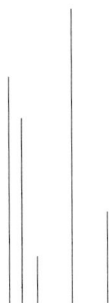

# 第二章

*Chapter Two*

## 张 开 罗 网

他看起来阳刚帅气。画框里环绕他的照片就代表
了他的世界：滑雪假期，豪华游艇，还有香槟美酒、
金发佳人、金灿灿的劳力士。我的一生都在因他
这样的男人而愤怒，他们拥有一切，而我却什么
都没有。

　　第二天一早，我就打电话给安德鲁问他要艾丽斯的电话号码。他听上去没有丝毫的意外。"没问题，稍等一下。"接着，他嘴里嘟哝了一阵，"抱歉……我真是笨……等一下……"他说自己是个"技术白痴"，搞不懂怎么在不挂断电话的情况下查找通讯录。"蒂娜！"他叫喊着。过了一会儿，他终于找到了，"找到了，在这儿呢。艾丽斯·麦肯锡。有工作电话、家庭电话还有手机，你要哪个，还是说三个号码都要？"

　　"手机号吧。"我说道。从安德鲁的树篱下捡来的圣诞装饰在我手里转动着，上面的亮片都快磨成沙砾了。

　　"好的。"安德鲁顿了顿，"你是准备现在给她打电话还是等你出差回来？"

　　"出什么差？"

　　"纽约啊。"

　　"噢，对。"

　　他又停顿了一下，然后接着说："听我说，我知道我这么说可能有点浑蛋，可我控制不住自己的保护欲。艾丽斯她熬过那段痛苦的日子不容易，哈利的死对她打击很大。她一直那么坚强地支撑着，孩子们也都很棒，可她骨子里还是很脆弱的。她对于我，对于蒂娜，对于我们俩都是很特别的。我不希望她受到伤害，或者被玩弄，或是……行了，我也说得够多了，说教到此为止。"

　　或许一个好男人会说："公正的警察先生，我的确动机不纯。你的话让我幡然醒悟，我会乖乖放弃的。"不过说真的，听完他那番自私自负的演讲，真的会有人这么说吗？

　　我想说的是，"我想怎么做就怎么做，你这爱管闲事的笨蛋"。不过我没有这样说，而是认真应和着他。一副正派的样子演得有模有样，连我自己都差点相信了。

　　我要的号码还是拿到了，安德鲁慢慢地念着，仿佛每念一个数字，都是对他理性的背叛。


　　我跟艾丽斯约在十天后一个星期二的晚上见面，这时间挺奇怪的，不过也没办法，她的日程被各种大学访问、上诉截止日期还有亲子时间给填得满满的，用她的话来说，真是"复杂得难以置信"。等待的时间太漫长了。随着日子一天天过去，我对这个约会的热情也慢慢减退了。终于到了约会那一晚，我都忘了当初是看上她什么了。

　　不过，既已成约，对女士献殷勤又是我唯一的专长。这个名叫安德鲁·埃德蒙德的餐厅，位于苏荷区，私密性比较好，是我一贯会带女士来的地方。餐厅的环境非常适合约会，烛光摇曳，有种古怪的艺术感。我希望餐厅的风格能作为一种对我自身的表达，能体现出我在那里非常自得。除此之外，我在那里能拿到折扣，这是我为经理的女儿做辅导的回报。我教过她普通中等教育的英语文学课程《奥赛罗》，这门课她拿了A。

我提前到了餐厅，可让我不安的是艾丽斯居然比我还先到，她正一边喝着酒一边翻看着一沓文件。一看见我，她立刻把那些文件还有一个厚厚的A3尺寸的鳄鱼皮工作日志一起塞进了一个大皮包里，然后马上站了起来，伸出手要跟我握手。她穿着一条海军蓝的短裙和一件白色系扣衬衫，脚上是一双平跟的黑色及膝靴子。她的头发绾在脑后，除了嘴上那不讨喜的粉色口红外，脸上完全未施粉黛。

她为自己穿得这么"职业"向我道歉。她一整个下午都在法庭上，委托人是一个刚果籍女孩，她在巴尼特市上学，是个模范优等生，再过一个月等她成年了就要被驱逐出境了。我想的没错，这真是太耗费感情了。她自己的女儿跟那女孩差不多年纪，所以对她而言这又多了一层意义。

"菲比？"我问道，"就是快要搬离家里的那个？"

"是的。她在利兹找了个住处，要是能考个好成绩，9月就能去那里念英语了。"

"哦，不是还得等到9月吗？"

"快得很了。真是太难受了，她一走我整个人就像缺了一块似的。"

"你可以找个房客啊。"

"其实她想以后当一名记者。安德鲁说你时不时给报纸写点专栏，是吗？"

"是的。如果她需要点建议的话，我随时欢迎，只要能帮上她就行。"

"那真是太好了，谢谢你。"

我们点了些吃的，有野生海鲑鱼，还有特色珍珠鸡。接着她又聊了很多她的孩子们的事。最大的就是菲比，然后是两个男孩，十六岁的路易斯和十四岁的弗兰克。她还好几次提到已去世的丈夫。"弗兰克很率直，"她说，"就像哈利一样，对什么事都充满了热情。"经过了这艰难的时期，路易斯的性格没那么阳光了。"当然，他对他父亲的思念更深些。"说着这些，她叹了口气，左手的中指轻轻地拍了拍左眼下松垂的皮肤。她的眼睛干干的，所以这动作看起来有些刻意，至少是精心练习过的，也许是由于曾经经常流泪而形成的一种下意识的动作。我此时的感受就像当时在安德鲁的花园里一样，就算她此刻很显然在对我敞开心扉，但却仍然有所保留。

我的椅子离厨房入口很近，服务生每次进进出出都得从中间卡过去。我渐渐觉得有些难以专心，有点烦躁，不在状态，连膝盖都在抽搐。用完餐，等盘子一收拾完，我决定故意很冒昧地邀请她去我家喝咖啡，以此来迫使她结束这次约会，令我惊讶的是她居然同意了。那天外面下着雨，人行道上滑溜溜的，但这也可能纯粹是我的想象，我的记忆里总是少不了雨。她吹了声口哨叫来一辆出租车，那是一声用两根手指吹出来的响亮的口哨，竟然让我有些兴奋起来，十分钟后我们在我家门前停了下来，艾丽斯坚持付了车钱。我们爬着楼梯，她的挎包不停撞击着栏杆，她声称自己被"迷住"了，站在我的公寓门口，她做作地赞赏着我的品位和睿智。"噢，真好，真好。这真不错。"

我点了一支烟，跑到厨房里忙着摆弄咖啡机，同时竖起耳朵听着她在客厅里来回走动的响动，借着木地板发出的每一声嘎吱声，我都能判断出她所站的位置具体是在哪一幅画或是书架前。

"我喜欢这幅《瘦鸟》！"她喊着。此时她正站在壁炉前那幅黑白版画前。

"这是铜版蚀刻画，"我回答，"是凯特·博克斯的作品。"

"你会拉小提琴吗？"过了一会儿，她翻弄着沙发旁边亚历克斯的那一沓乐谱问道。

"早就生疏了，"我喊话说，"都是小时候玩的。"

我拿出藏着的威士忌倒了一杯快速喝掉，接着又是几杯下肚。珀尔塞福涅绕着我的腿磨蹭着，我倒了一碟牛奶给它。我也不太确定我下一步动作是什么。这算是引诱吗？我不太清楚比较年长的女人会喜欢什么。她会希望更优雅一些，进展放慢一些吗？如果是这样，我何必要白费精神呢？我完全没想过要告诉她实情，没想过要跟她说她在这所公寓里看到的一切都不是我的，倒也不是因为怕自己难堪，虽说就我的状况而言，一个四十二岁的男人身无长物，只有自己妈妈家的阁楼里面那几袋子破烂儿，实在是很该为自己脸红。所以，我不觉得有必要告诉她这些。就算我一个星期后就要被赶走了，那又怎样呢？我又没打算再见她。

我端着咖啡出来的时候，她正坐在沙发上端详着那幅裱在框里的三一学院的毕业照片。当然，这照片是亚历克斯的，不过因为我和亚历克斯是在那里认识的，说成是我的也不为过。"我从卫生间里把它取下来的，希望你别介意，我在找照片上你在哪里呢。"她用手指沿着照片上一排排年轻圆润而又自命不凡的脸一一找过去。"啊！"她笑了，"你那时头发比现在要长呢……安德鲁在哪儿？"

我俯身过去看。那苍白的脸、尖鼻子，还有一脸的道貌岸然。"前排中间。"

"噢，找到了。他的头发也比现在长呢。"

"是比现在多吧。"

"别闹。"艾丽斯笑着，然后又看了看照片，"我没看见弗洛莉。她在照片里吗？"

"没有。她晚些才进的学院，在我三年级的时候。"

她把照片放在一边的沙发上，然后又看着我："你那时候快乐吗？"

我愣了一下，没太明白她的意思，然后说："是的，很快乐。"

"我记得，以前我去剑桥的时候，心想着那里那么宏大，那儿的人也一定是要么很了不起，要么就很渺小。在我念书的布里斯托尔大学，有着各种各样的人。可是在剑桥，人就只有那么两类。"

我的心里似乎有那么一丝震颤。"也许是这样吧。"

她抿了一口杯里的卡布奇诺。一缕头发往前垂了下来，我可以看到金发中混杂的一丝丝灰白。

"那你呢？"我问道，"你小时候快乐吗？"

这是我搭讪常用的话，而艾丽斯的回应是自嘲地耸耸肩，然后接下来数小时里大聊特聊关于她自己的事。她说她在伦敦北部长大，父母分别是律师和大学讲师，她是家里的独生女。从小上私立学校，然后是布里斯托尔大学，在那里她认识了哈利。用她的话来说，那是美好的时光、幸福的生活。

"一直过这种优越的生活挺难的，不是吗？"她指着这所公寓，指着屋里的艺术品，这些中世纪家具，还有那满满的几书架的书，"我们这样的人，生下来就含着金汤匙，生活如此容易，你有没有过负罪感？"

我的胸口又一阵抽筋似的难受，就像有千斤重负需要卸下，我要告诉她我的生活并不是那么轻松，我为了不再过我父母那样的生活付出了怎样的努力，还有我一直以来有多么厌恶他们得过且过的态度，厌恶他们那么甘于平庸。我很想知道她所说的"优越"到底到什么程度，这位慷慨的女士到底有多么富有？哈利给她留下了多少遗产？她的房子有多大？理智让我强压住了心中的愤懑和满腹疑问，我点了点头回答："是啊。我想是有必要思考一下这些，而且……嗯，也应该尽可能地回馈社会。"

她把手放在我胳膊上。"我就知道你能理解。这就是我做这些事的原因。因为我没有加入安德鲁工作的那种律师事务所，没有专攻《商业法》，还被他狠狠痛斥了一番，可是那样做不会让我觉得快乐啊。我一直都在为弱势群体而战，为他们发声。"

她摇摇头又抿了一口咖啡。"你会写书，"她说，"这也算一种慷慨之举。每个人都需要有个出口能畅所欲言。"

"是的，说得没错。"

"你目前有在写什么吗？"

我递给她一支烟，可她摇了摇头。于是我给自己点了一支。"有啊。是一部关于伦敦的小说，涉及了移民问题和那些贫苦无依的人，还有国家现状之类的。"

这一串谎言真是张口就来。

"你有自己的出版商吗？我不太清楚出版业是如何运作的。"

"算是吧。"我往后一靠，借机转移了话题，"安德鲁说你经常参与慈善活动？"

"我参与了好些不同的慈善委员会，'寻找贾思敏'是其中的重心。这是我的热情所在。安德鲁也会给我帮忙。从很多方面来说，'寻找贾思敏'都很好地代表了我刚才所说的那些。正如你所知，贾思敏不是像马德琳·麦卡恩那样的来自中产家庭的乖巧幼女。她已经十四岁了，可仍然还是个孩子。她也值得警方投入大量警力去调查，值得媒体积极关注，可是，似乎并没有任何人对她给予过足够的关注。"

"你能努力去纠正这种错误，已经做得很好了。"我尽力加强自己语气中的关切之情。

她拿起我放在茶几上的打火机，并把它翻转过来。在灯光的照射下，打火机背后黑色的"迪普泰克"字样反射着银光。"我知道你是个差劲的花花公子。"她说，"其实我也不知道自己来这里干吗。"

我心里一惊："我不是啊。"

"不是什么？"

"我不是差劲的花花公子。"

"安德鲁说你是个坏男人。"

"真的？天哪。好吧，我也不知道他那么说是什么意思……"

"他说你对待女人很不好，不懂得尊重她们。"

"是吗？他真是这么说的？

她一脸谨慎地看着我。

"也许吧。"我努力挤出一个疲倦的微笑，"我只是还没有遇到那个对的人。"

她的咖啡杯放在膝上，用手指舀出了杯里最后的一点奶沫，然后轻轻抹在自己的舌头上，粉嫩的舌尖留下一点乳白。在做出这一系列动作的同时，她的眼睛始终直勾勾地看着我。她这是在调情吗？虽然看上去不太像，但奇怪的是我居然觉得很受用（看来虽然她刚刚嘴上那么说，其实心底里还是很想要我）。"我得走了。"她说着，但却没动。

既然如此，我有什么可损失的呢？我微微动了动腿，让自己面向着她，抬起手臂扶着沙发靠背。这时，她从我胳膊底下钻出来，站起身穿上外套，一颗一颗地系好扣子，再把挎包的背带绕在了自己身上，这情形看来是已经做好准备要离开了。

在公寓大楼的前门，我笨拙地亲吻了她。我喝得有点多了，把嘴唇印在了她的唇角上。她的手五指张开按在我的胸口。隔着衬衣，我能感觉到她手掌的温度。她这动作究竟是表示吸引还是抗拒呢？哪怕是她的手随便朝哪里挪动一下，或者是有根手指溜进衬衣里面，也能让我明白她的用意呀。可我没法确定。我感到她的胳膊肘有些僵硬，手臂似乎也用力紧绷着，当她终于把手拿开的时候，我竟有些松了口气。

第二天，我接到了她的电话，让我很是惊讶。其实，一听到她的声音，我就立刻站了起来，开始搜寻屋里是否有掉落的口红或者遗落的丝巾，以解释她来电的原因。从听筒里短促的呼吸声，我听出电话那头的她正在走路。她说要在"日志上定个时间"，我猜测说话时她应该正靠在墙上，从她的包里掏出那本厚重的记事本。后来我才明白过来，她说的是要跟我约个时间喝茶。时间就定在那个星期六，如果我有空的话。她说如果我能去的话，菲比会很高兴能听听我对于新闻学的意见，或许我还能跟她聊聊工作上的经验。

我本不该答应的。前一晚的约会可不怎么顺利。但虚荣心作祟，何况我对菲比又有那么一点点兴趣，于是就同意了。

艾丽斯的家是一栋高大狭长的乔治王朝时期风格的房子，位于克拉彭一条繁忙的街道上。而房子隔壁，却像个垃圾堆：前门刷成了黑白条纹，一辆倒扣着的购物车淹没在疯长的杂草里，只露出了上半截。楼上一扇窗户里，传来说唱音乐的声音，震得咚咚响。艾丽斯的房子与之形成了鲜明的对比，破败中带着一种优雅：灰色的栏杆油漆有些剥落，顶上是橡子形的尖；沿着去年夏天开败的天竺葵枯枝摆放着一个个铸铁罐子；一个空空的"RiverFord[①]"箱子在等待着每星期送来的新鲜有机蔬菜。

来应门的女孩长着一张小小的鹅蛋脸，一头金色的长发。她穿着一条超短的紧身牛仔短裤，里面是黑色的打底裤，上半身包裹在一件肥大的手工编织羊毛衫里。开门看见我，她转身朝着楼上喊道："妈妈！"然后又转过来朝着我说，"你好，要进来吗？"

她走在前面，我跟着她经过走廊，然后通过一段狭窄的楼梯下楼来到了一间地下室厨房。厨房里是铁制的炊具，松木的桌子，一盆盆香草，空气中有水仙花香混杂着烘焙的甜香和隐约的蒜香味。一只虎斑猫从猫洞里钻出来，角落的灯芯绒狗窝里坐着一只棕色的拉布拉多犬，它抻了抻前腿，然后不慌不忙地慢慢走到我面前，摇着尾巴伸出鼻子来拱我的裆部。

我侧身移开，在桌边找了把椅子坐下。房子里很安静，只有远远传来的电视的声音，还有隔壁闷闷的重低音在击打耳膜。菲比靠着炉子，转动着她的鼻环。她比我的新女友波莉小不了多少，但我能感觉到她对我的藐视，似乎尤其是对我身穿的这件皮夹克嗤之以鼻，又或者是对我的鞋（这一双新的匡威板鞋，穿出门的时候我也犹豫过一下）？不过我

---

① RiverFord 是一家英国公司，专为顾客提供有机蔬菜配送服务。——译者注

也不在乎，她的长相也不怎么对我胃口。其实她倒是够漂亮，不过头发染得很糟糕，眉毛也修成了高耸的挑眉，那装扮既像流浪儿又像妓女，完全不是我喜欢的类型。我是说，我对流浪儿和妓女可没兴趣。

我试着跟她聊天。"对了，你叫菲比，对吗？我听说你打算去利兹学英语。那儿的课程怎么样？"

她歪歪头，刻意做出很礼貌的样子答道："希望如此。我听说还不错。"她放慢语速，仿佛是在跟一个上了年纪的亲戚说话一样，而且每说完一句话都会像是在吞字似的闭拢嘴。"我还没找到机会去那儿看看。"

那只狗还在使劲顶我的腹股沟，我不停用膝盖挡开它。"这样啊，你还有的是时间呢。"

"听妈妈说，你大学念的剑桥，跟安德鲁叔叔是同学。他们昨晚还聊到这个呢。"

安德鲁叔叔？昨晚。我感到有些不安。"你妈妈呢？"

她走到台阶底部喊道："妈妈，妈妈！他到了！"

片刻安静之后，远远传来一声喊声，接着就是一阵轻柔的脚步声。"他到了？你怎么不早说？路易斯，别再看电视了！"随着脚步声重重地落在最后一级台阶上，她冲了进来。艾丽斯穿着一条紧身的运动裤，一件银灰色拉链运动衣，脚上是一双驼色的雪地靴。耳环像是层层叠叠的吊灯一样挂在她的耳垂上荡来荡去。

"保罗！你能来真是太感谢了。"她像一道光影似的瞬间来到我面前，头发都有些散开了。艾丽斯把狗推开来。"走开，丹尼斯，别烦人家。"

她亲了亲我两边脸颊。"菲比，人家今天过来，你有说过谢谢吗？"

"有啊。"菲比说。

"嗯，好。我来泡点茶，你们先聊。"

菲比和我对视了一眼。我猜我们俩都觉得能聊的已经聊完了。我就快要被戳穿了，想到这里，我的恐惧感越来越强烈。为了掩饰自己的难堪，我傲慢地"拷问"着菲比她对于新闻学有些什么样的期望，然后就报业的萎缩和就业市场的激烈竞争小小地给她做了一番掏心掏肺的训示。

艾丽斯在茶巾上擦了擦手，说道："等菲比通过了甲级考试，肯定会想找机会积累点工作经验的。对吗，菲比？"

"是的。"菲比说话还是跟刚才一样咬字那么用力，"不知你能否帮帮我的忙？"

"你想找什么样的工作？"

"我希望能找家杂志社的工作，比如《新政治家》杂志，因为我比较喜欢研究政治，要不《时尚》也行。妈妈说你可能会有些人脉我能用用，都说人脉是最重要的资源呢。"

"我想想看吧。"我平静地说。

她抓着自己的毛衣说："要不电视台呢？你有认识的人吗？"

我盯着她回答说："这倒没有。"

这时她的手机响了，铃声是猎号的声音。她看了一眼手机，说道："妈妈，我能去多莉家吗？"

艾丽斯说："嗯，去吧，不过你今晚得回家。"

菲比站了起来。"再见，"她回头对我说，"谢了。"

她的短裤屁股上一个小洞透出一块青白色的皮肤，像块瘀青似的。

"不用客气。"我说。

艾丽斯把墙上一个大画框扶了扶正，那是幅许多照片做成的拼贴画，有黑白的、彩色的、复古褐色的；照片里有一张张笑脸，有搞笑的戏服，还有异域假期，完全就是那种最值得夸耀的家庭生活的样子。拼贴画的中间是一个男人坐在海滩上，膝上抱着一个小婴儿，棕色的手臂线条分明，脸上有粗硬的胡楂，眼睛被阳光照得眯起缝来——这一定就是哈利了。他看起来阳刚帅气。画框里环绕他的照片就代表了他的世界：滑雪假期，豪华游艇，还有香槟美酒、金发佳人、金灿灿的劳力士。我的一生都在因他这样的男人而愤怒，他们拥有一切，而我却什么都没有。妒忌和憎恨猛然袭上心头，可紧接着我转念一想，又舒下心来。哈利已经死了不是吗，而我此刻却好端端地坐在他家的厨房里。

艾丽斯从那幅画框边走开来，漫无目的地打扫着，好像除了我之外她还有什么别的理由要留在厨房里似的。几阵叽叽喳喳的说笑声和一个男性的喊声从楼上传来："走了啊，妈妈！"

艾丽斯翻了个白眼。

"刚才说话的是哪一个孩子？"我问道。

"是路易斯，弗兰克去他朋友家了。"她站在楼梯底下喊道，"穿件外套，外面下雨呢！"

楼上没有回答，只传来一阵重重的脚步声，接着就听到大门被用力地摔上了。

"我还没泡茶呢。"艾丽斯看看手表,"算了,去他的,干脆来杯酒吧?"

"这叫我如何能拒绝呢?"

她打开橱柜拿出一瓶美乐,把瓶子夹在大腿中间固定住,然后用开瓶器打开,那样子真是相当性感。

"想抽烟的话你随意。"

她递给我一个缺了口的茶碟,又推开了水槽上方的窗户。外面雨不算大。艾丽斯给我倒了一杯酒,自己却不喝,她坐下来悄悄用手遮住鼻子和嘴巴。过了一小会儿,她心不在焉地咬着嘴唇,开始摆弄面前的一沓纸。

我问她这些纸是什么,她说是为助力"寻找贾思敏"举办的晚宴舞会的传单。她吊着嗓门说,今年是"寻找贾思敏"成立十周年,他们要募集更多的善款好继续进行"下一阶段"。贾思敏的妈妈伊冯娜也会从谢菲尔德过来,她希望一切能做到最完美。

她递给我一张传单。传单正面印着贾思敏以前的照片,画面中她系着一条花朵图案的头巾,抱着的一只姜黄色小猫贴着她的脸颊,照片旁边是电脑合成的她现在的照片。艾丽斯在一旁说着话,我端详起这张合成的照片来:一个漂亮的二十四岁女孩,高额头,长脸,蓝眼睛,大嘴巴。虽然这么说可能有点不合适,可我的第一反应是,制作这张合成照片的人,他自己的长相估计也称不上标致吧。

当然，我没把这些想法说出来。我慢慢点点头，希望能表现出心怀同情和怜悯的样子。"可怜的姑娘。"我说道。艾丽斯躺在椅背上，终于端起她的酒杯喝了一大口，然后优雅地擦去了唇角的酒。

我晃了晃酒杯，看着杯中的液体荡起又落下，如同酒红色的丝绒一般。"你真的认为她还活着吗？"

她直直地盯着我的眼睛说："对，我认为她还活着。"

我把记忆中所有细节归拢到一起："可她妈妈的男朋友……不是说有……警察不是……？"

"没有，是警察弄错了。那个男人也已经洗清嫌疑了。人们居然还保留这样的想法真是太荒谬了，你竟然也是这么认为！他们已经浪费了太多的时间。卡尔和贾思敏的关系的确不太稳定，她嫉妒卡尔抢走了她妈妈对她的关心。而卡尔又是个喜欢嘴上逞能的家伙，自己都还一身孩子气，在那种情况下其实并不能真的把他当作一个成年人来看待。他那一晚的确和贾思敏发生过争执，这是事实。可如果你当时看见了他那种悲伤的样子……还有他在过去十年里是怎样一直支持着伊冯娜，你就不会这么认为了。所以不是他，他没有杀死贾思敏。"艾丽斯生气地轻轻摇摇头，"不是他。"

"这件事中贾思敏的父亲又扮演了什么样的角色呢？"

"他早在伊冯娜还怀着贾思敏的时候就已经离开她了。"

"那还有过其他嫌疑人吗？"

"没有了。"她又摇了摇头，耳环跟着叮当响，"有目击证人说看到有几个陌生男人在附近徘徊过，但没有什么确凿的证据。估计是从阿尔巴尼亚来的外来工，可是……"

她仰头喝了一大口酒，然后把杯子放回桌上，杯中的酒震颤着。她愤怒地噘着嘴。"一直没有发现尸体。在那样一座岛上，这一点很关键。他们沿着海岸线还有山坡上都彻底搜查过。那天晚上没有游艇离岛，而且到第二天港口也被警方监控起来。所有人都出来帮忙搜寻，海上也没什么大的风浪。所以她没有死。我就是本能地知道，她一定没死。"

"她会不会是自己离家出走了？"

"也许吧，也可能是被人带走了。非法收养团伙在那片区域活动很猖獗，而且帕罗斯离阿尔巴尼亚又那么近，只需要越过海峡就……"

"可是非法收养一般不会针对十几岁的女孩吧？你说她多大来着，十四岁？年龄不会有点太大了吗？"

"对，我想是的。不过另一种可能是卖淫。她和伊冯娜跟卡尔经常发生争执的其中一个原因就是她总是不回家。她在村子里认识了一个男孩，可他从没站出来跟我们联络过。我们花了很长时间来调查她会不会是被带到了雅典。这想法让人难以接受。我也不知道，但我会查出来的，否则我决不罢休。虽然说起来很老套……可是……只有认识过一位失去孩子的母亲你才会明白……那种不明真相的无力感。那样的痛苦实在让人难以承受，像梦魇一般永远挥之不去。"

"是不是还有一种说法，她可能是自己主动离开的？"

"海岛的西岸有一个小的嬉皮士社区，是从二十世纪七十年代遗留下来的。有德国人、斯堪的纳维亚人，还有几个英国人。虽然他们不再居住在洞穴里了，可是存在感依然很强大，偶尔可以在旅游城镇里看见他们。我一直认为他们有参与这件事，我觉得贾思敏可能就跟他们住在一起。从伊冯娜所说的来看，她是个相当简单的女孩，但也有点古怪。有这么一种说法，还传得有鼻子有眼的，说贾思敏的确是自己跑掉的，然后一直跟这些嬉皮士住在一起，她要么是失忆了，要么是被洗脑了，也可能她想要回家但被人阻止了，还可能牵涉了毒品。"

"警方没有去那里调查过吗？"

"去了，可是……太迟了，你明白吗？"

其实我并不明白，也根本不关心。我已经厌烦了这个话题。那个死掉的女孩，那个肯定已经死了的女孩，她并不能带出艾丽斯好的一面。我想要的是前些天跟我共进晚餐的那个忙于出席听证会，忙于处理驱逐出境案件的性感利落的职业女性，或者是我在安德鲁家厨房见到的那个邋里邋遢的居家女神。我还记得那晚在花园里她被我逗得大笑时，那笑声如少女一般清脆却又暗暗透着一丝浪荡；还有她舔掉手指上奶沫时让人心痒的样子。我非常清楚生活会给我们安排某种角色去扮演，可是我已经看够了她的善良、她的责任感，听够了她的苦难回忆录。这杯中的美乐真是好酒，果香浓郁口感绵柔，在口中如血液般温热。除非有什么转机，不然我准备再来一杯就走人了。

"这事就说到这儿吧。"艾丽斯说，"我们换个话题调节下心情吧，你大老远跑来也不是为了聊这些。"她歪着嘴巴露出一笑。

我一整晚都没走。

艾丽斯又找出一瓶酒，像阵风一样在厨房里移动着，打开橱柜，抛撒各种调料，一会儿就制作出一碗配上自制香蒜酱的通心粉，还有一份西红柿黄瓜羊乳酪沙拉，这是道希腊风味的沙拉，虽然用她的话说"味道跟在希腊吃到的完全没法比"。

为了做这两道菜，她制造出的混乱场面相当惊人：黄瓜皮一条条耷拉在脏兮兮的料理机上，灶具上洒了一摊橄榄油，包裹羊乳酪的白色塑料袋掉在地上彻底被遗忘在那儿。艾丽斯对自己弄出的烂摊子视而不见，一口气不停地给我讲着她要离开帕罗斯的事。她说孩子们小时候很喜欢那里，可现在他们在伦敦有了自己的社交生活，得时不时地参与一些活动，也就越来越没兴趣去帕罗斯了。也许今年夏天这最后一次也挺好的，"凡事都有结束的一天。"她说。艾丽斯正切着西红柿，突然手停在了半空。透过半开着的窗户，她凝神望着湿漉漉的花园，"无论你怎样努力去阻止它。"

说完，艾丽斯回过神来拿起刀继续切，然后说道："你要是今年夏天没什么别的安排，也一起来吧。"

饭做好了，她提议把盘子端上楼去挨着壁炉旁边吃。客厅里的布置柔软舒适，几张相互不搭的沙发，套着马海毛的沙发罩，厚重的丝绒窗帘，还有磨薄了的土耳其地毯。壁凹里摆着一圈书架。电视机前放着一个灯芯绒小布袋；耳机和游戏机手柄散落在地板上。壁炉里是真的火堆，她往余烬里又添了一根木柴，炉火又重燃了起来，温暖而舒心。那只虎斑猫蜷在一个织花靠枕上，很高兴有人抚摩它。艾丽斯拉上窗帘，有那么一秒钟，透过玻璃的反光，我看见了她的脸，破碎的光如同水波涟漪，我想起了《到灯塔去》有一段提到，拉姆齐太太常为家人做炖牛肉，由此会带来一种凝聚力和安稳感。当然，对此时的我而言，这盘中佳肴则代表着上床的希望。

艾丽斯把盘子放在咖啡桌上，自己则席地而坐。我坐在沙发里，往前弯着腰，胳膊肘别扭地不知要往哪里放。我吃完了盘里的食物，用一片面包抹干净了盘里最后的一点绿色汤汁，然后站起来走到书架前想仔细看看。艾丽斯跟我说起贝克里斯黑斯市有个穆斯林妇女，被丈夫虐待了很多年，最后终于忍无可忍用厨房剪刀把她丈夫捅死了。说实话，这话题让我心里有点打鼓。

书架底部的几层放着畅销书、惊悚小说，还有一堆"霍恩布洛尔"系列短篇小说集。顶层上则是一些绿色和橙色封面的企鹅图书出版的旧书（有乔治·西默农、奈欧·马许和乔治·奥威尔等人的作品，还有《了不起的盖茨比》），此外还有几本包着彩色书封的硬皮书。一个独特的带着一道黄线的黑色书脊吸引了我，我伸手上去拿出了那本书：是马丁·艾米斯的《雷切尔文件》。我轻轻翻开一看，1973年出版，是初版。

"天哪！"我惊叫道。

艾丽斯一直在仔细观察我。"哈利很喜欢马丁·艾米斯，"她看着我的眼睛说，"据我观察，公立学校的男生们通常都比较喜欢他。性啊，金钱啊，还有大量的自我厌恶情绪。"

"你这话我可当没听见啊。"我拿着书回到沙发前坐下。那只虎斑猫溜下靠枕跑来我这里，脑袋拱开我的手想爬到我膝盖上来。我托起书，手悬在它上方，心怀敬畏地翻动着书页。

"格西，"艾丽斯说，"我是说那只猫。"

我都快不敢呼吸了，生怕弄坏了书页。"这里还有作者签名呢。"我说道。

艾丽斯叹了口气。"他可能是从易趣上拍卖来的。哈利呀，他向来对这种奢侈又冲动的事没什么免疫力。"

她的语调让我放下书，小心地转头看着她。她的目光有些呆滞。"拿去吧，"她说，"拿走吧，归你了。"

我假装没听见。"你想他吗？"我说。

她点点头。"我都忘了被抱着是什么感觉了……"

我们之间的空气仿佛突然凝固了。屋里暗了下来，屋外的雨滴拍打着窗户，就像有人抓了把碎石子扔在玻璃上似的。

艾丽斯摇摇头笑了起来。"我又不是修女。我是说被'他'抱着。我已经忘了被'他'抱着是什么感觉了。"

她眼睛盯着地毯不动。几分钟过去，我轻轻动了动腿赶走了趴在膝上的猫咪，然后犯下了我人生中最大的一个错误：我拉住她银灰色运动上衣的拉链，慢慢往下一直滑到肚脐，接着扒开讨人厌的尼龙面料，露出了她竟没穿胸罩的胸部，然后把她拉到了怀里。

在接下来的一星期，我搬回了我妈妈家去住。我总是忍不住去想，如果我当时没有搬回家，一切会不会不一样。

位于东希恩的这栋铁路小屋，是我从小长大的地方，这些年来几乎没什么变化：还是一样的旧地毯，一样的散不开的卷心菜味，一样的火车从屋背后呼啸而过。我的父亲早已不在，他从前是旺兹沃思监狱的牧师，做教牧关怀的时候突发了心脏病。妈妈给我的小房间做了些改进：一个小支架支起的松木置物架，她说是"拿来放你那些书"的；一盏从家庭用品商店买来的新台灯；在单人床边的墙上的相框里，装裱着《泰晤士报》文学副刊上刊登过的一篇文学评论的复印件，纸张都已经年久发黄了。家里的气氛总是很沉闷，原因有父母的期望，有我的成功给他们带来的压抑的快乐，也有我自己间断性的挫败感。而现在这种气氛更强了，面对我不断蔓延的窒息感，我妈妈连高兴都只能小心翼翼的。她一边给我们俩热着"几块不错的羊排"，一边不断地跟我聊着天：她把那个有毛病的壶拿回商店去，一个可爱的女孩接待了她（"是个黑人，不过态度好得不得了"）；她那个和善的教友珍妮主动提出要主持下个月的教会活动，她说"我的膝盖不好，这下我总算松了口气"。一会儿工夫，这样的闲话家常已经让我透不过气来，我当即决定，是非得采取点极端措施逃离这里不可了。

"你放在阁楼里的那几袋子东西，"她忙着弄甜点，用从乐购超市买来的苹果碎配小鸟牌（Bird's）的蛋奶粉，"我在想要不把它们拿下来呢。"

"不用了，放那儿别管它们。"

"那要不，你那么忙，我帮你整理一下吧。"

"不用，"我生硬地说，"我的东西一样都别动。"

那天晚上，我和她坐在客厅里看着一部可怕的肥皂剧，用她的话说，那是"我最爱看的节目之一"。我拿出手机翻了一遍通讯录。以前，我总能找到救星，包括需要人帮忙照看房子的同事或是朋友，有舍不得我走的女朋友，还有被我用心征服的别人家的父母。在紧要关头，迈克尔曾经解救过困境中的我，可现在他家的空房间已经被他的双胞胎孩子占据了。十五年来，我第一次感觉无路可走，只能直面自己的心魔。

就在这之前，我都没怎么想过艾丽斯的事。无论我起初是被她身上哪一点所吸引，那一晚都已经足够满足我了。可是当那部肥皂剧结束之后，我妈换了频道，开始看一部以二十世纪五十年代为背景的侦探节目，我开始想她了。那次做爱还算是令人愉悦的，那房子温暖又舒适，我还得了本免费书（我已经把书按五百英磅的价格卖给了查令十字街的一个漂亮的经销商。本来价钱还可以卖得更高的，可惜书背面被咖啡杯印了个圈）。何况她家的女儿马上要搬出去，能腾出个空房间来呢。

广告时间，我溜到厨房假装在泡茶。艾丽斯接起我的电话，听上去挺高兴的，我们又约了下个星期见面，在克拉彭的一家时髦的小餐馆共进晚餐。

第一次正式约会花费不小（她坚持要尝尝"试吃菜单"），不过我把它当成一种投资。我开始追求她，而且是用猛烈的攻势在追求她。我已经推算出了什么样的方案效果最好，然后将其付诸行动，也找出了关键的要点并有针对性地发动了进攻。之前在安德鲁·埃德蒙德餐厅，她毫不留情地揭穿我的坏男孩形象，倒成了我们之间的前戏，很显然，她就跟其他女人一样，被所谓的坏蛋给挑起了性趣。而同样显而易见的是，她喜欢弱势者，也坚信人性中的真善美。在第一次共进晚餐的时候，我编造出了一个伤感的故事，是关于大学时代一个女孩伤透了我的心（"不，不是弗洛莉"），而我从那以后就一直害怕再次受伤，还有我对承诺的恐惧（这是自然了）。吃完饭后，我们纯洁地在街上互道了晚安，不过第二天早上，我给她送了花，附上了一条精心编写的信息（"谢谢如此特别的你"），随后又发了许多一条比一条更挑逗的短信息（很高兴能与你共度美好时光……无法停止对你的思念……麦肯锡女士：你知道自己给我造成了什么影响吗？……快来床上陪我吧，拜托）。

我用了两个星期的时间，又跟她约会了两次，才真正地征服了她，我的最终请求也总算实现了。通过这段时间，我成功地让她相信她对我的创作能力和情感都带来了很大影响。我向她坦白我的写作处于瓶颈期，直到遇见了她，这么多年以来，我还是第一次触碰到自己内心真正的情感。我说我最近每天都在伦敦图书馆忙于笔耕，要尽快完成这本出版界都在屏息以待的书稿。我抛出一堆陈词滥调，看着她一点点照单全收，把我创作力和精力的重生都归功在她身上。

偶尔玩个失踪对于提高我的可信度是很有必要的。她全然不知我已经搬离了兰伯康杜街，也不知道我那个小小的债务问题，欠酒吧的账单已经逼得我不得不逃离苏荷区了。我的伦敦图书馆自由通行证也已经没了，亚历克斯回来后把它征用走了。所以我没去图书馆，而是整天在伦敦南部的慈善商店的图书区里浏览图书，或是在希恩巷尾的一家廉价咖啡馆里喝茶。为了掩盖我的行踪，我只在克拉彭跟艾丽斯见面，这一策略被我伪装成体贴的表现。我给她留足时间赶回家梳洗一番，或是去查看一下"普通中等教育证书的课程作业"（这些术语我都已经烂熟于心了）。我还向她表示了我对"厨房晚餐"完全没意见。"你真是太通情达理了，"她一边做着意面或是焖鸡肉一边说（她是个很棒的厨师），"我不想连续几天都把孩子们扔在家里。"事实上，虽然我很快就厌烦了这些十来岁的孩子在饭桌上闷闷不乐的样子，可我更讨厌花钱。跟她这样一个有身份的女人交往成本不低。举个例子，有一次我发现她似乎认定我会陪她去参加一个"寻找贾思敏"的慈善活动，每人要交九十英磅！在那个微妙的时刻，我编了个理由说要去参加一个教子的生日会才躲过了一劫。

一开始我的目标是那个空房间，到了9月，我改变了计划，决定跟艾丽斯更进一步发展（也许可以做那种时不时上个床的朋友），好顺理成章地占据那个房间。然而随着我们最初几个星期的交往，我慢慢开始考虑要发展更长久的关系了。我想象着自己是这房子的主人，但不是她的丈夫，想象自己拥有了她那套超大号羽绒被、她的爪形底座浴缸、她满满当当的冰箱，还有她那只猫。我装作漫不经心的样子谨慎地跟她谈论过哈利的人寿保险。她的孩子实在讨厌，简直是臭汗和激素混杂的一团臭气。但这想法倒并不令人讨厌。我并不爱她，而是保持理性客观的态度看待她，而且也注意到了她的年龄，包括她眉间和眼角的那一道道皱纹。我对她的欲望其实很复杂，也许更多的是精神上的吸引而不是肉体，我是被她的活力、她的自信，还有她处理复杂的计划或者问题的能力所打动的。当她接听律所同事或是她那些压力集团（什么"女性反这个"啦，"律师为这个"啦）的电话时，我光是听她讲电话就"性奋"不已了。这女人卓越的能力简直让我心神荡漾。

除此之外，将我点燃的还有另外一层更敏感的因素，她始终有种触不可及的感觉，即便是在我们正在做爱的时候，她都似乎有所保留，总是让人有些不安。她看起来对我是很热切的，她会真诚地询问我的"鸿篇巨制"，对我讲的笑话也都很捧场，会按我的要求脱掉衣服，露出她白皙的身体和漂亮地刻在小腹上的妊娠纹，还有私处茂密的毛发。然而唯一的缺憾是，即便我再怎么努力，她都没有达到过高潮，这对我的自尊心简直是致命一击。在我丢掉安全套回到床上的时候，她总会发出满足的声音，将脸依偎在我脖子上，好像很满足一般轻叹一口气。一天晚上，我决定正面解决这个问题。我用胳膊肘支起上身，低头看着她半闭着像月牙一样的眼睛。"该轮到你了，"我说着，就准备往她身下滑去，"不许找理由。"

可是她扭动着从我身下钻出来，左右转动身体不停把被子往上拽，直到她坐起来，弓着身子坐在床边。她抓了件破旧的毛巾布睡袍披在肩上。"我不会有高潮，"她直截了当地说，"倒不是我不享受跟你做爱，我很喜欢，都很喜欢，但是我就是没法高潮。"

"要是你吃口服避孕药，会不会比较……容易……会更满足些？"

她摇摇头。"是因为罪恶感吧，我想。"

"因为哈利吧，"我闭上眼睛，"这么说我就明白了。可怜的艾丽斯啊。"

我不停地亲吻她的脖子，直到她大笑着躲开。她的卧室，这个不正经的房间，到处都散落着衣服和首饰，还有彩色的小灯和布满灰尘的蜡烛，房间里有个浴室，她晃晃悠悠走了进去。我能听见她在里面小便。我倒头躺在枕头上，胳膊交叉着枕在脑后，袒露着胸口，做出若无其事的样子。"那就都便宜了我了。"我对自己说。可这时我脑子里却想到了哈利：那个大块头、结实的、死掉的男人躺在她的床上。我在心里暗暗狠下决心，发誓有一天不但要拥有她，而且要完完全全地彻底拥有她。

在我们第一次上床那晚以后，她就没再提起过帕罗斯的房子，不过我没忘记她之前委婉的邀约。我想到如果能跟她一起去那里度过这个夏天，等我们回到克拉彭的时候，她就会邀请我跟她同居了。希腊之行可是我这一仗的关键。

可是与安德鲁的一次碰面让我有些动摇了。

我一直都知道，艾丽斯很看重安德鲁。他们在工作和社交上都很契合（那次"寻找贾思敏"的慈善活动最后还是安德鲁陪她去的）。我有很长一段时间没再遇到他，可我一直都无法忽略他这个令人不悦的存在。有一个星期六，我在一个椅背上找到一条有丝绸衬里的围巾，艾丽斯说那是安德鲁的。还有一次，他在厨房的桌上留下一个信封，里面是一些要让她签字的表格。我好几次怀疑自己是不是闻到了他的须后水味道，是特兰佩的西印度酸橙香味。

我不喜欢这样。他的存在是个威胁，我迟早得采取点什么措施才行。

4月初，我又一次见到了他。那天下午我跟艾丽斯躺在床上，拿了瓶酒一边喝一边玩着《卫报》上的填字游戏。这期的填字游戏作者是新人马斯卡雷德，他这次出的题都与《牛奶树下》有关，以作为对这部戏剧的周年纪念。艾丽斯心情不错，我对剧本和角色的熟知让她着迷不已：莉莉·斯莫斯、卡特船长、诺古德·波尤等等。然后我就开始卖弄起来："躺下吧，放松躺下。让我在你的双腿之间沉沦吧。"我引述着剧里的台词，可她好像并没对我的话太认真。"你就是我的诺古德·波尤，"她不停地说，"是吧？"她有几分醉了，还觉得这很好笑。"我的诺古德·波尤。"

一开始我还把她的玩笑当作调情，还亲吻了她。可她没完没了的，这个笑话（"我的诺诺诺诺古德·波尤"）看起来完全是在拿我开涮，我感觉脸上有些挂不住了，浑身发痒臊得慌。我气冲冲地掀开被子，穿上短裤，然后才想起来，我也没什么别的地方可去，于是恼怒的情绪又翻了一倍。我捡起扔在地上的牛仔裤，在口袋里翻找出我的烟，然后走到窗边，猛地推开了窗户。

"快回来在我的双腿间沉沦吧。"艾丽斯温柔地说。她知道我生气了，却假装没发现。

我坐在窗台上点燃了香烟，用窗帘遮住自己半裸的身体以免被楼下街上的路人看见。我望着下面，樱桃树上是一簇簇白色的花蕾，薄薄的阳光照在对面的房屋上，把砖墙染成了金黄色，又透过玻璃折射出来。

隔壁花园里的购物车已经不见了。我有想过是不是管理员把它收走了，又或者会不会那车子还在那儿，只是已经被埋住而且散了架而已。我想象着荆棘丛下面锈迹斑斑的车筐，还有成群爬过的蚂蚁。不知道这世上有没有所谓的完全消失这一回事。我又深吸了几口烟，看着我的丝卡烟的烟灰慢慢变长成了一个摇摇欲坠的圆柱，然后把烟头弹了出去。

银灰色的烟灰飘散成一片片脆弱的菱形飘浮在空中。我留意到楼下传来说话声，接着听见门开了，有人聚集在了前院。我跳下窗台往楼下看去，可是下面的人被门廊遮住了。这时候，门铃响了，铃声在房子里回荡。

"有客人。"我说。

"噢，对。"艾丽斯一边回答着，一边穿上之前被我脱掉的绿色毛衣裙。她光着脚塞进一双羊皮踝靴里，然后迅速地前后甩了两下头，这是她快速整理好头发的方法。"是安德鲁、蒂娜和朋友们，他们来一起用晚餐。我们想着要点些印度菜外卖呢。"

她站在门口歪着脑袋看着我笑。看样子她好像酒醒了。"你不来吗？"

我还没回答，她就已经走出了房间。我原地站了一阵没动，心下有些慌张，觉得自己被骗了。我还没见过她的其他朋友，之前我们一直都是独处。可她为什么没告诉我他们要来呢？

我能听见她和安德鲁的声音，还听见了蒂娜的笑声，听见了客厅的门打开又合上，还有下楼去厨房的脚步声。

我起床穿好裤子，床底下的衬衫皱巴巴的。艾丽斯的衣橱门开着，有些哈利的衣服还挂在里面。我之前就翻看过那些衣服了，还揣走了几条我喜欢的领带。我一件件地翻看着，直到找到了一件我喜欢的淡粉色带暗纹的衬衫，衣服商标上写着查尔斯·蒂里特。衬衫衣领虽然有些发白了，不过还能穿。我套上衣服一颗一颗地慢慢系上了扣子。

蒂娜最先看见我。她正靠着灶台面对着门，我看见她惊讶地睁大了眼睛，但眼神中又有那么点高兴，我现在还时常回想起她当时的表情。接着她又看向安德鲁，表情慢慢收了回去变得谨慎起来。"保罗！"她喊了一声。

安德鲁当时正背对着我坐在桌边，听见蒂娜喊我猛地扭过头来。就在那一刹那，我知道他看见了我身上的衬衫还有我的一双光脚。看来他已经意识到，在他到来之前，我曾躺在艾丽斯的床上，做了些他不能做的事（当然不是什么财务会议，也不是匆匆吃个午餐那么简单）。

他想站起来，结果腿被椅子腿给绊了一下。他一边揉着小腿一边咒骂着，然后往我这边蹦了过来，这一系列有些戏剧化的动作给了他一些时间来整理自己的情绪。"老伙计！"他语气夸张地喊道，"你是从哪儿跑出来的？"

"我在楼上啊。"

"很高兴见到你。"

我握握他的手，面带微笑地看着他。"我们可有一阵子没见了。"

"是啊，不过你这不是就来了吗！艾丽斯，你可真是出人意料啊，人生实在是充满变数呢。"

艾丽斯从冰箱里拿出半打可乐。"噢，安德鲁，别跟个小孩似的。"

她用胳膊肘关上冰箱门。艾丽斯听上去有些生气。"我们都是成年人了。"

她看见了我身上的衬衣，脸一下红了："噢。"

"你不介意吧？我的有点皱了。"

她摇摇头没说话，转身走开了。

花园里有个瘦高个男孩，正拿着根棍子想把一朵郁金香给打下来。还有个大约十七岁的女孩，头发像个男孩一样短短的，穿着肥大的牛仔裤和球鞋，正坐在一架秋千上。那快要朽烂的秋千挂在一棵苹果树的树枝上，她用脚使劲蹬着草地想让自己旋转起来。

蒂娜发现我在看他们俩。她的衣着相当怪异，一件黑色的亚麻裙子，看上去像颓废的艺术家身上的罩衣。"那是我们的孩子。"她一边说一边理了理她用玳瑁色发夹夹起来的头发，"黛西和阿奇。"

这时，艾丽斯对我说："保罗，你去帮我把大家都叫过来可以吗？"

我喜欢她安排我做点事，这能让安德鲁看清楚我不是外人。

我跑上楼，对男孩们吼了两声让他们赶紧下楼去，然后又往上爬了几层台阶到了菲比的阁楼小屋。房门虚掩着，我正要推开门时，从门框的缝隙里瞧见了她，于是我停下来歪着头朝里面看。菲比正趴在床上玩着电脑，双脚光着翘在空中，屁股紧致圆润，身上的T恤皱起来露出了后腰上一片白皙的皮肤。

我以为自己动作很轻，可过了一会儿只听见她说了声"进来吧"，这是要告诉我她早就知道我在偷看，告诉我不要小看她。

看来我得当心点她了。

等我回到厨房的时候，艾丽斯已经从抽屉里找了张菜单出来，安德鲁正在记下大家想吃的东西。丹尼斯伸着鼻子到处嗅来嗅去，安德鲁好几次一脸嫌弃地推开它的脑袋，看样子他是个不喜欢狗的人（而我则一直刻意表现我有多爱狗）。艾丽斯看上去有些紧张，她不停地笑不停地把胡椒粉罐子或是报纸之类的东西挪来挪去。她甚至一度一直抓着弗兰克不放，一只胳膊搂在他胸前，几乎像是在用他来保护自己。有意思。我猜她会不会是因为我而紧张，毕竟新情人和老朋友见面还有些让她不适应。嗯，也许我是对的。她不停地给我派活：找餐具，拿啤酒，去冰箱里找腌酸橙、杧果酱还有辣椒酱（这女人的冰箱里真是什么都有）。我感觉到安德鲁的眼睛从头到尾一直在盯着我。

"你的鸿篇巨制写得怎么样了？"他问道。

这是艾丽斯常说的话。

"还行吧。"

"别谦虚了。"艾丽斯正摆着桌子，她停下来用胳膊搂着我，就像刚才抱着弗兰克一样。我闻到了她嘴里的啤酒味。"他最近每天都在伦敦图书馆里写作，进展真的不错呢。他的经纪人已经很感兴趣了。"

我笑了。蒂娜接着夸了一番我有多聪明。艾丽斯松开了搂着我的手，而安德鲁开始谈论一个紧迫的委员会议，议题是有关用于"检验和调查"的专项基金。

我往窗外望去。那两个年轻女孩——菲比和黛西，正坐在厨房门外的花园椅上。安德鲁的女儿坐姿很特别，双腿交叉着，一个胳膊肘放在膝盖上，表现出一种法国式的漫不经心。她身上有种任性前卫的气质总让我想到某个人，但又想不起究竟是谁。她身上宽松的羊毛毛衣从肩膀上滑了下来，露出青绿色的内衣肩带和一小片三角形的皮肤，看上去格外性感。

食物送到以后，我们围着桌子坐下来。我旁边是路易斯，在我看来，他是艾丽斯的孩子中最难看的一个，大胖子一个还满脸青春痘。艾丽斯因为他很是头疼，他学校的校长给艾丽斯打过好几次电话，是关于学校霸凌问题的。我不想在他身上浪费时间，于是就跟坐在对面的蒂娜聊了起来，问了问她的羊毛店的情况。"噢，就那点事，"她说，"星期五新到了一批羊驼毛！"她瞥了一眼安德鲁。"也不是多重要的大事！"

我很讨厌女人这个样子，讨厌她们像她这样贬低自己。而安德鲁这样的男人却总鼓动她们这么做。我还记得当初他在书店里跟我提到蒂娜的"小生意"时那种傲慢的笑。

"我很钦佩像这样靠自己白手起家的人，"我说道，"真希望你能为她而骄傲，安德鲁。"

"当然了。"他回答。

接下来的晚餐安德鲁成了主角。他说他的父亲患了痴呆，最近被送到了养老院。而他的母亲也有健康问题，状况不太乐观。上天真是太不公平了。她的一生中经历了很多的不幸。艾丽斯握住安德鲁的手没有放开。"我懂，"她说，"我懂。"

"真是太糟糕了。"我附和说。

黛西把手指伸进了一个小塑料罐装的薄荷酸奶沙拉里蘸了蘸，然后把混着薄荷碎的酸奶抹在了舌头上。

这下我终于知道她让我联想到的人是谁了。

"天哪，你看上去真像弗洛莉。"我说道。要说她是安德鲁的妹妹坐在我面前也不为过。

她抬起头，又在舔着手指头。"是啊，人们都这么说。"

其他人都安静了。我这么打断安德鲁会不会有些不合适？

"抱歉。"我说道，然后示意安德鲁请他继续。

艾丽斯朝我看了看，又转回去看着安德鲁。"你母亲今年夏天愿意出来玩玩吗？"她说，"伊冯娜和卡尔坚持要住酒店，所以我们有多余的房间。这样会不会对她好些？"

她的语气泰然自若，这个提议显然不太合适，不过在我看来却成功地把话题转向了希腊。

"伊冯娜和卡尔每年都来吗？"我问道。

"不是，一开始他们来过一两次。不过今年是贾思敏失踪十周年，所以他们会专程去一趟。"

"类似于朝圣？"

"差不多吧。"

艾丽斯正看着我，我满怀期待地给了她一个微笑，说道："真好啊。"我已经吃完了盘里的菠菜羊肉，喝光了几罐啤酒。我靠在椅背上，心想，接下来是属于我的时刻了。她马上就要再次邀请我了，而且这次是当着所有人的面。这是今晚顺理成章的收尾。也许她今晚请大家来正是因为这个。当然，要不要接受邀请还是在于我，但这个提议马上要被摆到台面上来供我斟酌了。

"今年我要好好晒黑一下。"菲比说。

"如果今年这是最后一次了，那这回我们一定要租皮划艇出去玩！"弗兰克说。

"太对了！"蒂娜大笑说。

"除非我们又遇到水母大侵袭。"菲比又补充说。

"噢，天哪，"安德鲁惊叫说，"不管你们怎么求我，我都不会再往任何人的伤口上撒尿了。"

"我都等不及要尝尝去年在乔治餐馆吃到的美味果仁千层酥了。"蒂娜说道。

"是尼克餐馆吧。"艾丽斯纠正说。

"是吗？"

"不对，是乔治餐馆，"安德鲁说，"你被尿了一身都没注意吧。"

他们都笑了。

"今年啊，"某人说，"我们一定要游泳游到赛琳娜之石去。"究竟这是那块石头真正的名字，还是指的关于某个名叫赛琳娜的人的有趣故事，我不清楚，没有人告诉我。我就坐在那儿，像是帕罗斯那栋房子花园里树上的柠檬，又像是一只"萨迦那奇对虾"（蒂娜说"我都等不及了，真想就着一瓶当地的玫瑰酒吃下去"）。

"听上去太棒了。"我在他们聊天的间歇插话说。

安德鲁看着我，脸上是得意的笑。艾丽斯的手臂扶在他的椅背上。

"要来点咖啡吗？"过了几分钟后，艾丽斯说。

"你们几个男孩，要不去公园踢会儿球吧？"蒂娜问。

男孩们推开椅子站了起来。

这时，菲比用一种难以捉摸的语气大声说："保罗，你呢？想不想去踢球？"

我很惊讶。她什么意思？难道她觉得我不在成年人之列，而是跟他们这些不良少年在同一层次？

艾丽斯说："保罗不像是爱踢球的人。"

路易斯说："他是游手好闲的那种人。"

我看到安德鲁在笑。我跳起来朝路易斯扑过去。"哈哈，很好笑。"说完，我用胳膊锁住他的头，然后不停地戳他，就好像我们是最好的朋友，像是两个密友在玩笑打闹一样。他挣脱出来，我见他一边跑上楼一边揉捏着自己的小臂。真是个白痴。

等了一阵，听到前门关上以后，我才上楼去用卫生间。

走廊的桌上有一瓶酒，我有种冲动，想把它砸碎在这棋盘形状的维多利亚风格地砖上。我拿起了酒瓶旁边的一个小包裹，是个用纸巾包起来的礼物，感觉像是一块香皂。我的粗花呢外套跟其他许多件外套一起挂在一排挂衣钩上，我把那个礼物塞进了内兜里。我估计艾丽斯都还不知道这个礼物的存在。我要把它拿给我妈。

我转过身，发现蒂娜正站在地下室的顶层台阶上。她看见我了吗？

应该没有，她朝我微笑着，但笑容有些勉强，她把双手的手指交缠在一起，又猛地扯开，看样子似乎很紧张。

她说："你对艾丽斯是认真的吗？很抱歉，我必须得问问。"

我顿了顿，说："当然。"

"你不会伤害她的，对吧？"

我努力克制住自己的怒气说："当然不会。"

她上前一步抓住我的衣袖。"我知道你不是那种男人，那种常常……嗯，也许不是她想要的。不过……我们……无论发生什么，无论最后结果如何，别伤害她，好吗？"

我微微欠了欠身，咬紧牙关，硬挤出一个微笑。"我想跟你保证，夫人，我的动机绝对是坦坦荡荡的。"

她看了我好一阵，最后似乎很满意地说："抱歉，我不该说这些的。只是安德鲁有些担心，仅此而已。她值得拥有幸福。"

"你也一样。"我直截了当地说。

我尽可能友好地朝她笑了笑，然后经过她旁边去了卫生间，但愿我的话成功地扰乱了她的心绪。

她，或是安德鲁，竟敢这么武断地来评论我是什么样的人？我做什么事跟他们半点关系都没有。我本无意伤害艾丽斯，可即便是有，她也不是我能伤害得了的。房子、朋友、财富，她样样都有，而我却一无所有。那一晚剩下的时间里，我一直高兴不起来，我自顾自地生着闷气，不愿承认自己也许被蒂娜说中了。

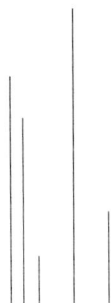

# 第三章

*Chapter three*

## 记　忆　碎　片

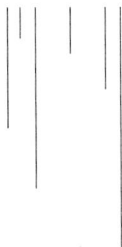

一个下雨的晚上我们去了布里克斯顿一家时髦的酒吧。一簇簇花朵掉落在人行道上被雨水浸湿。酒吧入口上方松松垮垮地挂着一张防水布，不停地滴着水。

从那天以后，我脑子里只有一件事，就是希腊。它就像讨厌的牙疼一样折磨着我。

我躺在我妈家的单人床上，气得胃里直翻腾。

隔壁传来一个小孩在花园里玩耍的声音，还有塑料球棍击打湿的摇摆球的响声，楼下的楼下有只约克夏犬不停地吠叫着，还有我妈妈的收音机里高声播放着西蒙·梅奥的声音，听着这些我想起了十年前，想起那时与一个叫萨芙伦的女孩之间的一锤子买卖。还有主街上被众多夜总会、泳池吧和爱尔兰酒吧环绕的一所廉价公寓；窗外闪烁的霓虹灯，空气中油炸鱼和柴油的气味，还有摩托车呼啸而过的声音。

我们当时买了游船票，我还记得船长扶着我们登船时粗糙的手抓着我胳膊的感觉，记得颠簸涌动的甲板、拥挤的人群、磕磕碰碰的膝盖和额头，还有被太阳晒伤的乳沟。颠簸中冰凉的绿色啤酒瓶不停撞击我的嘴唇，在船上我们听着那首《希腊人佐巴》，乐曲响亮，节奏鲜明，有些沙沙的声音，我们带着这首歌去了郊外、去了海上，那悠扬的曼陀林琴声，还有那海水，不再是旅游城市那种漂满泡沫混浊的样子，而是令人惊艳的湛蓝色：深色的礁石之间，是一片片无比清澈的海水，甚至能看见水面二十英尺以下的白沙和一闪而过的小鱼。还有就是那些身穿比基尼的年轻女孩，和我舌根处像洗甲水一样的松香酒的味道。

那个糟糕的下午，虽然我一直努力想忘记，但记忆的碎片还是一点点浮现出来：酒精、争吵，萨芙伦举在空中的手，砸在我头上的酒瓶，还有另一个女人裸露的肢体。

我睁开眼睛，整个房间仿佛朝我逼近过来：床头柜上是我妈妈留下的一盒大号纸巾，墙上略偏高的位置用钉子挂着三幅装裱起来的"老希恩"城市照片，那个毫无用处的铁艺小壁炉，被粉刷得又白又光，炉栅中放着一株吊兰。

我怎么就不能成为艾丽斯假期计划的一部分呢？我怎么就不该去帕罗斯？我现在是她男朋友了，这不是我应有的权利吗？

星期日在迈克尔家吃午餐时，这是我唯一想谈论的事。

"真不敢相信你居然想去。"迈克尔说。他穿着星期天在家常穿的运动裤和拖鞋，已经做好了一道装饰得很精美的烤鸡，这会儿正在清理烤盘里的碎渣。"你又不喜欢度假，也不喜欢离开伦敦。"

"我也可以出去透透气啊。这冬天这么难挨，而且我现在又跟我妈住一起，能出去小住一阵正合我心意。"

他的太太安，是个相貌平平、身材结实的女人，现在是一所中学的副校长，她说道："这是个家庭假期，所以一定会有很多孩子参加。"说着，她示意我看看花园里她的几个孩子，他们正在争抢着一辆塑料拖拉机。"家庭生活，不是被你看作地狱吗？"

"那些孩子已经不是小孩了，"我说，"他们都已经十几岁了，有三个男孩和两个十七岁的女孩。"

正在清理百丽玻璃烤盘的迈克尔停下来给我使了个眼色。

"她们会穿上比基尼的。"我又补充说。

迈克尔咧嘴一笑，然后怯怯地看着他老婆。她生气地站起来，扣上了刚才吃饭的时候没有扣上的牛仔裤扣子。"你只是自尊心受挫而已。"她一边说一边把餐具放进洗碗机，"你希望她邀请你，也只是为了能拒绝她吧。"

"正是因为她之前邀请过我一次，才更侮辱人啊。从我们上床以后，她就没再提过这事。我就是不明白呀，我觉得床上功夫是我的强项啊。"

迈克尔给了我一个包容的表情。"跟我们去威尔士吧，"他说，"我那对双胞胎会很高兴能跟保罗叔叔共用一个帐篷的。"我们都喜欢把我想成是孩子们最爱的叔叔。"我知道你不怎么喜欢露营，可是以我的经验来看，希腊的住宿条件也相当简陋。尤其是厕所。"

"据我对艾丽斯的了解，"我说，"她住的地方一定会很豪华的。"

"保罗·莫里斯，"迈克尔说，"你起初是为什么被这个千万富翁艾丽斯吸引来着……她姓什么？"

我一时半会儿没答上来，过了好一阵才记起她的姓。"姓麦肯锡。"

我看见他和安儿乎是面带同情地交换了一下眼神。

"也许她根本没指望过你会想去，"安说，"我是爱你的，保罗，你知道的（其实我并不知道。她一直是唯一一个对我的魅力无动于衷的人）。可是你并不是个愿意做出承诺的人啊。"

"她对你来说太老了！"迈克尔站起来搂着他老婆，把下巴埋在她头发里，说道，"别想了！赶紧另外找个小荡妇让我们高兴高兴吧。"

听完这话我不想说什么了，我很生气他们这样误解我、瞧不起我。也许是我长久以来一直扮演着酒色之徒的角色，可我还是很气愤他们这么敷衍我，于是我早早地离开了。


为了避免安所说的情况，我决定要清楚地让艾丽斯知道我是想去的。我给了她无数次暗示。一个下雨的晚上我们去了布里克斯顿一家时髦的酒吧。一簇簇花朵掉落在人行道上被雨水浸湿。酒吧入口上方松松垮垮地挂着一张防水布，不停地滴着水。"英国的天气啊，"我一边脱下外套一边说，"真是让人讨厌。如果我们能有一个月或至少两个星期的阳光，整个国家幸福指数都能上升不少。"

"还能补充点维生素 D。"艾丽斯说。

我换上一种自怜的语气。"你真幸运啊，还有希腊可以去。我都不知道要怎么熬过去呢。"

她没接招，只说了句："真可怜啊。"

在接下来的星期六，我又在考文特花园跟她约了一起喝咖啡。她先前在逛街给菲比买生日礼物，见面后不停地拿出一样样东西让我看，都是小片小片的布料，一件带褶边的上衣、一条牛仔短裙、一条镶了金色铆钉的灯芯绒短裤，还有一件紧身的橙色背心，最后主菜来了：一套比基尼！比基尼是绿色的，上面印满了黄色的棕榈树和粉色的阳伞；还有挂脖吊带和厚厚的胸垫，完全是二十世纪五十年代的样式。对我而言，实在不够性感。

"很好看，"我用欣赏的语气说，"你穿吗？"

她打了一下我的手。"别瞎说。"

"是给菲比带去帕罗斯的吗？"

"是啊，既是假日装备又是生日礼物。我这当妈妈的是不是挺厚脸皮的。"

我看着她的眼睛问道："今年都有谁会去啊？"

"伊冯娜和卡尔会住在酒店，所以房子里就我们这群人。"

"就你们这群人啊。"我重复了一遍。

"我们得打扫好一阵子呢。"穿着黑色迷你短裙的女服务员扭着腰走过来，艾丽斯付了账单。"你想不想回克拉彭吃午餐？"艾丽斯眯着眼睛提议说。

"我还有事，工作方面的。"我冷淡地说完后立刻离开了。后来我有些后悔，午餐只好去维多利亚的赛百味买了个三明治吃。真是可悲。

那次之后，我得弥补一下。这么闹脾气没什么好处。我需要加强攻势，但又得不着痕迹。几天之后，我想到一个主意。我妈妈已经把我那几个装东西的垃圾袋从阁楼拿下来放在了我的卧室地板上。我在其中翻找了一通，找到了一件我从艾尔康达带回来的紫色T恤，跟我从酒店偷回来的毛巾缠在了一起。T恤上面用锯齿状的黑色字体写着"让宙斯令你疯狂"。

再一次去艾丽斯家时，我把它穿在了针织衫里面。在她卧室里，我小小地表演了一出脱衣秀，一边跳着迪斯科一边脱掉衣服，直到身上只剩下那件宙斯T恤和我的短裤。"让我令你疯狂吧。"说着，我把她压到了梳妆台上。

"停，不要！"她说，"我讨厌那件T恤。它让我想起那天晚上。当时你醉得一塌糊涂，那么地……那么地讨人厌。"

我继续随音乐扭动着。"天哪，你要是穿上比基尼一定好看极了。"我的手在她身上上下游走着，"我要的就是这个。"

"噢，保罗，别闹。"她说。


直到6月的第一个星期，我才终于取得了一点突破。迈克尔送了我两张他用不上的免费戏剧票。这出戏在泰晤士河南岸的国家剧院公演，是以前南斯拉夫为背景的政治讽刺剧。我打算下班后直接跟艾丽斯在剧院见面。

她有些心烦焦躁。她的一个委托人要被驱逐出境了，我到那儿的时候她正在通着电话。直到中场休息的时候，她才终于接到了一直在等的那个电话。我们坐在两层座位之间的一个小台阶下面。我拿一个塑料小勺子一边舀着蜂巢冰激凌吃一边等她打完电话。这期间我一直不停地侧过肩膀好让其他人通过。

她挂断电话重重地叹了口气。"没什么希望了。"她说。

"可怜的艾丽斯啊，"我说，"你真的需要休息一下了。"

"需要同情的不是我。"

"离你的假期没多久了。"我穿着夹克有些热，之前应该把它放在座位上的。"也许能趁此机会放下工作换换心情。"

"我怎么可能放得下。"她不停地翻看着剧目表，然后指着男主角的照片说，"我就知道我见过他，他演过《急诊室的故事》。"

"那部剧我从来没看过，也没打算看。"

"对你来说肯定是太低级趣味了。"她的语气听起来忧郁而沉重。"保罗·莫里斯屈尊来看《急诊室的故事》，怎么可能。"她把剧目表扔到一边。

"抱歉，我累了。手头的事情实在太多了。U-Haul（出租卡车公司名）搬家公司的车9月就要来搬家具了，可是衣柜里的衣服和橱柜里的食物都还没清理呢，十年来我们向来是直接把东西往柜子里胡乱塞。"她叹了口气。"我都想把东西全扔给他们处理掉算了，反正他们要把地推平，干脆连房子一起夷为平地好了。不过……唉，我这骨子里的英国血统老想着要打扫整理。噢，天哪，我还得把赫尔墨斯处理掉。"

"赫尔墨斯？"

"是当初跟房子一起买过来的旧皮卡车。赫尔墨斯可是神话里的速度之神啊，真是讽刺。那车都好些年没开过了。要是能把它发动起来，我就可以把它卖掉。"

第二幕开始的铃声响了。看来到了不成功则成仁的时候了。我有些晕眩。"你需要的，"我说，"是一个专业的维修工。"

"是啊。要是能在帕罗斯找到个维修工就好了，希望那里会有。"

"或者是一个大学假期曾在莫特莱克最大的汽车服务供应商麦考伊汽车公司工作过，做过汽车年检和一般维修的性感帅哥。"

"真的？"

"维修无所谓大小。"

她咯咯地笑了起来，这笑声是我这一段时间来听过最发自肺腑的了。"你在开玩笑吧。老实说，你是不是开玩笑呢。"

我站了起来。"请等待，为您服务。"说着我用手指在空中画出了一个 U 形。

她也做了一个同样的手势："你是要帮我修车吗？"

我耸耸肩把手伸进裤子后袋里。"也许你误解我了，可能我喜好的并不都是阳春白雪。"

艾丽斯也站了起来。她站在比我高一级的台阶上，我们平视着对方。她说："我知道我们一直在说帕罗斯有多好玩，可是说真的，未必。要离开了我挺伤感的。况且，这次是贾思敏失踪十周年……伊冯娜和卡尔……反正不会都那么美好的。你就算去了也不一定会玩得很开心。"

铃声响起，第二幕开始了。我扶着她的胳膊肘轻轻把她引向观众席的方向，脸上是止不住的微笑。

我们走到座位排头的时候，她又转过身来看我。一位长者和两个年轻女人连忙站起来，挪开他们的包和外套好让我们通过。艾丽斯背对着他们没有动。

"那我就跟你们去吧。"我说道。

她注视着我，我感觉好像过了很久，最后她弯腰在我耳边轻声说道："很好，我很高兴。"

她轻轻吻了我一下，然后转过身在我前面优雅地挪着小步侧身往座位里面走。

我跟在后面不停变换方向侧身往里挪。我被一件外套绊住，不由得摇晃了两下，我朝其中一个女人笑了笑，做了个鬼脸说了声抱歉。我的样子看上去像是个笨手笨脚的白痴因为个头太大转不开身似的。虽然如此，我的心情却像要飞上天一般。我终于赢了。

　　昨晚我没怎么睡。胳膊上奇痒难忍，我整个手臂都红肿发炎了，而中间最开始被叮咬的位置却硬邦邦的没有血色，周围的皮肉肿胀起来，伤口都找不到了。被叮的地方已经没什么感觉了，就好像皮肤下面长出了一个桃核似的。其他地方的皮肤都已经被我抓得指甲里都有血了。这个从刺痛到痒再到刺痛的循环，已经快把我逼疯了。

　　之前有天早上我被允许去看了狱医，那是个长着一双大手和满脸皱纹的中年男人。他说不了几句英语，而我的希腊语也好不到哪里去，不过他表示出的同情都快让我感动地哭了。他给了我一支消炎的乳霜，我估计是抗生素，还给了一罐油膏用来治我脸上和手上的牛皮癣。他给我演示了要怎么用，假装用他粗大的手指尖蘸取一点，然后用类似擦玻璃的方法来涂抹。不过要说那些药现在哪儿去了，我就不知道了。

　　在这地方丢东西是常有的事。为了找那支乳霜，我把床铺拉开来，还把唯一一个薄薄的抽屉倒扣在床上。我一件件地翻找着抽屉里倒出来的东西，但最终只是徒劳，我想起了那次去希腊度假前收拾行李的时候，我是怎样仔细挑选每件物品的：白T恤、棉布裤，还有一双打折时买来的Vans（范斯）帆布鞋。我本打算要带上那件从宙斯俱乐部得来的紫色T恤。我当时心想，在对的时机穿上它，会让我的同伴觉得既有趣又讽刺。可我怎么也找不到。

我脑子里不停回想着，可我想到的不是布鲁姆斯伯里那所单身公寓，也不是克拉彭的那座豪宅，而是东希恩区我妈妈的那栋房子。脑海中，有那个一开窗就正对着花园的小房间，有光滑的壁炉，还有小小炉栅中的那株吊兰。

我还想象过那个房间空荡荡的样子。

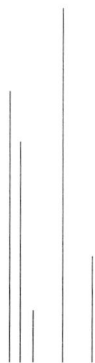

之后
*Then*

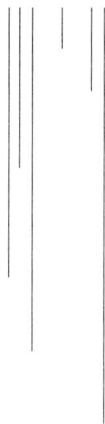

# 第四章

*Chapter four*

## 在 泳 池 边

我也不知道自己站在那儿看了多久，总之就是有点太久了。一片无花果树的叶子被风吹落下来，从一根根树枝之间缓缓落下，不时发出沙沙的声响。

　　我在热浪的烘烤中醒来，阳光灼烧着我的眼皮，穿透我的衣服直击肌肤，我的后背已经出了好些汗。我把头枕在行李袋上，能清楚地感觉到拉链上的锯齿硌在我的头皮上，还有硬邦邦的洗漱包顶着我的脖子。

　　我伸直双腿，僵硬地翻了个身坐起来，眼睛慢慢地适应着光线。时间还很早，不过耀眼的阳光已经穿过梧桐树的枝叶照了进来，天空一片靛蓝。闷热的空气中混杂着新鲜面包、桉树、茴香，还有讨厌的尿液的味道。远处商店的百叶窗一扇扇收起来，发出咔嗒咔嗒的响声，摩托车呼啸而过。街对面有个老太太正盯着我看。

　　大巴车依旧停在路边的停车区。昨天夜里这车飞奔而来，蓝白相间的车身看上去像一面旗帜。我已经清醒了，在明亮的阳光下，我看到了车子轮毂上方的锈迹，还有遍布车窗的污渍。车上所有的座位，包括驾驶座，都还空着。

　　我揉了揉脸，想消除行李袋在脸颊上硌出的印痕。

我的头隐隐作痛，嗓子由于尼古丁和大料水的关系有些沙哑，嘴里也发苦。我在想，这会儿要是再来一杯会不会太早了点？

这趟旅行很荒唐，简直是一出惊心动魄的荒诞剧。艾丽斯让我"去FlyBest网站（一家订票网站）上查查"，然后订星期天一早出发的托迈酷克的航班。英国航空有一趟航班起飞时间更合适些，但价格也要贵得多，这趟红眼航班意味着，即便有两小时的时差，"等到下午茶的时间，我们肯定已经在泳池里畅游了"。

"你应该能买到价格在五百英磅左右的机票，"她说，"在我订完票以后价格应该已经涨了一些，但至少我们还能同时到达。安德鲁已经订好了一辆车来接我们去房子那边，加你一个肯定能挤得下。"

从剧院回家，我们躺在床上，她睡在我胳膊下面，嘴唇轻轻触碰着我的肩膀，手指在我胸口摩挲。"行，照你说的做。"我咕哝着，庆幸她此时看不见我脸上惊讶的表情。我没想到机票会如此昂贵。本打算找迈克尔帮忙渡过这个难关，可这么大的数目即便是我也羞于启齿了。

第二天我到FlyBest网站上查了查。托迈酷克那趟航班已经涨到了六百八十二英磅，英国航空那班的价格则是一千两百英磅。我又往下翻了几页，发现了一个便宜些的航班。在"航程时长"一栏下面，写的不是"直航，共五小时十分"，而是"经停两次，共十七小时四十分"。这个航班比托迈酷克的要早七小时从希思罗机场起飞，但要晚五小时到达，到达时间是星期天下午五点四十分，比英国航空那班的到达时间晚十分钟。我下了订单。

"英国航空的？"听到我订的航班，艾丽斯有些不安地说。

"那天早上我跟一个美国出版商有个会。她只有那个时间段能见我。我倒是可以推掉，可是……"

"不，当然不能推掉。"她思考了一下，接着说，"你倒也没必要单独雇辆车。只是你如果不跟我们一起走的话，恐怕得自己打车到帕罗斯了。整整两小时的路程呢，怎么也得花上至少两百欧元。"

其实我已经谷歌好了，我能赶得上从机场出发的最后一趟大巴。"费用的问题就不管了，"我说，"等到下午茶的时间，我也会在泳池加入你们的。"

一开始一切都按计划进行着。我在8月一个湿冷的夜晚离开伦敦，搭上了晚上十点飞往慕尼黑的航班，在当地时间中午十二点五十分到达。我在机场出发大厅的椅子上过了一夜，然后坐红眼航班飞往雅典，按计划午后我要在雅典搭乘联程航班。可事情就是在这儿出了问题。本来爱琴海航空公司的这个航班只有四十五分钟的航程，但是由于技术故障延误了，我到达帕罗斯的伊欧娜西斯·维克拉斯国际机场已经是晚上十点十五分了，整整比预计晚了近五小时，也就错过了末班大巴。

我靠在已经关门的安飞士租车柜台的墙边，给艾丽斯打了个电话。打电话的时候，我竟觉得有些刺激，那是种因撒谎带来的紧张感。电话里我一再为没有早点跟她联系而道歉，我说我一直在给她打电话，问她是不是手机没信号。"通常都有。"她冷冷地说。我接着往下编，大致的情况是，我的行程安排有点变动。我这时候是在出版商的办公室里给她打的电话。我在伦敦等着要见面的那位美国出版商让我一直等到了下午，无奈之下我只好撕掉了英国航空的机票，选择第二天最早起飞的航班。"不过这次等待是值得的，等见面了我再跟你细说。"

意识到我并没有放她鸽子以后，艾丽斯的声音柔和了许多。她说她很难过，但能够理解。"大家都跟你问好呢。"她说。我挂断电话，腿上像通了电一般，突如其来的自由让我一阵狂喜，步履轻快地沿着机场交流道往帕罗斯镇郊走去。夜空是霓虹般的深蓝色，衬得树木和建筑轮廓十分清晰。虽然如此靠近跑道，空气却暖暖的，带着牛至和薄荷的香气。循着灯光和噪声，还有地上的唾沫和烤肉的香味，我穿过复杂的路网来到了貌似帕罗斯中心的地方。我经过一排旅游餐厅，一群晒伤了肩膀的女人正在尖叫着为一队打着响指的"传统舞者"喝彩。我找到了一家又小又暗还没有名字的酒吧，据我推测，里面都是真正的希腊人。后面的事情我几乎不怎么记得了，只知道我喝了很多茴香烈酒，还迷住了几个相当可爱的年轻女孩。凌晨时分，也不知是不是我脑子里的幻觉，好像有个希腊人把我送到了这辆停着不动的蓝白色大巴旁边一张遍布尿痕的长凳上，也就是我现在正坐着的这张。

大巴司机一出现我就早早地上了车，然后在前排占了个座位。随着乘客渐渐多起来，车内的温度也慢慢升高，一个长着弓形腿和一嘴坏牙的老妇人上了车，接着是一对热恋中的澳大利亚情侣，还有个一脸严肃的年轻人，身上的牛仔裤拉链只是象征性地拉上了点。过道对面一个头发油腻的男人身穿着一件黑西装，脚上是露趾凉鞋。他的脚指甲又厚又脏，像传统希腊鞋子的后跟一样卷曲着。我决定跟艾丽斯见面后要把这些见闻都跟她说说，她会很喜欢的。我很期待见到她，尤其是在这次秘密出逃行动之后。我居然很想她，连我自己都很惊讶。

上午十点，大巴在嘈杂的喧闹声中出发了，用了很长时间才出了城。我们大声抱怨着，随着车身摇摇晃晃，前方的道路不停地被车流和一群群游客阻断。司机一会儿加速，一会儿刹车，不停地打着手势朝窗外呵斥。不断有更多的人挤上车来；司机甚至一度下车去朝另一个司机喊叫。最后，路边商铺由美式快餐店（"麦香鸡"什么的）和超市（有"OK"和"Super Buy"，OK 和 Super Buy 都为超市名）变成了大理石商场和自助货栈，引擎的声音也渐渐小了，我们终于能顺利前进了。

我并不十分确定车程究竟有多长时间，出租车两小时的路程换成大巴也许要翻倍。带在路上看的狄更斯的书（《巴纳比·拉奇》）我已经看烦了，也不太想读杜鲁门·卡波特的《冷血》，这本书是我打算留着在泳池边读的。我的包里装着一本帕罗斯旅行指南，是迈克尔送我的离别礼物，我伸手从头上的行李架上把它拿了下来。

上一次来到帕罗斯的时候，我对这里知之甚少，就算是跟我说它是个大西洋上的小岛我都会相信。翻开书，我很惊讶地发现，帕罗斯位于大陆的西侧而不是南侧，我之前还以为所有岛屿都聚集在南侧。书的内封上的地图画着一片宽广狭长的陆地，形状就像一个拉长的葫芦，还有一串信息速览，写着帕罗斯面积八百平方公里，是爱奥尼亚群岛中最大的一个，其人口超过了相邻的凯法利尼亚岛和柯孚岛。帕罗斯的旅游业集中在其南部，北部的山区则有着"险峻的海湾，山坡羊群遍布，一个个小渔村点缀其间"，仍然保留着"传统帕罗斯风情"。当地因其濒危物种而闻名，有欧洲貂和地中海僧海豹，"它们居住在岛屿海岸线上的一个个洞穴里，尤其是那些人类难以到达的地方"。

我望向窗外，已经开始有些想吐了。车就快到达艾尔康达了，那里的人流实在是太密集了，可算是让我吃够了苦头。我们沿着主干道摇摇晃晃前进着，路边有许多"现金宾果"游乐场和爱尔兰酒吧。我放下手里的旅行指南，脸贴着窗户往外看，一切都那么陌生。大巴转了个弯进入一个停车场，车身抖动了几下停了下来。那对澳大利亚情侣和拉链青年下了车，一个剃着光头的男人拿着一个卷包晃悠着上来了。

"你们这是去日出海滩吗，伙计？"他问司机，听口音像是北英格兰或是纽卡斯尔附近的。

司机点点头。

"棒极了。那儿应该比帕罗斯城里要热闹些吧？我们昨晚去那儿，真是安静得很。我们想看看有没有派对呢。"

大巴司机耸耸肩："海滩很不错的。"

"适合露营吗？"

司机伸出两手做了一个像天平一样左右平衡的动作，那个光头把这当作了肯定的回答。"棒极了。"他又重复了这句话，说完冲他身后的朋友们打了个手势。

他们手脚并用地爬了上来，有六七个人，上车后就往车后面走去。塑料袋里的神话牌啤酒瓶撞得哐啷直响。其中一人的手机里正播放着说唱音乐。一个长相酷似瑞塔·奥拉的姑娘涂着红唇，白金色头发紧贴头皮编成羊角一样的脏辫，她站在过道上大声抱怨着被弄坏的人字拖："就是你弄的，你个蠢货，是你踩坏的，你得给我买新的。"

"坐下，劳拉。"光头男孩一把把她拉过来，让她坐到自己的膝盖上，她尖叫了一声，又站了起来。"去你的。"她说。

我一直抻着脖子看她，被她发现了。"你好啊，"她说道，语气显得过于熟络，"你还好吧？"

我闭上一只眼睛想对她亲切地眨眨眼，效果不太好。

那个脚指甲脏兮兮的男人小声抱怨着，他不喜欢他们带来的音乐和噪声。我又转回头去朝着车窗。车外紧挨着我的位置有个路灯柱，上面贴着一大张层压纸，纸上印着两张照片，是面带微笑的十四岁的贾思敏，还有二十四岁的她的合成照。这海报看着很新，上面写着："你见过这个女人吗？"还有小一号字体写的："英国女孩，于2004年失踪。浅棕色头发，蓝色眼睛。特殊记号：右肩处有伤疤。"我肚子里原本只是微微有些反胃，这会儿一下子翻江倒海起来。我都忘了贾思敏的事了。这时我又想起了艾丽斯之前的警告，什么周年纪念，什么父母之类的。我的天，他们哪会有心情度假啊。虽然他们的确是很可怜，不过我费了这么多精力才终于到了这儿，我可不希望假期被他们破坏。

往北走的路上，我们又停下来好几次。车窗外的景色越发绿意盎然，树木也更加茂密了。陆陆续续有人下了车。虽然我被起伏的风景和耀眼的阳光给催眠了，时不时打个小盹，但这些细节我仍然很清楚。当我终于睁开眼睛时，发现车里空荡荡的只剩下我一人了。我们正在往山下行驶，路两旁长着歪歪扭扭的橄榄树，地面上铺着一卷卷黑色的网子，看上去就像一具具干尸。

大巴停了下来。司机站起来抻了抻肩膀，他按下一个按钮，车门打开了，他朝我抬了抬下巴，说道："圣斯特凡诺斯到了。"

我的表情一定很惊讶。大巴似乎停在了一个前不着村后不着店的地方。路边依然是成片的橄榄树，斑驳的树影和正午的烈日。没有港口，没有船只，也没有成片的酒馆，不知从哪儿能看出这儿是他所说的地方。

我拿起行李架上的行李袋和外套下了车。司机正靠在车上打电话。道路的一侧有个小神龛，里面是一些蜡烛和圣像，一张年轻人的照片放置在一瓶干枯的花上。路的另一侧是个转弯处，还有一个大牌子，上面写着"德尔菲诺斯海滩俱乐部"，这地方的主人正是买下艾丽斯那块地的终身保有权的人。

艾丽斯给我发过去往那栋房子的路线说明，上面的起点就是这里，不过没必要着急，我点了支烟，跟司机挥手说了再见后，朝着房子的反方向往山下走去。我想先独自了解一下这里的环境，熟悉下周围的情况，找找哪里能买到烟，兴许还能找到一个睡前小酌的好去处。

我尽可能地走在树荫下面，于是只得走在一堵矮墙根下的水沟里。这条路荒无人烟，我很享受这份幽静。之前在车上打的盹让我现在精神十足。我在度假，没什么事，也没有哪个失踪的女孩能打扰我。阵阵蝉鸣在空气中回荡着。一条条干死的黑蛇盘在路面上。走着走着，路边的橄榄树和黑色网子渐渐变成了普通的树林和灌木丛。一小片草丛里拴着四只羊，还有许多房屋，有两栋度假别墅，接着是几间村舍，一座座砖块和白灰墙混杂的房屋，还有一片片菜地，一盆盆植物，几只瘦骨嶙峋的黑猫白猫，一条被绳子拴在柱子上的狗恶狠狠地吠叫着。

我从一只死掉的小猫身旁经过，它四脚朝天躺在路边，再往前走点，一个老妇人坐在塑料折叠椅上，身旁是一扇敞开的门。她身旁的小院里有些鸡在跑来跑去。我微笑着跟她打了个招呼，想象中自己的身影一定很活泼愉快。她没有回应，只是一直盯着我看。过了没多久，我离开主干道，走进了右手边一条狭窄的人行道。路面有几处不太平整，我被绊了好几次，一面面粉白的墙靠得很近，热气在墙与墙之间涌动着，阳光在房屋的缝隙间闪烁，一片片蔚蓝色的海水时隐时现。空气中飘荡着新鲜热面包、酸奶、现炸大蒜和烤羊肉的香气。接着我又看到许多猫，伸展着身子躺在台阶的角落里，像在晒鱼干一样。道路渐渐变宽了，我转过一个弯，又往下走了大概二十级台阶，来到一条狭窄的交流道上。我沿着两栋房子之间的排水沟往前走，突然，眼前出现一片炫目的灯光，巨大的音乐声震动着我的耳膜，原来我已经到达海滩了。

这是个漂亮的港湾，边上有一排商店和酒馆。我把包放在了地上。这地方有没有一点似曾相识呢？十年前，我们的船是不是就绑在那座浮桥上？我还记得桥板上的缝隙，桥下油乎乎的水，像腐烂的珊瑚一样的坑坑洼洼的藤壶，还有快要变质的鱼散发出的又咸又难闻的味道。眼前的景象我并不陌生：海面静静的，就好像要凝固一般，还有地平线上横跨阿尔巴尼亚海峡的广袤土地。可当时我和萨芙伦那一天是怎么度过的呢？可以肯定，我们当时有游泳。可是是在哪儿游的呢？我们是不是有翻过岩石找到一个秘密洞穴？还是说我们沿着溅满柏油的海滩长途跋涉了一番？

我想起当时我们发生了争吵，萨芙伦扯着嗓门，说着承诺什么的，还扔了个瓶子。我还记得有另一个女人，一丝不挂地躺在楼下的一间屋子里，屋内窗户关得严严的。

或许那不是同一天里的事？

无奈脑子里只有一些记忆碎片。

我拿起包，走过一排商店，到了海滩另一头，路变得宽了些。一个男人在出售货车后车厢里的活鸡，拿着一个喇叭不停吆喝着。两个身穿短裤、肩上挎着草编包的女人，正在看一家小超市橱窗里的某样东西。"真是让人惋惜。"其中一个女人大声用英国口音说道。"是啊，我一直觉得是她母亲干的呢。"

我走上前去，只见在一个彩虹条纹的充气垫和一只充气黑鲨鱼之间，又有一张贾思敏的传单。其中一个女人注意到我，投来奇怪的眼神。于是我又退了回来。

离我最近的尼克餐馆正打着广告："希腊特色、家庭风味、早餐、酸奶蜂蜜、茄片夹肉、炸鱿鱼圈"。在用餐区的另一边，有个建在水面上方的宽阔平台，遮阳棚上爬满了藤蔓，一张张铺着白色桌布的方桌前坐满了用餐的客人。植物的缝隙间透过一缕缕阳光，不远处是宝石一般的海水。我踌躇了一会儿，犹豫着要不要停下来喝杯咖啡，来点"酸奶蜂蜜"，可一想到可能会遇到安德鲁，就打消了念头。我仿佛都能听到他嘲弄我的声音："要不您屈尊跟我们一起？"

还有就是，我干吗要花这冤枉钱呢？

我转身按原路返回，这次我沿主干道出了村子，再次经过了坐在塑料椅子上的老妇人、可怜的死猫咪，还有那些零星的房屋和菜园，最后回到了刚才我下车的地方。通往"喀耳刻之所"的那条小路就在不远处。

这条小路又窄又脏，热气灼人，一坨坨土块胡乱堆在路中间，两旁的灌木丛烂糟糟的，像是什么重型机械从上面轧过去了似的。我走了足足十多分钟，穿过橄榄树林，慢慢地树木变得稀疏起来，蝉鸣则愈加响亮，天空仿佛也更蓝了，阳光也更加炎热。牛至的香味飘荡在空气中，温暖而朴实。无数的蜜蜂嗡嗡地飞舞着。

快要到达山顶的时候，眼前突然出现一道门，门里面的土地都被翻了起来，一台装着红色机械臂的黄色挖掘机停在角落里，中间的位置是一块长方形的混凝土，上面插着许多金属杆。一条狗被拴在了看不见的地方，急切吠叫着。既然都看到工地了，那我一定是快到了。小路在这儿突然往右转了个急弯，陡峭地向着一片房屋延伸上去。一个穿着橙色T恤、戴着鸭舌帽的高个男人正在修剪树篱。我跟他打了个招呼，他把剪刀扛在肩上盯着我看。他脸上是金色的胡楂，一双眼睛是极浅的蓝色。

我继续往前走，努力克制自己不要回头看他。

路的尽头有一扇敞开的门，门里面有一小片崎岖不平的草地，因无人照料而杂乱无章，草地边沿是一些年久失修的外屋：有一间残破的砖房，已经爬满了常春藤，一个难看的瓦楞棚子，还有一间又长又窄的低矮平房蜷在铺了瓷砖的屋顶下，墙壁刷成了桃红色。

我的第一感觉就是失望，这完全不是我期待的样子。我突然有些想家，每到一个新地方都常有这种感觉（不过，话说回来，我连家都没有，又何来的想家呢）。

这地方空无一人。没有看到车，窗户也紧闭着，前门也锁上了。我四处打探了一下，想找地方进去，这时我发现了一条小路绕着房子侧面通往一个宽阔的露台，露台被一张张长凳、藤椅和一盆盆薰衣草分隔开来。露台上阳光充足，眼前是最壮观的风景。走出露台，外面是白乎乎的热气，这里离海比我想的要近，我之前一定是翻越了一个海岬，现在呈现在我眼前的是一片浓重的色彩：仿佛扎染一般的海蓝色、深蓝色和蔚蓝色；海平面上点缀着朵朵白云；还有四周环绕的深绿色的柏树林。我站在那里把这一切尽收眼底。原来这就是这栋房子的独到之处，也是它的奥妙所在。

房子的这一侧似乎打理得更用心些，即便墙上的油漆有些剥落，但墙面仍是干净的白色。我透过一扇扇窗户，看见了里面的客厅和一间又一间卧室。大多数房间都锁上了，不过我推了推中间的一扇蓝色小门，门开了。

我的眼睛用了些时间来适应。这里是一间厨房，布置得很简单，有个石头水槽和一个老式的煤气炉。几个炖锅挂在一个圆形的铁架子上。木头案板上放着一个用有着二十世纪六十年代风格的几何图案面料做成的口袋，一个钱包和一包纸巾快要从里面掉出来了。陶瓦地板上布满了湿脚印。

冰箱不停震动着。

"有人在家吗？"我站直身子喊道。

没有人回答。我又一次感到强烈的失望，觉得很扫兴。我以为艾丽斯会很期待见到我，我的到来怎么也得让她激动一番。可是我没有收到预想的欢迎，没有看到一点热闹和忙乱，更没有美味的午餐、清凉的冷饮。这感觉甚至像是没人指望我会来似的。

我穿过房门来到露台上，热气白得几近刺眼。花园顺着布满岩石的斜坡向下延伸，中间夹杂着几片薰衣草和白木槿，还有一丛开着粉花的灌木。在那后面，花园陷进了一片翠绿的阴影下，一丝绿松石色闪过，一把乳白色阳伞明亮的一角出现在面前。

我把包放在露台上，沿着石头和混凝土铺成的小路走去。许多光盘挂在树枝上摇晃着碰撞着，应该是某种驱鸟的装置。蝉鸣声越来越响，一波接一波，整齐和谐地鸣叫着，仿佛它们知道什么我所不知道的秘密似的。脚下干枯卷曲的树叶被踩得噼啪直响。一阵微风拂过，草木随之摆动着沙沙作响；苍蝇不知疲倦地在四周嗡嗡飞动。那天周围很吵，这一点我记得很清楚，持续不断的噪声把其他声响都给盖过了。就算有人突然出现也不会被发觉，你根本听不见他在靠近。

毫无疑问，此时此刻，没人听见我走过来。

走到台阶的底部，我停在一棵无花果树的树荫下，观察眼前的风景。我想到了霍克尼的那些画作。泳池由许多菱形和曲线组成，池边静静躺着几个人。我认出了那两个年轻女孩，她们后腰中间那纤细的曲线沿着比基尼泳裤向上延伸，头发盖在脸上，粉嫩的大腿裸露在外面。在她们的另一边离我更远的位置，还有两个人。安德鲁穿着一条深蓝色泳裤躺在躺椅上，头上是一顶巴拿马草帽，手里拿着一本书。艾丽斯侧坐在旁边的一张日光浴床边上，肩上披着一条浴巾。安德鲁的眼睛看着手里的书，但下巴稍稍倾斜着，直到现在我也没弄明白，究竟是不是他的脸在水中扭曲波动的倒影让我觉得他并不是在看书，而是在悄悄地跟艾丽斯说话。

我也不知道自己站在那儿看了多久，总之就是有点太久了。一片无花果树的叶子被风吹落下来，从一根根树枝之间缓缓落下，不时发出沙沙的声响。我走上前去，艾丽斯闻声抬起头来。只见她愣了一会儿，嘴巴动了动，接着安德鲁托着书的手放了下来。两个女孩稍微挪动了一下。之后，有那么一两秒，所有人都像被冻住了似的一动不动。

我揉了揉手上被包带勒出的印迹，然后就像是在欢迎自己一样，大喊了一声："你们好！"

艾丽斯一下跳起来，肩上的浴巾跟着掉了下来。她穿着一身比基尼，正是之前在咖啡厅她给我看的那套声称是买给菲比的 Topshop（英国一个时尚品牌）比基尼。她快速摆弄了一下脖子后面的带子，然后把手指塞到胸部下面的带子里调整了一下。而她身后的安德鲁还是坐着没动，只是举起手伸直胳膊张开手掌挥动了两下打了个招呼，就像交警的停车手势一样。黛西翻身坐了起来。她光着上身，娇小诱人的胸部一览无余，我赶紧转过头去。

"太好了！"艾丽斯张开双臂朝我走来，"你终于来了！"

我突然感觉松了口气，都有点想哭了。在体内的内啡肽的强烈作用下，我似乎感觉到一阵畅快。她的确有期待我来，她的确是很高兴见到我的。我无法控制脸上的表情，露出了灿烂的微笑。

"你还带了外套！"她说，"你疯了呀！"

她接过我的外套，扔在一张椅子上，然后张开双臂抱住了我。我们的脸颊贴到一起，我认真地亲吻着她的嘴唇，用舌头轻轻开启她的嘴巴，右手将她搂得紧紧的，我知道安德鲁在看着。我揉捏着她的比基尼带子，脑子里似乎想的是黛西娇小诱人的胸部。不过很确定的是，我很想要艾丽斯，想要把她抱紧。

她笑着躲开我。"你好臭。"她说道。的确，我热得够呛，额头上是一串串汗珠。身上的亚麻西装皱巴巴的，里面的马球衫上残留着昨夜吃过的烤肉串的印迹。

"多谢夸奖。"我大笑说。

"不客气。"

"我都不知道这儿有人，"我说，"一辆车都没看见。"

"蒂娜带着男孩们去特里加其那家人超市买食物了。你要是早点打电话，她还可以去接你啊。你打车来的吗？这儿好找吗？"

"小菜一碟。"我说道。

这时候，安德鲁已经站了起来，正脚趾张开迈着他的罗圈腿摇摇晃晃地从泳池边走过来。"你好，你好，你好！"他热情地说，"你能来真是太棒了。一定等不及想跳进池子里了吧？池水棒极了，有一点点咸，温度刚刚好。怎么样，想下去试试吗？"他拍了拍我的背。半裸着的安德鲁看上去很是让人尴尬：苍白的小腿，长满雀斑的小臂，圆得有些惊人的大肚腩挂在泳裤的裤腰上。"要不赶紧游两圈，我们给你开几瓶啤酒？蒂娜很快就会带午餐回来了。"

"还是稍等一会儿吧。"我说。

"别等了，快去吧。赶紧游一圈，舒服得很，我保证。"

"游泳能帮你放松一下，"艾丽斯说，"缓解一下长途飞行的疲倦。"

我只好点点头，感觉被他们逼得死死的，这两人护送我沿着小路爬上去回到房子里，好让我"整理一下"。安德鲁吹着难听的口哨钻进了厨房，艾丽斯带着我去了我们的房间，就在房子的最远端，可以通过独立的门从露台直接进去。房间里的百叶窗关着，屋内又黑又热，在微弱的光线下，我看见了一个斗柜，一个华丽的衣橱，蚊帐下面罩着一张植物园风格的大床。

艾丽斯说："我猜你应该会想先洗个澡。"

我抓住她："我猜是你想让我先洗个澡吧。"

她笑着推开我。"赶紧去吧。"

她打开一扇小门，里面是间昏暗的浴室，然后说到外面等我就出去了。我脱掉衣服，彻彻底底地洗了个干净。淋浴的水流时大时小，一会儿烫得要命，一会儿又冷得刺骨。几只恶心的虫子围着我脚踝飞来飞去。浴室里一股下水道的味道。我用架子上的祖马龙沐浴液洗了洗，洗完后用唯一能找到的一块挂在洗脸池边的亚麻手巾擦干了身子。

我光着身子回到房间里，在包里翻了半天才惊恐地想起来，我竟然忘了带短裤。这可不妙，实在有损我精心打造的整洁、能干的客人形象。安德鲁原本就想找机会嘲笑我，我这副窘相岂不是正中下怀。我在衣橱里找了找，想看看会不会有哈利以前的备用短裤，可没有找到，只有几条滑溜溜的裙子和印花上衣，还有一些卷起来的内衣。我抚摩着艾丽斯的一条薄薄的黑色蕾丝内裤，想象晚些时候我把它从她身上剥下来的样子，算是给自己打了针兴奋剂。我把内裤放回去，在衣橱底部找到了一摞空的蓝色的宜家购物袋，上面放着厚厚几沓用橡皮筋绑起来的传单，又是跟"寻找贾思敏"有关的东西。我无奈地关上了衣橱门。

看来没有其他办法了。我把一丝不挂的身子藏在门框后面，脑袋探出门外。艾丽斯、安德鲁和黛西正坐在露台的桌边，听到动静他们齐刷刷地转过头来。

"有个小麻烦，"我说，"我忘记带泳裤了。"

安德鲁心满意足地笑了。"真是靠不住啊，保罗！黛西，麻烦你去给他拿一条我的裤子好吗？粉色的印着海龟的那条吧。应该在我房间里。"

黛西从椅子上起来，慢慢往房子的另一头走去。她把一条印着花朵图案的纱笼系在脖子上，布料松散地一直垂到她大腿根。我看着她大腿紧实的肌肉随着步子有节奏地伸缩着。

艾丽斯说："噢，保罗，你可真是倒霉，怎么会没带裤子呀！"

"你可以去港口买一条，"安德鲁说，"那里的商店有各种款式的紧身泳裤。"

"谢了。"我说。

我站在泳池深水区一端，脚趾用力，手臂向上伸展，看着一阵微风从水面的波纹上掠过，就这样过了好一会儿，然后凭借全身仅剩的肌肉记忆，纵身一跃一个猛子扎入水中。

这个跳水并不那么完美（我大腿上感到一阵刺痛，一股水直冲到鼻子里），不过还算能看。我俯冲到池底，把身上穿的安德鲁松垮垮的泳裤往上拽了拽，那一刻，我享受着池底的寂静，享受独自在这泛着白色波光的世界里与外界隔绝的感觉。我伸开手臂用力划动，越过池底，看着闪烁的锯齿形光线，感受着池底瓷砖粗糙的边缘擦过我的躯干。

等我钻出水面的时候，艾丽斯正在浅水区那头面带微笑地看着我。"舒服吧？"她说。

我像小狗抖干毛发那样甩了甩头，然后抬手把头发往脑后一拨，游了几下到了池边。"棒极了。"我绷紧手臂的肌肉撑着池边爬上来，希望艾丽斯能注意到安德鲁的身材跟我相比有多大差异。

这条借来的泳裤太肥大了，几乎都过了我的膝盖，我提了提裤子，坐到了一张空闲的日光浴床上，身上的水把垫子都浸湿透了。艾丽斯拿来一条浴巾盖在我的肩上。

她挨着我坐下来："你的会开得怎么样？"

我耳朵里进了些水，于是就将浴巾的一角卷得细细长长的塞到耳朵眼里去吸水。"开会？"

"对啊，就是跟那个美国编辑的会啊。她怎么说？她喜欢你这本书吗？"

"是啊，"我说，"她很喜欢。"

"她会帮你出版吗？"

"嗯，她同意了。"艾丽斯的语气听上去如此热切，怎么回答已经由不得我了。

"噢，保罗，真是太好了。"

我又一次沉浸在她的关切中忘乎所以了。"实际上，"我慢慢地说，"她跟我签了份优先购买权合约，还给出了一个相当可观的价位，以防我的经纪人把这本书拿出去拍卖。"

艾丽斯惊讶地用手捂住嘴。"有多可观？"

安德鲁此时正躺在泳池的对面，我并不清楚他是否也在听我们说话，不过我倒是有个办法来测试一下。"多达六位数。"我说道。

谎言仿佛气球充了气一样，慢慢胀大，然后停顿在空中。我尽力忽视空气中充斥的震惊感。

安德鲁站了起来。他胸口稀疏鬈曲的毛发之间聚集了一片片汗珠。"那今天的冰激凌就你请了吧！"

说话间，只见他的双手抓着躺椅两边用力地攥紧着。

我没听见蒂娜和孩子们回来，他们就这样突然出现在了泳池边：两个小点的男孩脱掉上衣，踢掉脚上的运动鞋，直接一头扎进了水里。

蒂娜过了一会儿才慢慢过来，透过灌木丛能看见她蓝色的衣衫。她来到小路底部，远远地张开双臂朝我走来。我也立刻站了起来。"保罗，"她说，"你终于来了！你这机灵的家伙，很顺利就找到我们了呢。"她给我一个拥抱，碰到我湿淋淋的身体一下子弹开来，我们这一抱把她头上巨大的草帽都碰掉了，她大笑起来。她的热情让我很惊讶，但同时也很高兴。她穿着一件宽松的蓝色亚麻裙子，就像在身上罩了一顶帐篷。我一直没弄明白她怎么就意识不到自己有多美呢？她总是把自己裹得严严实实的，而她恰好是我们之中最不需要遮盖的人。

"你的泳裤跟安德鲁的一样！"她说。

"这就是安德鲁的啊。"

"噢……好吧，"她会心地弯着腰凑上前来，一脸坏坏的表情说，"你穿着更好看。"

安德鲁放下书抬起头说："你还真是忠贞不贰呢，我亲爱的太太。"

蒂娜说她已经做好了午餐，甚至还说服了弗兰克和阿奇在下楼之前帮她摆好桌子。

"路易斯有一起帮忙吗？"艾丽斯问道。

"他觉得有些热，有点累。"

"他这会儿在哪儿？"

"屋子里呢。"

"在玩游戏吗？"

"应该是吧。"

两个女人看着对方，两人之间似乎有种生硬又尴尬的气氛。我隐约感觉到路易斯已经成了问题人物了。艾丽斯摇摇头，蒂娜回以一个苦笑。看见这情景安德鲁站了起来。"听我说，"他一边走过去一边说，"回头我跟他聊聊，我们会处理好的。"

他蹲在艾丽斯脚边，好看着她的眼睛。我呸，这男人可真够自大真够傲慢的。他算什么，竟敢扮演她孩子的家长。

我想起从迈克尔的老婆那儿听来的一段话。"这就是所谓的忧愁守恒定律啊。"

"什么意思？"艾丽斯抬头看着我。

"就是说，有这样一个规律，每个家庭里总会有个反骨的成员，不然这个家的生活就太一帆风顺了。"

艾丽斯无奈地笑笑说："这倒是挺精辟。"她站起来，小心地绕开安德鲁过来拥抱我。"忧愁守恒定律，我喜欢这个说法。"

"作为一个家长，家里有一个孩子不快乐，你的日子就好过不了。"蒂娜说道。

"是啊，"艾丽斯说，"就我家来说，那个不快乐的孩子从来都是路易斯。"

蹲在地上的安德鲁站起来，别扭地捏着她的肩膀，像是在拍打，又像在按摩。

蒂娜脸上依然保持着微笑，她似乎对安德鲁的举动或是这种亲密的肢体语言毫不介意。"好了，各位，"她说，"该吃午餐了。保罗，你一定饿坏了吧。这年头飞机上都不给提供食物了。"

"你都不知道我有多饿。"我答道。

我们俩走到小路底下的时候，她捏了捏我的手臂说："你在这里我真的很高兴。"

"高兴有新鲜血液加入？"我问。

"也许吧，或许我就是喜欢有你的陪伴。"

我们在树荫下的长桌上用了午餐。蒂娜用西红柿、洋葱和橄榄做了一道沙拉，还摆了一盘奶酪和从特里加其的面包房买来的菠菜饼。食物的卖相实在算不上好看（把蒂娜的各种品质综合起来看，厨艺的确不是她的强项），不过午餐是了解这个群体动态的好机会。安德鲁坐在了餐桌的主位，很明显他扮演了一家之主的角色，他给每个人指定好座位，确保蒂娜和艾丽斯像维斯塔贞女一样分别坐在他的两侧，用他的话来说，这叫"整理队伍"。一怒之下，我差点赌气去了桌子最远端，可艾丽斯意味深长地拍了拍她身旁的座位让我坐下。她的脚踩着我椅子腿的横杆，手放在我大腿上。她敲了敲她的酒杯，提议为庆祝我新作品的成功大家干一杯："敬保罗，祝贺你的努力终于得到了应有的回报。"喝了这杯酒，我已经控制不住脸上的微笑。我真想对安德鲁说，面对现实吧你。去你的破裤子。

面对这无限美景，我的心情却有些烦躁。家庭生活，在我眼中可以跟地狱画等号。这不正是安当初所说的吗？看来她说的有点道理。午餐的进程不太顺利。我们遭到了昆虫的袭击，小小的黑蚂蚁组成队列爬过每一块面包屑，体形更大些的红蚂蚁顺着椅子腿往上爬，还有成群的黄蜂。谁知道希腊竟然有这么多的黄蜂。两个年轻女孩闷闷不乐的，说是"不饿"，不是摆弄着手机，就是歇斯底里地从座位上跳起来（嘴里喊着"这是只该死的黄蜂！"）。两个男孩弗兰克和阿奇，都穿着短裤，脸色苍白，浑身瘦骨嶙峋却精力旺盛，两人因为乱扔橄榄被教训了一顿，一直不停地问我们下午怎么安排："我们能去海滩吗？可以去玩帆板吗？能不能去艾尔康达的水上公园呢？"

"老天爷啊，你们就不能安静吃个午餐吗？"蒂娜终于忍不住发火了，"别老惦记着接下来的事。"

然而，让气氛降到冰点的却是路易斯。他最近块头变得更大了，经历了青春期的发育旺盛期，他的下巴更加突出了，眉毛也更浓密了。他坐在安德鲁对面，左手拿着叉子不停把食物往嘴里塞。他穿着黑色运动裤和黑色连帽衫，还一直不肯把帽子摘下来。我知道艾丽斯很担心他，他在学校因为霸凌问题遇到了麻烦。或许我早该多关注一下他的问题，早该提供一些帮助的。

"我怎么就不能来瓶啤酒？"他咕哝说，"他都喝第三瓶了。"

艾丽斯笑了。"保罗是成年人了，"她说，"今晚你可以喝一瓶。我可不会让你在午餐的时候喝酒。"

他翻了个白眼。"简直就是愚蠢，"他说，"你们弄这些荒唐的规矩，完全是不讲理，你都不知道自己在说什么。"

"不许这样跟你妈妈说话。"

安德鲁的语气很自负。路易斯眼神阴沉地瞪了他一眼，然后猛地推开椅子，站起身来回了房子里。

"要不要我把他抓回来？"安德鲁说。

"我也不知道。"艾丽斯一脸犹豫，既想维护路易斯，又带着歉意。

"他又去玩 Xbox（由美国微软公司开发并于 2001 年发售的一款家用电视游戏机）了。"

"我知道。唉，亲爱的。"她把脸从安德鲁那边转过来看着我。"他太……我知道他这样很无礼。"

"这个年龄段不好管啊。"我说，"一天到晚所有人都跟你说学生时代是人生最美好的时光，可十六岁的年纪确实是挺不容易的。"

"谢谢你。"艾丽斯温柔地说着，把头转了回去。

我当然知道路易斯是个小浑球，但如果我替他说两句好话能让安德鲁自讨没趣的话，又何乐而不为呢。"你难道忘了，"我一脸道貌岸然，微笑着转过头对安德鲁说，"忘了你在这个年纪的时候脾气有多差，有多么郁郁不得志？浑身激素奔涌却无处释放。"

"是的，"他说，"我还记得。"

"等你找到一个发泄的出口，"我补充说，"一切就会好得多。"

"出口？"

"就是指开始有性生活啊。这就是路易斯需要的。越快越好。"


午饭后艾丽斯回到我们房间去休息。我打算跟她一起睡，不过我先帮蒂娜洗完餐具，然后躺在露台尽头的印度沙发床上抽了支烟。四周静静的，我看着一队燕子从屋檐下的鸟巢飞进飞出，还有一群白色小蝴蝶绕着一株天竺葵飞舞，一行蚂蚁朝着半只死掉的甲虫行进着。我感到格外担忧。午餐席间，我说了许多话，有该说的，有不该说的。要处理好这些应对进退的事比我预料的要难得多，而且我没想到自己对此会如此在意。这让我颇有些不安，让我觉得心情很差，完全不在状态。

等我回到房间，艾丽斯正躺在床上读着《了不起的盖茨比》。卧室里的几扇大百叶窗仍然关着，不过艾丽斯打开了房子侧面的一扇小窗户，一束三角形的阳光斜照在她的枕头上。房间里闷热潮湿，厚重的空气中弥漫着茉莉和楹梓的香味。艾丽斯裸露的四肢在灰色丝质床单的衬托下显得十分苍白。

她漫不经心地抚摩着自己的脖子。

我钻进蚊帐里把她往怀里拉，她抱怨说："哎呀，别这样。天气太热了，是吧？你不觉得吗？"

"天气哪有太热这回事。"我的手伸到她的长袍底下，摸到了她温暖的小腹还有湿湿的比基尼。我把脸埋在她的颈弯，牙齿轻咬着比基尼的系带。"是你太惹火了。"

她笑了，轻轻地躲开我。"你刚才居然谈论路易斯的性生活，真是难以置信。"

"抱歉，"我说，"真的很糟糕吗？"

"就是有点不妥吧，毕竟当着那些小男孩的面呢。"

"天哪，我真是太差劲了。对不起。"

"我原谅你了。"她叹了口气，"我都不知道该拿他怎么办了。红脸我也唱过了，白脸也演过了。我实在想不出更好的办法来了。你也看到了，他已经快把安德鲁给气疯了，他一点不明白安德鲁的用心。相反，阿奇跟他完全不同。"

"阿奇年纪小些，"我揣测着她希望从我这儿听到什么样的话，"老实说他有些太单纯善良了，好像缺乏点个性。"

她听得发笑，接着咬住嘴唇好像觉得自己笑得很不应该似的。"我想路易斯是太想念他父亲了，或者说是想念曾经有父亲的感觉。安德鲁的出发点是好的，可是……"

"没事的，也许你该少操些心，多想想你自己。"

"你真这么认为？"她闭上眼睛低声说道。

"对，就从现在开始吧。"

她闭着眼睛，我把这当作对我的暗示，于是又低下头亲吻她的脖子，然后慢慢往下移动。她挪动着胯部，把下身贴向我，可以肯定的是，在接下来的半个钟头里，我们俩丝毫没去想安德鲁或是路易斯的事，而是都专注于满足自己的需求，也可以说是满足我的需求。

一番云雨后艾丽斯睡着了。我也试着想睡一会儿，可是却睡不着。她轻轻地打着鼾，我辗转反侧，假期刚开始我正劲头十足，想寻求更多的刺激。我轻手轻脚地溜下床去以免吵醒她，然后下楼来到了泳池边。

树荫下，蒂娜正坐在凳子上画画，她身上那件"帐篷"的下摆垂到了膝盖下面。黛西和菲比躺在日光浴床上，显然已经睡着了，弗兰克和阿奇挤在烧烤区，头挨着头玩着手机。四周没见到路易斯的踪影，安德鲁也不知去向。

我趴下来，眼睛盯着两个女孩，自娱自乐地拿她们做着比较。菲比比黛西更丰满些，但眉毛修得太细，头发也染得太夸张，不合我的喜好。她对我也没什么好感，这点我已经心里有数。而黛西有着一双淡褐色的眼睛和橄榄色的皮肤，身上散发着一种帅气的魅力（她会不会对我有点意思呢？这问题虽然没什么意义，但想想也挺有意思）。她们基本上就一直这样仰卧在阳光下，只不过会时不时起身从我旁边经过，去池子里凉快一下，弯弯扭扭的影子在脚底下舞动着，从水里出来后，她们又重新往身上涂上防晒霜。让我十分着迷的是，她们对待自己身体的方式，和往自己四肢上揉擦乳液时那专注的样子，她们脸上的表情要么是喜爱、要么是厌恶，又或者两者都有，同时好像还有一种强烈的好奇心，仿佛这是她们第一次注意到自己的每一寸肌肤。

过了一个多小时的样子，艾丽斯也下来了。她躺在了我旁边的一张空床上。"你好呀。"她低声说。然后，她提高音量，不知是对谁说，"施工没有再开始吧？"

"应该在午休吧。"蒂娜回答说。她伸出画笔来比画距离。"可能还是太热了。"

大家都没心情聊天，一个个都无精打采、昏昏欲睡的。我热得受不了，跳到泳池里一两趟，在浅水区救起了一只快淹死的大蜜蜂，读完了《冷血》中的几个章节，大约下午五点的时候，我自告奋勇上楼去拿些饮料。

安德鲁戴着眼镜坐在露台上，仔细读着一些文件，不停地按着计算器。"还好吗，老哥们？"我经过他旁边时，他问道，"很热，是吧？"

他好像没指望我回答。我在冰箱里找到一些啤酒和几罐健怡可乐，用托盘端着原路返回了泳池。我作秀似的亲自把饮料递到每个人手里，还谄媚地稍稍鞠上一躬。

当我来到菲比身边时，她甚至懒得抬起头看我一眼，于是我把冰凉的易拉罐放在她裸露的后背上。她尖叫着弯腰跳了起来。"保罗，你浑蛋！"

罐子滚到地上，她捡起来使劲摇了摇。我后撤一步飞奔而逃。黛西和两个男孩哈哈大笑。弗兰克喊道："把他推下去，黛西！"

"哎呀，你们别跟他闹了。"蒂娜喊道。

"可怜的保罗啊。"艾丽斯喊道。

菲比开始跟我搏斗，我们互相抓着对方的胳膊，她的右腿绕住了我的腿。我比她要强壮许多，只得绷住劲以免用力过猛把她掀翻扔进池子里。

"你是个该死的浑蛋。"菲比对着我耳边说。

我让她占了上风，我的双手顺着她的胳膊往下滑。我感觉自己开始失去平衡，大叫一声，仿佛战败了一般，就在这时，我手用力一抓，双脚从她两脚之间钩住，她随着我无力地倒了下去，我们一同跌进了水里。池水猛地涌来灌进我的耳朵里汩汩作响，她的脸、手和腿不停在我身上扑打踢蹿着，这一刻我的心里只有纯粹的快乐。

等我钻出水面，我看到艾丽斯，我美丽而富有，上得厅堂、进得卧房的艾丽斯，正等在池边准备拉我上来。

看来一切都很顺利。我现在势头正旺，锐不可当。没人能占到我的便宜。

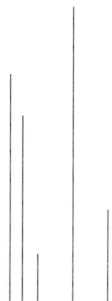

# 第五章

*Chapter five*

## 恼 人 的 晚 餐

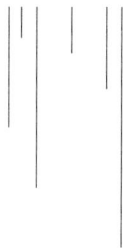

看着眼前形形色色的人，拥挤的人群，我突然很
渴望回到亚历克斯在布鲁姆斯伯里的那套公寓，
很怀念时常在空中回荡的小学生的笑闹声。

晚餐他们计划像前一晚一样出去吃（这两家都不是花钱精打细算的人）。

艾丽斯有个电话要打，我准备好以后，就到前院的车子旁边去等她。院子里潮湿的空气黏在皮肤上。昏暗的矮树丛里有只斑鸠在咕咕叫着，一只长相怪异的透明的蜥蜴从房子外墙上飞快地蹿过，来到房檐下之后一动不动地趴在那里。我一直盯着它，想看它会不会动，这时我听到一阵咔嗒咔嗒的脚步声和沙沙的摩擦声。我转过身，只见那个屋顶盖着瓦片的棚子底下出现了一个男人。就是我之前见到的那个长着浅色眼睛的金发男人。他看也不看我就径直穿过院子从我身边走过，脚步缓慢而稳健，还时不时调整一下肩上的包。

蒂娜从房子侧面走出来。

"那个人是谁？"看着他消失在车道尽头后，我问道。

"是亚坦，"她说，"他是这里的园丁兼杂工，平时负责照看房子。"

"他好像不太友善啊。"

"他是阿尔巴尼亚人，不太会说英语。他已经为艾丽斯工作很多年了。我们第一次在港口见到他，是在贾思敏失踪那晚。他那会儿刚到这里，可他非常热心善良，一连在山坡上搜寻了好多天。艾丽斯对他心存感激和同情，就给他提供了一份工作。我们听说他的妻子和孩子在火灾中去世了。"

"天哪，这么一说倒让我有些内疚了。"

"内疚也是应该的。"

我旁边这辆车有些像那种面包车，银色的车身，车上配有七个座位和滑动车门。即便是不算我，也够挤的，可安德鲁偏要刻意地说一句："我们得使劲挤挤才行，算上保罗，我们共有九个人呢。"我提出要走着去，可艾丽斯不听。"不，我们挤挤能行。来，路易斯，去后面。没多远，你凑合一下。"

"可我不想去后面，干吗不让保罗去后面？"

"跟你妈妈争什么争。"安德鲁说。

安德鲁不停地说"你妈妈"，我要是路易斯，肯定会觉得他这话很刺耳，难道还用得着他来提醒他们母子之间是什么关系吗？

"没关系，"艾丽斯说，"别管他。"

在车道拐弯处，靠近建筑工地大门的位置，车底刮到了一块石头。蒂娜朝后车窗往外看了看喊道："我想应该没事。没有冒烟！"副驾驶座上的艾丽斯转过头来说道："今天我们走运，车上有个真正的维修工呢。"

"真正的维修工？"安德鲁说。

"是啊。保罗很擅长修车的。"她微笑着对我说，"对吧，保罗？"说完她又转过身去。"回头让他检查下赫尔墨斯。要是他一下子就把车子发动起来，我们就能坐着那车到处飞奔了，我先预订前排座位了啊。"

"噢，是的，"我一下子明白了她的意思，"没问题。"

"加油啊，保罗。"菲比说。

"都这么久了，你觉得还能找到车钥匙在哪儿吗？"

"钥匙卡在点火器里了，都好多年了。"

"太棒了。"我伸出两根食指在膝盖上做了个小小的打鼓的动作。

安德鲁把车停在了靠近圣斯特凡诺斯中心的一个路边停车带上，我们一窝蜂从车里钻出来。四周热烘烘的，很昏暗。黑暗中，蝙蝠在我们头上的屋顶之间时而蹿起时而俯冲。成群的小虫子绕着街灯舞动着。前方就是美酒佳肴在等待着我。此时的我很乐观，心中充满了信心和希望，一段美好的假期就像一个春心荡漾的裸体女人一样呈现在面前等待我去探索。

艾丽斯已经走在了前头，个子虽小却一副桀骜不驯的样子，她穿着一件紧身T恤裙，脚上那双高帮帆布鞋显得小腿肌肉鼓鼓的。眼前是拥挤的人群、炫目的灯光，耳边乐声阵阵，空气中飘散着食物的香味，整个村子似乎都活了起来。瘦得皮包骨头的黄猫白猫在角落里喵喵直叫。我们脚边不停有小孩子乱窜。艾丽斯不断停下来给人们分发传单，有游客,有叼着烟的店主,有兜售烤坚果的小贩,还有个推销友情手链的女人。看着她我心里一阵柔软,对她既钦佩又怜惜。

蒂娜走在我旁边。"说真的,"我问她,"你觉得这样做有用吗?"

她做了个鬼脸,思量着该如何回答。"有没有用不重要。这就是艾丽斯特别的地方,她下决心要做的事是无论如何都不会放弃的。她每年都是这样做的。"

"有没有人看了传单后给她提供过相关信息呢?"

"有时候有。"

"这些信息有用吗?"

她摇摇头。"也有人说看到过些什么的……或者……不过也没什么确切的信息,至少目前还没有。但艾丽斯相当坚决,这都是第十个年头了,这是我们在这儿的最后一个夏天了,她募集了那么多资金……她的魄力和奉献精神真的很让人敬佩。"

这时安德鲁也追上了我们。"她是铁了心一定要找到贾思敏的。"

"那也得贾思敏在这儿才能找到啊。我的意思是,就算她还活着,也应该早就离开这儿了吧?我想说,我要是想掳走一个年轻女孩,我肯定会……"

"会什么?"安德鲁奇怪地看着我。

"得了吧,我们可是在港口啊。"

"是啊。要是你会怎么做?"

"如果我没有船,我就会去找一艘船,然后从海路逃走,"我说,"这么简单的办法也不难想到啊。"

我们没去尼克餐馆吃饭（他们前一晚是在那儿吃的饭），而是去了隔壁的乔治餐馆。给我们预留的大桌就在临海的露台上，我们的到来让餐厅里很是躁动了一番：年迈的店主分别拥抱了蒂娜和艾丽斯，然后揉了揉几个男孩的头发，还亲了亲女孩们的手掌，用力地拍了拍安德鲁的手。我想靠后站，可安德鲁把我推到了前面。"今年我们亲爱的朋友保罗·莫里斯也加入了我们。他是很有名的作家，如果你还不认识他，请记住他的名字。他刚刚以六位数的高价拍卖出了他最新的小说呢！你以后会经常听到他的大名的。"

"是优先购买权，"我低声说，"不是拍卖。"

店主是个长着一头浓密黑发和灰色胡须的驼背男人，他紧紧抓着我的肩膀说："这是你第一次来圣斯特凡诺斯吗？"

"是的。"我想也没想就回答说。

"别忘了你以前来过这里的，"安德鲁说，"十年前的时候。"他转身对着乔治说，"其实他当年就来过这里，不过我不知道他有没有品尝过你家的美味佳肴。"

佳肴，这是我最讨厌的词汇之一。

其他人都已经径自坐下了，可安德鲁非要让大家站起来重新按他安排的座位就座。这一次，他把我安排在了上座。"这儿风景更好。"他说着，可其实我的位子是背对着大海的。我感觉像被摆在那里展览一样，有那么一刻，我甚至在想安德鲁会不会是故意的。

一个长着淡淡的胡子的服务员走了过来。大家点了红酒、啤酒还有可乐和芬达，以及一堆开胃菜，有希腊红鱼子酱、炸鱿鱼圈、炸乳酪、炸小胡瓜，还有羊肉、鸡肉和鱼。这样随意的挥霍让我很惊讶。路易斯和弗兰克都点了牛排，价格是其他任何菜的两倍，居然都不用先征求他们妈妈的同意。"你呢，保罗？"蒂娜看见我没说话，就问道。"我不用了。"我在担心自己要分担多少账单（我们是要根据自己吃的东西各付各的还是按人头平摊呢？要是平摊的话，那我就惨了）。

"哎呀，你也点些什么吧。"蒂娜坚持说。

我只好假装研究菜单。我的大脑中在搜寻着最便宜的菜。"要不，来点鹰嘴豆泥吧。"

"鹰嘴豆泥，哎呀，他们这儿没有这个。"安德鲁发出了他特有的笑声，然后哼哼了三下，听上去不怎么好笑。"唉，保罗啊，希腊哪儿有鹰嘴豆泥啊。"

"有啊。"我脑海中浮现出兰伯康杜街上的那家欧洲大陆熟食店和店里那个塑料罐上的西里尔文字。"这本来是希腊特色美食。"我补充说，语气比我想的要更自负些。

安德鲁打量着我，他听出我语气中的傲慢，不怎么高兴。他对着柜台旁边那位老妇人喊道："索菲亚，有鹰嘴豆泥吗？"他举着菜单在空中甩。"我翻遍了菜单也没找到，不过为了这位特别的客人，为了我们这位著名的作家，能来点鹰嘴豆泥吗？"

索菲亚耸耸肩膀，冲着厨房用希腊语喊了两句。乔治又出现了，他用一张餐巾仔细地擦着手指。"乔治，"安德鲁又大声说，"你能帮我们解决下吗？我亲爱的朋友保罗说鹰嘴豆泥是希腊菜，他坚持说这是希腊特色美食。"

好些其他桌的人都看着我们，或者说看着我。乔治奉承地点了点头。"我亲爱的朋友，"他附和说，"他弄错了，鹰嘴豆泥是从中东传来的。不过要是你想要的话，我可以给你来点很相似的东西，非常好吃的蚕豆。"

艾丽斯说："哎呀，行了，安德鲁。"

"没关系，"我说，"那我来份酸奶黄瓜吧。"

"反正我们都点了这么多了，"艾丽斯说，"可以一起吃。"

我面带微笑，可心里都快气得冒烟了。我后悔刚才说了"特色"两个字，可鹰嘴豆泥的确是希腊菜。安德鲁这是在欺负我，利用乔治来玩他这小小的游戏。从前在学校的时候我就感受过。记得当时我跟一个叫杰里米·德·伯瓦尔的男孩争论"脱水"这个词怎么拼写，安德鲁召集了一群跟他一样吃信托基金长大的孩子来挺那个男孩，即便字典证明我才是对的。这些特权阶级人群总觉得真理都是他们说了算。

很明显，连艾丽斯都在为我鸣不平了，这倒是好事。她想尽办法缓和气氛，不停地大笑，笑得前仰后合，灯光照着她雪白的脖子直反光。桌子底下，她的手挑逗地在我大腿上画着圈。她对安德鲁说："你知道保罗会玩填字游戏吗？"（可他回答说："我更喜欢数独。"）"保罗，你跟大家聊聊凯特·博克斯吧。他公寓里有幅她的画，特别美。那幅画叫什么名字来着？""叫《瘦鸟》。"我答道。（"瘦鸟？"安德鲁重复说，语气中带着蔑视。）艾丽斯想要大家和睦相处，想要我们做朋友。可她不知道我已经讨厌他到了什么样的地步。

"我正考虑卖掉那套公寓。"我说。

"是吗？"艾丽斯一脸惊讶。

"我想换换环境。"我的手伸过她的后背，探到她衣服里去抚摩她的肩膀，同时，我凑到她耳边，低声温柔地说道，"我想住得离你近些。"

她的唇角掠过一丝不易察觉的微笑。她歪着脑袋，像只猫一样眯着眼睛看着我。"假期结束后我们聊聊这件事吧。"她的声音里充满了希望。

我看了看安德鲁，想确保这一幕落入了他眼里。


四周开始变得嘈杂，说话都听不见了。电音舞曲的音量调得很响，隔壁桌来了一群吵吵嚷嚷的人，是四对英国夫妻，男的都穿着短袖衬衣，女人们则穿着低领上衣（艾丽斯转了转眼珠，用唇语对安德鲁说"是德尔菲诺斯一家"）。孩子们大多跑开了，艾丽斯和蒂娜分享着一块蜜糖果仁千层酥，我悄悄地给聚集在桌子底下的几只猫喂着吃的。这些猫一个个皮包骨头，瘦得让人担心，有两只眼睛还受了伤。

蒂娜抱怨着阿奇总是不达目的不罢休。"不过我也没什么资格说他，"她说，"我自己也是家里三个孩子中的老幺。"

"还有两个是哥哥还是姐姐啊？"说着，我把烤羊肉串的肉扔了一块在地上，几只猫一下子扑上来抢，我又丢了一块下去。

"我们家三个都是女孩呢。"她毫无顾忌地大笑，"我是最小的，典型的老幺，在家里被宠上了天，干了坏事从来都不用担心受罚。你呢？"

"我是独生子，"我说，"跟艾丽斯一样。"

我跟艾丽斯曾在深夜讨论过这个话题：关于家长的期望带来的压力，人际交往的困难，还有对批评的极度敏感性，这话题是我用来迅速增进亲密感的惯用伎俩。我用餐巾擦擦手，伸出手臂搂住了艾丽斯的肩膀。

"你和我一样。"她说。她的手还放在我的大腿上，我稍稍动了动，好把腿抬得再高点。"我们都是不成器的人，半斤对八两罢了。"

"你们俩去开个房算了。"路易斯大声说道。

安德鲁噘起下嘴唇，拿起玻璃盐瓶，对着虎口处抖了抖。瓶子里满满的，摇起来沙沙响，可什么也没抖出来。

他把盐瓶放回桌上，深吸了一口气。他转过头凝望着港口，专注的样子让我都忍不住扭头去看他到底在看什么。顺着他的目光看去，什么也没有，只有灯光的倒影，还有宁静而漆黑的水面。

我转回头来看着他，看见蒂娜小心翼翼地用手臂搂住他的脖子。她吻了一下他的脸颊，往后靠了靠看着他的脸，双手搂着他没有放开。安德鲁仍然注视着前方，嘴巴紧紧绷成了一条线。他这是在求关注。就我个人而言，我选择对他视而不见。

艾丽斯拿开了放在我腿上的手，跨过桌子靠向他那边。"可怜的安德鲁，"她说，"其实我也很想念她。"

"抱歉，艾丽斯，"他说，"我知道，这跟丧夫之痛根本没法相提并论。只是我时常想起来还是会觉得痛心不已。其实都是愧疚感在作祟。如果不是出了那件事，她现在应该正跟我们在一起吧，而且应该也已经结婚生子了。她一定会很喜欢这儿的。"

"可怜的安德鲁。"艾丽斯又重复了一遍。之前抚摩我大腿的那只手现在握住了安德鲁的手。同时，蒂娜挪开了放在安德鲁肩上的手。"其实并不存在什么比较。但从很多方面来说，你的遭遇的确可以说更糟糕呢。你人生的大半辈子，她几乎都一直在你左右。作为一个兄长，你觉得有责任照顾好她，也许正因如此，你才会觉得愧疚，但你不该这么想。这并不是你的错。罪魁祸首是一个浑蛋，一个彻头彻尾的浑蛋。这太不公平了，为什么一定要是你的妹妹，为什么一定要是我的丈夫？他们都太早跟这个世界说再见了。"

"我觉得她就在这儿，永远都在，"他用拳头砰砰地捶着心口，"这样想很蠢，是吧？"

他的妹妹弗洛莉的样子，或者说是我印象中的样子，浮现在了我脑子里。那是个长相跟黛西非常相似的女孩：男孩子气的短发衬托着她的脸，丰满的嘴唇、甜甜的微笑。去世的是弗洛莉还是另一个妹妹？会是弗洛莉吗？如果是她，为什么没人告诉过我呢？是刚去世还是很久以前的事了呢？难道是我知道但是忘记了？这种事会那么容易忘得一干二净吗？

"亲爱的弗洛莉啊。"艾丽斯说。她用手拍拍心脏的位置，说道，"我的感觉也跟你一样。"

看来去世的就是弗洛莉。可我怎么会不知道呢？她什么时候死的，怎么死的？是侵袭性的癌症吗，白血病？乳腺癌？是什么样的癌症会夺去一个年轻人的生命？我很想知道，可不知道如何开口才不会显得情商低。我的不知情就已经足够糟糕了，如果真的是我忘记了，就更不可原谅了。我不安到了极点，我和弗洛莉的关系其实并没那么亲近，只是曾经在星期日下午共饮过一瓶红酒；在蓝野猪酒吧共赏过爵士乐；一起去过一个派对，是某人的生日派对（是她的吗？）。性爱，也许吧，对，我想我们的确上过床。记得当时她学生宿舍的灯光把她的皮肤染成了蓝色，看得我一身鸡皮疙瘩，还有她薄而粗糙的羽绒被。是的，我们有过那么几次约会。我现在的不安并不是因为她，更多的是为了我自己。死亡总是让人不安，即便你跟死者并不相熟。你会因为别人的死而联想到自己的命数，会感觉到死神离自己那么近。

"她是个很棒的人。"我说，"我很高兴曾经与她相识。"

他们三人齐刷刷地看着我，好像我说了什么出人意料的话似的。蒂娜说："你认识她？"她看看安德鲁。"我怎么没听说过？"

"是的，我们在剑桥认识的，"我说，"她比我低一届。"

"是低两届。"安德鲁说。

"对，没错。"

"你们还约会过吧，"艾丽斯说着，脸上带着奇怪的笑容，"你跟她可是交情不浅呢。"

"真的吗？"蒂娜问。

"这要看你怎么定义'约会'这个词了，"我说，"其实根本不是很正式的交往。"

隔壁桌的一个女人爆发出一声大笑。

蒂娜看着安德鲁："我完全不知道呢。"

他没理会她。抬了抬眉毛，他说："我想弗洛莉觉得你们是在约会。"

"噢。"我尴尬地笑了笑，"我的意思是，按现在的说法，我们并不是在'排他性'地交往。但这并不表示我不把她看作一个超级女孩。"超级女孩，我怎么会这么说？这算是什么语言啊。也许是因为我并没有真正地了解过她，我并没有很认真地跟她交往，不过现在我不可能承认这点。"其实，那段日子很特别，真的过得很开心……她是那种你无法忘记的人……"可我真的就给忘了。该死的。死亡让人变得神经质，舌头都打了结。

"她很喜欢你。"艾丽斯说着，脸上依旧是难以名状的表情，"她曾经在信中跟我聊到你，一天到晚都在谈论你。"

"怎么我完全不知道？"蒂娜问。

艾丽斯僵硬地靠在椅背上，我突然意识到，她也许并不高兴我曾经跟另一个女人在一起，也许她吃醋了。

我给了她一个宽慰的微笑。"这都是很久以前的事了。"我说道。


安德鲁坚持要付账。"不不不，该轮到我了。"他说。他把放账单的碟子拿得老远让艾丽斯够不着。

"你真太坏了。"艾丽斯说。

"昨天就是你付的。"他回答说。

他挡开我夹在两根手指间的十欧元钞票。"这顿我请，保罗。改天你再付好了。"

改天？老天！别告诉我我得为这么一整桌埋单。

他拿着信用卡走到了那位老妇人所在的柜台。黛西和菲比去洗手间补完妆也回来了。黛西看上去没什么变化，只是嘴上涂了口红，可菲比脸上的妆加重了许多，抹上了厚厚的粉底还画上了粗黑的眼线。如果她的目标是装扮成埃及女神，那最终的效果只能算是苏荷区的妓女。她们站在桌边跟大人讨论着宵禁的时间。

"拜托了，说真的，我们可是在度假啊，这里是圣斯特凡诺斯，很安全的。"黛西争辩说。

"最迟到十二点。"

"这太过分了。你总是这么过度紧张。"

"我才没有。"

蒂娜说道："好了，艾丽斯，就让她们多在外面玩会儿吧，她们都十八岁了。"

"好吧，一点，不能再晚了。"

"还有我，"路易斯突然冒出来，"我也要去。"他还是穿着他的黑色连帽衫，头上反戴着一顶紫色的棒球帽（帽舌上写着"Supreme"字样），一条银色的粗链子挂在他的腰带上。

"真的假的？"菲比说，"他非得去吗？妈？跟他说他不准去啊。"

路易斯又上前一步。"跟她们说我可以去。"

菲比伸开手掌往他胸口轻轻推了一下，路易斯拿肩膀顶着她的脸撞了过去，银色链子抽在她裸露的腿上。"哎哟。"她叫道。

"他当然可以去了。"艾丽斯说着，伸出手安抚两人，"你不会捣乱的对吧，路易斯？你已经喝了一瓶啤酒，不能再喝了。"

"我都不知道他来干吗。"

"我想来就来。这是个自由的国度。"

"好吧，你不能喝酒，你跟谁都相处不好。"

"那可不一定。"

"好吧，不过别指望我照看你。"

这时候太适合来支烟了，于是我推开椅子走到了大街上。

我点燃香烟，靠在餐厅雨棚的一端。安德鲁在跟索菲亚聊天。"你孙女还好吗？"他一边往机器上输入密码，一边假惺惺地问。

"她现在在艾尔康达，在那儿的游客咨询处工作。"

"真不错，"说着，安德鲁拿回信用卡，"很好。"

我看向别处。在对面的超市旁，三个脖子上满是文身的英国小伙正在打打闹闹，想把冰放进他们女伴的上衣里。"你们浑蛋。"其中一个姑娘吼道。

"都好了。"艾丽斯也过来了。我把烟头扔在地上，用脚踩灭了。

港湾的尽头灯光闪烁，音乐在震动着，菲比和黛西朝着那边扬长而去。路易斯跟在后面离她们一两米远，走路摇摇晃晃装作很酷的样子。他裤子后袋鼓鼓的，那形状我认得，是一包烟。

"他们不会有事吧？"艾丽斯说。

蒂娜说道："当然不会有事的，他们保证过会待在一起。"她看着艾丽斯的脸肯定地说，"什么事都不会有的。我们不能只是因为……你懂的。"她捏了捏艾丽斯的肩膀。"他们不会有事的。"

"好了，我们可以回家了。"安德鲁也走了过来，把钱包塞进了裤子后袋，"我要回去睡觉了。两个男孩去哪儿了？"

"我想他们应该在防波堤上找螃蟹呢，"艾丽斯说，"在这儿等我，我去找他们。"

一群年轻小伙子从街对面走了过来，挥舞着手臂唱着歌。跟他们一起的一个姑娘经过旁边的时候撞到了我。"嘿！我认识你！"她说话是英格兰东部口音，大嘴巴涂得红红的，头上编着紧紧的辫子。是大巴车上那个女孩，那个手里拎着破拖鞋长得像瑞塔·奥拉的女孩，从她一双赤脚来看，她应该是已经放弃那双鞋了。

我扶她站好，她摇摇晃晃地走掉了。安德鲁抬抬眉毛说："你们认识？"

"认识就好了。"

艾丽斯和两个男孩在人群中朝我们走来。他们前面是一群女孩，穿着愚蠢的高跟鞋，紧身短上衣，头发烫得像薄纸一样，用德语聊着天。她们有多大年纪呢？估计有十五六岁，不过样子看上去不止。我瞥了一眼安德鲁，他正看着这些女孩摇摇晃晃地朝我们走过来，脸上一脸凝重，茫然而麻木。

他发现我在看他，缩着下巴尴尬地耸了耸肩，然后他没有看蒂娜，而是看向艾丽斯，担心被她发现。

我本打算跟艾丽斯激情一番的，可我连自己的衣服都还没来得及脱掉就睡着了，更别说脱她的衣服了。开始我还能听见她在浴室里，听见洗脸池的水声和叮当的碰撞声，可我眼睛实在睁不开了，然后彻底失去意识昏昏沉沉地睡死了过去，睡意之强大都让我怀疑自己是不是被下了药。

几个小时之后，我是为什么醒了呢？是口渴？是太热？还是被盘旋在耳边的蚊子吵醒的？我身上穿戴整齐，一动不动地躺在被单面上。天花板上吊扇在转着。不远处一只狗在汪汪叫，中间停了一阵，然后又接着叫开了。

屋里很热，漆黑一片，黑到你都分不清自己的眼睛究竟是睁开还是闭着的。艾丽斯也一动不动，我尽可能轻地转过身背对着她，把脑袋挪到枕头上一块凉快些的位置。一件烦心事让我睡不着了，我想了好一阵才想起来究竟是什么事。是弗洛莉，是我才刚刚得知的她的死讯。

我转身面对艾丽斯，试探性地伸出了一只手，此时的我很需要寻求一点安慰。我已经彻底醒了，不再瞌睡。我握着拳头的手正准备伸展开，这时我意识到自己已经开始性奋起来。

我的手摸了个空。我又往别处摸了一通，拍拍这儿拍拍那儿，皱巴巴的床单，光滑的枕头，还有她刚刚躺着的地方。可她不在床上。

我坐起来，注视着眼前的黑暗。我很肯定她之前就躺在我旁边。会不会是我刚刚又眯着了一小会儿她正好溜了出去？难道我身边均匀的呼吸完全是我的想象？她从头到尾究竟有没有来过床上？

我翻滚到原本她睡的那一侧，把脸埋在她的枕头里深深吸了口气，还是那股淡淡的茉莉和榅桲的香味，一下子让我想到了她的大腿内侧。我抱怨着伸手去摸灯的开关，可是没摸到，于是只好站了起来。

通往露台的门开着一条缝，一丝银色的月光缠绕在窗帘上，在电扇的吹动下轻轻拂动着。我摸黑穿过房间，小腿撞在了床尾的柱子上，然后推开了去往露台的门。屋外稍微亮些，天上挂着细细的弯月，灌木丛和树林是一片黑影。那只狗还在不停叫唤，在屋外听着更响，叫声很是急促。很难想象有生物能一直不停地叫这么久。

我竖起耳朵，好像还有其他声响。一阵叮当声，还有水溅起的声音，还有笑声。是她在游泳吗？如果是，那是跟谁一起呢？

我光着脚穿过露台，经过长桌和通往厨房的门，绕过那棵挂着 CD 光盘的歪歪扭扭的树，来到了通往泳池那条小路的顶端。我继续往下走，可路面凹凸不平，脚指头不知是踢到了树根还是块石头。我当时好像是"哎哟"地叫了一声，然后单脚蹦跳着，抬起受伤的那只脚，看见脚指甲的甲半月上有一大块瘀血。这时，从泳池的方向又传来一阵笑声。

来到小路尽头，我一动不动地站在无花果树下。池水里的人是黛西和菲比。她们胳膊肘撑着身体靠在池边，分享着一支烟，我看见烟头的火光在闪烁。她们赤裸的身体在水下灯光的照射下扭曲着白花花地反着光。池子对面的灌木丛下是一片漆黑的阴影。树叶哗哗作响。还有其他人跟她们一起吗？没有，只是我的想象罢了。就只有她们两人。我看着她们背部的肌肉绷得紧紧的，盼着她们中有人能转过来，这样我就能看见她们的胸部了。看样子她们已经略微有些醉了，可会不会醉到能热情迎接我加入她们的地步呢？

不，这是个馊主意。我得把目光放得长远些。于是我放下隐隐作痛的脚趾，转身悄悄沿着小路爬上去，接着寻找艾丽斯去了。

房子里所有灯都熄灭了。我轻轻推开门回到卧室，期望能看见她正在床上熟睡。我又到浴室找了找，浴室里也没人，于是我顺便尿了个尿。

浴室的小窗户外面就是前院，窗玻璃有些松动了，风一吹会略有些抖动。我走到窗边往外看，听见远处有汽车引擎的轰隆声正在慢慢靠近，接着车子倒退进了车道上，然后周围又恢复了之前的寂静。只听一扇车门打开了。

我找了个方便往外看的位置。

那辆银色的家用面包车紧挨着房子停放着，副驾驶座的门开着，有两个身影在旁边弯腰站着，是艾丽斯和安德鲁。他们都衣衫整齐，安德鲁穿着他的马球衫，艾丽斯还穿着晚餐时穿的那件 T 恤裙。

他们低声耳语着。我听不清他们在说什么，不过安德鲁挪到了一旁，艾丽斯跪在了地上。"起来，亲爱的，"她压着嗓子说，声音比刚才大了些，

"快醒醒，起来。我们得把你弄到床上去。"

接着又听到一阵呻吟，然后是口齿不清的嚷嚷。接着看见一只手一甩，艾丽斯往后晃了晃。

然后安德鲁接手了。他攒了攒劲弯腰钻进车里，然后使劲一抬，不由得趔趄了两步。

是路易斯，一副半昏迷的样子。是生病了吗？不对，是烂醉如泥了。

他们又折腾了好一阵，不停地想找地方抓住好使劲，最后终于成功地把那家伙架在了两人之间，个子小小的艾丽斯被大块头的路易斯压得直不起身来。他们绕过墙根半拖半拽地把他挪走了。

我很矛盾。我并不太想去帮忙。我向来见不得呕吐物，一闻到那种气味我也会忍不住想吐。而且我很想睡觉，这一帮忙可能就整晚没法睡了。但是，但是……我会不会错过了一个进一步在艾丽斯那里获得加分的机会，一个让安德鲁难看的机会呢？

我离开浴室，蹑手蹑脚地穿过卧室推开门。露台空无一人。从房子远端传来一阵叽叽喳喳的说话声和咕哝声，然后是一声呻吟。他们应该是已经把他送回他的房间了。我有些犹豫，往前迈了一步，又退回来。也许我现在去已经太迟了。可能他已经睡着了。

"保罗？"

艾丽斯站在阴影中。黑暗中显出一个更暗的人影。

"你在干什么？"她说。

"我在找你呢，"我说，"我半夜醒了发现你没在。"

"噢，我就在这儿呢。"她站着一动不动，挺着胸口保持她平时一贯的芭蕾般的姿态。

"我刚醒，听见有人说话。"我尽量让声音听起来睡意十足，"没什么事吧？"

"没有。"

我往前走了一步好看清她的脸。她皱着眉头，仿佛抓到我在做什么不该做的事一样。"你怎么穿着衣服呢？"

"我根本没脱啊。"我说，"我穿着衣服就睡着了。然后刚刚醒了，发现你没在。"

"我刚才起床去看了看路易斯有没有安全回来。"

"他没事吧？"

"他很好，已经睡熟了。我也要回床上了，你呢？"

她从我旁边走过，拉起我的手，我跟了过去。很明显，她不想让我知道路易斯的事。她很难堪。这一定是个好兆头，这表示她比我想象的要更介意我对路易斯的看法。


第二天我睡到很晚，艾丽斯已经起床了。我穿上一件 T 恤和安德鲁的短裤，找到我的书，晃晃悠悠来到露台上。空气非常温暖，藤条上垂着一串串重得有些离谱的葡萄，阳光透过藤条星星点点地洒下来。桌上已经摆好了早餐，一些杯碟，一壶咖啡，还有黄油和蜂蜜。一个玻璃杯倒扣着，里面关了一只虫子。我仔细地观察了一下，那虫子像只对虾但又有翅膀。原来是只静静地一动不动的蝉。

我拿起杯子想放它走，可它没有动弹，那样子看上去很悲哀，它的一条腿被扭歪了。我不知道它是不是死了。我用《冷血》的封面做担架，把它挪到了一盆薰衣草边，轻柔地把它送到了盆土上。它就待在那儿，还是一动不动。

"那是什么？"蒂娜站在通往厨房的那扇门里，身上裹着一件粉色的亚麻睡袍。

"噢，没什么。只是在拯救一只珍贵的地球小生灵。"我在桌边坐下，铺了一张餐巾在腿上，"这真是太丰盛了。你看见艾丽斯了吗？"

"她去买面包了。"

蒂娜来到露台上，拉开一把椅子。隔着她的衣服面料，能看出她松垮下垂的胸部。她眼下是糊掉的睫毛膏，而她的头发不同于平常的整齐，松散歪斜着。

"这儿真是天堂啊，"我挥舞着手，指指眼前的美景，又指指桌上的美味还有那壶咖啡，"我们真是幸运，对吗？"

她笑了。"看来某人心情不错啊。是啊，我们真是幸运。"

"我们该早点起床感受美好晨光的。"

"我起得算很早了。黎明时分，鸡一叫我就醒了。"

"别那么夸张。"厨房里传来安德鲁的声音，"那哪算黎明啊。"

我做了个鬼脸，会意地说："估计真的是黎明吧。那可是只公鸡，生来就是在黎明才打鸣呢。"

蒂娜咯咯大笑着，我端起咖啡壶给我们两人各倒了一杯。安德鲁从厨房出来，站在门口，低着头看着手里的黑莓手机。他穿着一条卡其色短裤和一件全新的深蓝色马球衫，衣服上还有两道折在包装里形成的折痕。他恼怒地低吼了一声，然后开始发疯似的打字。

蒂娜递给我一盒牛奶，从包装看是所谓的"长命奶①"，而不是鲜奶，我摆摆手回绝了。"你睡得怎么样？"她问道。

"还好吧。"我小心地看着她。她知道路易斯的事吗？"我醒了好几次。"

安德鲁把手机塞进裤兜也加入了我们。他拉出一把椅子，说道："那只狗把你吵醒了吗？它一定叫了一整晚。"

"别夸张了，"蒂娜说，"哪有叫一整晚。"

"我也不确定，"他说，"反正那架势差不多。"

我们聊了聊希腊人对待动物的态度，还有他们如何缺乏情感。蒂娜声称她一整晚都睡过去了，她担心没有人给那只可怜的狗喂吃的，担心它没有睡会儿觉。我在推测它究竟是十分忠实于自己看门狗的工作，对任何动静都保持机警，还是纯粹在绝望地呼叫，期望有人能来陪伴它。"问题在于，"蒂娜说，"那叫声不仅干扰睡眠，还让人担忧。安德鲁也许就是因为这个才睡不着。这就好比你的邻居在开午夜派对，虽然是噪声

---

① 液态牛奶通常分为"鲜奶"（fresh milk）和"长命奶"（long life milk），前者需要冷藏，保质期较短，而后者一般只需室温保存，保质期较长，甚至可达一年。——译者注

吵醒了你，但真正让你脑袋嗡嗡作响的是那些人不顾他人的自私态度。"

"噪声的情绪成分，"我说，"值得探讨。"

安德鲁放下咖啡杯站了起来，一脸高傲地按着手里的手机。他说他要找出那只狗是谁的，然后跟他们好好"聊一聊"，也许是建筑承包商的。"他们不是故意的吧？"他说，"他们白天挖开我们的地也就算了，我不知道有什么理由要把我们的夜晚也毁掉。"

我注意到，他说的是"我们"的地，不过我也没多想。

一束阳光照在我手臂上，我的皮肤感到一阵灼热，看样子又是一个大热天。我弯腰去挠脚踝上被叮咬的一个包，突然发现我的脖子上、手臂上和脸上，到处都是包。"该死的，我都快被生吞活剥了。"我说道，然后用手指四处摸索查看还有哪些地方被咬了。

"你知道吗？"安德鲁说，"只有雌性的蚊子会咬人。雄性的吃花蜜就行，只有雌性的会吸血。"

"这你算说对了。"我说道，这是男人之间才懂的笑话，安德鲁会心地笑了。

我们听到车子开进了车道，随着引擎猛地轰响了一下车冲上了最后一小段坡道。然后，四周静了下来，驾驶座车门关上了，艾丽斯绕过墙根走了过来。她穿着短裤，上身比基尼外面套着一件马甲，眉头皱成了一团。

"你好，亲爱的。"我跳起来，想逗她笑。

她没有回答我，只是快速朝我们走过来。来到桌边，她放下手里的纸袋对安德鲁说："港口到处都是警察，昨晚在酒吧出了点事，有个女孩被袭击了。"她抓着我的椅背，但眼睛并没有看着我。"菲比和黛西呢？"她对蒂娜说。

"她们还在床上睡着呢，"蒂娜说，"这也太可怕了。"她把纸袋里的东西都拿了出来小心地摆在桌上，有九个油桃和一条扁扁的颜色发灰的面包。"坐下吧。"她拍拍旁边的椅子，艾丽斯勉强地坐在了椅子边上。安德鲁站在露台上，双手交叉在脑后，注视着艾丽斯。

"是性侵犯吗？"他问道。

艾丽斯下巴的肌肉似乎抽动了一下，但声音依然很平静："细节我不清楚，只知道遍地都是警察。面包房那个女人说那些警察一整晚都在那儿。那个女人了解的也不多，只知道是个年轻女孩。那女孩是在水里被发现的，浑身都是瘀青，说话都语无伦次的，情绪很差而且还没完全醒酒，衣服也被撕烂了。我估计她可能是被强奸了。"

"可怜的孩子。"我说，"希望他们能抓到那个犯事的浑蛋。"

我伸手去拿面包。那面包卖相不怎么样，闻起来却很美味，有酵母的香味，而且还热乎乎的。我偷偷撕下一角扔进了嘴里。

"两个女孩有没有说什么？"艾丽斯对安德鲁说，"她们没看到什么吗？"

"我今天还没跟她们说过话呢。"

"我在想，"蒂娜说，"她们会不会被要求录口供。"

"路易斯呢？"我咽下嘴里的面包，说道。

艾丽斯皱着眉头转头看着我说："路易斯怎么了？"

"我只是在想他会不会看到什么了，仅此而已。"

她摇摇头，看看安德鲁，又看着我。"他不可能看到的。他昨晚很早就回来了，比两个女孩还早得多。"

"噢，既然你都这么说了，那好吧。"原来，她就打算用这种说法来解释昨晚路易斯那副惨状。

安德鲁还在摆弄他的手机。"要不要我打电话给加夫拉斯？"他说，"看看能不能让他提前给个消息。"

"我也不知道。"艾丽斯看了看他，然后转开脸。她不停抖着手指，像要把它们甩干似的。"行吧。不，还是别打了，别弄得好像我们在干涉警方工作。"

"加夫拉斯是谁？"我问道。

"他是帕罗斯警察的头儿，"安德鲁说，"贾思敏失踪的时候他还是二把手。他英语说得很好。这些年我们没少跟他打交道。"

我握住艾丽斯的手，试图让它停止抖动。"要我说的话，还是别掺和的好。至少黛西和菲比很安全。"她感激地笑笑，捏了捏我的手。"这事肯定过完今天就会平息下来。据我们了解，她和袭击者是认识的。这类案件通常都是熟人作案，对吧？"

周围静得有些可怕。

"无论是谁干的，他们一定会抓到他的，"我接着说，"然后把他关进监狱。"原本我只是想帮艾丽斯放松一下紧绷的神经，宽慰她说她的女儿很安全，可我听着自己的声音有些飘飘然了，接下来的话未经三思便脱口而出，"你懂的，有些女孩总爱给自己找麻烦，人在异国他乡四处游荡，穿着不得体，还喝那么多酒，说不定还到处跟人调情，暴露自己的身体。"

蒂娜听了说："我的天哪，保罗。你这意思是说，那女孩是'自找的'了？"

"不，当然不是。"老天，这种事情无论怎么说听起来都很别扭。"我的意思是……也许不全是表面上看到的那样。事情可能更复杂，也可能更简单，我们不能妄下定论。她究竟有没有被强奸也说不定。对吧，安德鲁？你看见过我说的那种女孩的，就是昨晚在港口那些招摇过市的女孩。"

他歪着头，斜眼看着我，就像是在靠近一头危险的动物一般。"我没看见。"他慢慢说道。

"噢，得了吧，我看见你在看她们了！就是那些穿着短裙的女孩，那些就算不是荡妇也穿得跟荡妇一样的女孩啊。"

"不知道你在说什么。"

"你明明就知道。"我瞪着他说。

"荡妇？我可不会用这样的词来形容。呃……我真的不知道你说的这回事。"

艾丽斯站起来，穿过露台走到一把椅子旁边，椅背上挂着一条浴巾。她拿起浴巾，然后下了台阶朝着泳池的方向走去。

蒂娜和安德鲁都没看我。

蒂娜说："我去叫孩子们起床，然后我得去换衣服了。我都不敢相信这会儿都快十一点了我居然还穿着睡袍。"

安德鲁说了句洗衣服什么的。

我清干净了桌子，拿着我的书和香烟来到那张华丽的长凳上，我开始把这儿当作我的"吸烟专座"了。那只狗终于闭上嘴了。汗珠布满了我的额头，我知道自己刚刚犯了错。我很生气安德鲁刚才没有帮我证实我的话，但我很清楚自己刚刚所说的并不是我的本意，也知道那些话很容易被误解。

我尽可能地平躺在木凳上，然后闭上了眼睛。

再睁开眼的时候，艾丽斯正站在我的面前。我完全没听见她走过来。她赤脚爬上台阶穿过露台的声音，一定是被蝉鸣声给淹没了。她穿着泳衣，一件带有运动型肩带的功能性深蓝色紧身泳衣，头发湿漉漉地绑在脑后。我的外套挂在她虎口处，像块破烂的湿布。"这是你忘在泳池的，"她说，"被亚坦不小心拿水管淋到了，都湿透了。"

"噢，"我说，"该死的。"

"放太阳底下一会儿就干了。"她把衣服摊在长凳的扶手之间然后挨着我坐下来。她的表情难以捉摸，但她的双膝反复快速地闭拢再打开，从她这动作，还有她在我旁边坐下这两点来看，应该是要跟我和解了。

"如果不缩水的话。"我说。

"我都不知道你为什么带这衣服来，这儿足有三十五摄氏度呢。"

我看着她，深深地凝视着她的眼睛。"大概是缺乏安全感吧。"我说。我告诉她，我从前上小学的时候，当地的巴纳多医生儿童福利院的孩子每年都会来我的学校待上一天，那些孩子从来不会脱掉他们的外套。"我在这儿就是这种感觉，"我说，"就好像我是福利院的一个孩子一样。"

她认真地端详着我，说道："我不明白，你觉得缺乏安全感吗？"

"你看，我刚才还说了那番蠢话。所以，是啊，在这群人之中我可能有些难以融入。"

"你有感觉难以融入吗？"

突然间，我有种冲动，想要告诉她所有真相：想承认我对自己的人生说了谎，包括我的小说、我的公寓，想告诉她我是个骗子，但我想做个好人，我想要改变。如果当时我真的这样做了，也许一切都会不同。事情也可能会沿着完全不同的方向发展。可是时机一旦错过了是不可能复返的。

在艾丽斯身后，远处的海面闪烁着银光。一对帆船侧方向停靠着。我伸了个懒腰轻轻打了个哈欠，手落在了她的脖子上。我想说些让她高兴的事。"今天等稍微凉快点了，我帮你检查下那辆车。"我没有回答她的问题。"如果顺利的话，说不定我今晚就能让它上路。"

她转过头亲吻了我的手臂。"你真好。"

我拉过她的手翻过来亲吻她的手掌，她的手腕上横着两道黑红色的划痕。是昨晚路易斯发疯的时候弄伤的吗？我用手指抚摩着那伤痕。她把手抽回去然后站了起来，一副到此为止的架势。"我再去游个泳，你来吗？"

"一会儿就来。"

正准备转身时，她拎起摊在长凳上那件外套的袖子，接着松开手。"抱歉，保罗，可这也太难看了，像暴露狂穿的雨衣一样。"

"它可是粗花呢的呀。"我可怜地说。


没过一会儿，工地上开始施工了，可以听到大量土壤被挖动的声音，还有大型机械转动摩擦的声响。让人烦心的不只是强烈的噪声，也不是那地动山摇一般的猛烈震感，而是那种毁灭感。它让你觉得自己被监视，被渐渐侵蚀，让你心烦意乱。我离开了长凳，这已经不是个让人放松的去处，我来到露台中央，发现路易斯正坐在桌边。他光着上身，腰间围着一条浴巾；苍白的胸口满是斑点，浴巾往上的腰部布满一道道肥胖纹，肩上是一块块的晒伤。他一只手扶着头，前额上全是汗，头发也湿漉漉的，面前的桌上放着一碗没动过的麦片。

"你看上去状态不太好啊。"我说道。

他目光呆滞，眼下是深深的黑眼圈，嘴半张着却没有答话，看样子连说话的力气都没有了。

"熬夜了？"

他口齿不清地嘟哝了一声，拿起碗里的勺子，犹豫了一下，又放了回去。

泳池边上，菲比和黛西趴在躺椅上睡着了，她们双手交叉放在头顶，裸露的背部光滑的曲线就像是乐器的外壳一般，像是小提琴，又像是昂贵的吉他。亚坦拿着一把橡胶扫把一下一下用力清扫着泳池四周，时不时扭头看看两个女孩。黛西抬起头来看见了他。"亚坦，把我的防晒油扔过来，可以吗？"

他从桌上拿起防晒油给她送了过去。"你真是个好人。"

艾丽斯和安德鲁站在下层露台的远端，凝望着大海悄悄地说着话。

"路易斯起来了。"我一边朝着他们走去，一边说道。

听见我的声音两人猛地转过身来。"是的，"安德鲁说，"是我叫他起来的，不过这也许是个错误。他看样子还是有点疲倦。"

"他今晚可以早点睡。"艾丽斯说。

安德鲁看看他的手机："我一会儿再去看看他，必须得让他吃点东西。"

"那就祝你好运了。"我说。

"谢谢你，"艾丽斯对安德鲁说，"要不劝他去洗个澡？"

"遵命。"安德鲁微微敬了个礼，然后沿着小路连蹦带跳地上去了。

噪声刚才停顿了几分钟，这会儿又开始响起来。"天哪，"艾丽斯又转向大海说道，"真是讨厌，讨厌极了。相比昨天，他们又靠近了许多，基本上已经在我们的地盘上了。看样子明天就要挖到灌木丛边上来了。"

"还指望他们能出于礼节，等我们假期结束再动工呢。"我说。

"我可不指望。"艾丽斯似笑非笑地说。

"挖掘机的声响和狗叫声，哪一个更糟呢？"我努力想逗她发笑。

148

“都一样糟。”

“我觉得挖掘机稍微好些。至少你不必担心它饿着或是感觉被遗弃，至少那挖掘机不会永无止境地挖到天荒地老。”

她拂开嘴边的一缕头发笑了笑，然后走到烧烤区在金属椅子上坐了下来。她伸出一条腿，弯腰去查看自己的脚踝，似乎有个蚊子包或是有根逆生的毛发。

我找了张空床，叹了口气躺下来，决定屏蔽这些噪声。接着我打开了手里的书。

时间慢慢过去，弗兰克和阿奇出现了，他们俯冲跳进了泳池里，在水里翻腾追逐着，翻起一片片水沫。蒂娜拿着她的颜料盒也来了。最后，从陡峭的小路一步一步慢慢走下来的，是路易斯。他站在小路尽头的无花果树下，谁也没看，然后垂着头拖着步子慢慢朝着泳池的另一端走去。他面朝下趴在日光浴床上，手臂耷拉在两边。

我睡着了，也不知道睡了多久。醒来的时候，挖掘机还在不停工作着，可池边只剩下了我一个人：几张日光浴床上都空无一人，池水也平静如镜。

蒂娜站在台阶底下。我看见她的嘴在动。“保罗！”她不停地喊着，“保罗。”

我猛然站起来，突然头晕眼花，眼前的世界一片黑白，耳中也嗡嗡作响。

“保罗。”她又一次喊道，同时朝着我走过来。她身上的“帐篷”

又换了一件，这件是用褪了色的二十世纪六十年代风格的面料做的，上面还印着船只的图案。"没人跟你说要准备好吗？"

"准备什么？"

"我们要雇皮划艇出去野餐呢。我们跟孩子们保证了今年要去的。艾丽斯也想出去，想避开这些噪声。我们都在车里等你呢。"

"噢，好吧。"我耷拉着嘴角做出一个可怜的表情，"没人跟我说。"

我套上衬衣，跟蒂娜一起爬上小路，绕过露台来到房前。车子的引擎已经发动了，车窗里一张张脸看着我们。我突然意识到，或许我是被大家遗忘了，或许临到出发前某个人才突然想起我来。不会的，艾丽斯不会这样的。蒂娜打开车子后盖，期待地看着我："抱歉，只剩这里能坐了。"我爬进后备厢，把自己塞进两个巨大的帆布沙滩包之间。我整个人都蜷缩着，膝盖顶着自己的脸，一直用力低着头，脖子都僵硬了。

"抱歉让你们久等了，"我乐呵呵地对车里的人说，"我刚才睡着了。"

艾丽斯就坐在我前面，在后排中间的座位上。她转过身来。"你睡得可够死的。"她说。

"我心里敞亮所以睡得安稳啊。"

她伸出一只手摸摸我的肩膀。"那我真是幸运啊。"说完，她又用口型对我说了"对不起"三个字。

安德鲁把车开下车道进入了主路，紧接着在"德尔菲诺斯海滩俱乐部"的牌子下面往右拐了个急弯。我被沙滩包挡住几乎什么也看不见。接着，我们的车停进了位于一条长长的柏油路尽头的停车场。"这不是敌方领地吗？"我说道，"这就是所谓的地狱之门吧？"

大家一个个从车里挤出来。我痛苦地等待着他们慢慢伸展胳膊腿，收拾好车里的东西，一扇扇地关上车门。最后，后备厢的门终于被打开了。安德鲁站在我面前，爽快地说："只有这里有皮划艇。"

车外白茫茫一片，晃得人睁不开眼——有白色的墙，还有刷成白色的人行道。酒店很现代，外观有棱有角，装饰着天蓝色的窗户和一盆盆竹子，还有一扇扇小窗，既有东方格调又有希腊风情。铺着白色砾石的地面上种着几株尖尖的棕榈树。一个年轻女人拖着一大包床单从一扇门出来，又消失进了另一扇门里。我听见一个小婴儿在楼上某个房间里轻轻哭喊。除此之外，这地方空荡荡的，完全没看到那让艾丽斯和安德鲁如此恐慌的如织游人。

安德鲁拿起一个帆布包，把另一个递给了我，然后我们这浩浩荡荡一行人穿过停车场朝着酒店大楼的尽头走去，在那里我们看见了海滩的一角：泛着波光的海水上涌动着朵朵浪花，沙滩上竖着一把把用干棕榈叶做成的遮阳伞，还有一条蛋奶黄色的沙滩。原来人们都聚集在了这里。耳边能听见喊叫声和哭闹声，那是像嘈杂的鸟鸣一般的海滩特有音效。酒店侧面有个箭头指向"服务台"，安德鲁交代孩子们在外面等，然后推开一扇门，并把它挡住让后面的艾丽斯和蒂娜也一起进去。我犹豫了，又一次不确定自己到底是该跟着几个成年人一起还是该跟他们的子女待在一块儿，最后，我还是跟了上去。

里面是个小房间，冷得让人发抖，闻着有一股浓烈的化学香草味。

墙上的空调出风口嗡嗡响着，一张长桌上点着一支蜡烛。我们进来的时候房间里的三个男人一齐朝门口看过来，他们一个坐在桌子对面，另外两个站在一旁，都穿着厚厚的深蓝色裤子和雪白的衬衫，袖口整齐地卷到了肘部上方。那两个人是警察，腰上还别着枪。

两个警察中较年长的那个，个子高大，身材健硕，留着花白的短发，褐色的手臂十分粗壮，晒得黝黑的脸上嵌着两只蓝色的眼睛。"你们好，麦肯锡太太、霍普金斯先生、霍普金斯太太。"他彬彬有礼地说。

他伸出手来跟他们几个都依次握了手，然后整了整腰带，掖了掖衬衫的两侧和背后，他衣服的腋下汗湿了两大片。他向其他两人介绍了一下大家。他年轻的同事安吉洛·达修斯长得十分俊美，像个电影明星。坐着的那个胖胖的男人叫伊安尼斯，是酒店经理，他脸颊两边留着鬓角，穿着一件印花尼赫鲁衬衫。没有人介绍我，我被挤得靠在远处墙上的一块布告牌上，也懒得挤上前去。

他们尴尬地寒暄了一番，聊了聊天气，还有这度假村的繁忙的景象。"你拿到新的传单了吧？"艾丽斯说。

"拿到了。"他转过来说道。他笑了笑，下巴紧绷着。"我们已经发放到岛上的各个主要地点了。"

"我一张也没看见呢，"艾丽斯说，"到处张贴那些传单，还四处发放的，只有我而已。"

"我可以向你保证，都已经分派下去了。"说着，他脸上的笑容变得有些僵硬。

我意识到，他是多么厌恶艾丽斯和安德鲁。十年来，他一直默默经受着这些，被一个死去的女孩弄得不得安宁。

"我见过一张。"我来不及阻止自己，话已脱口而出，"在艾尔康达的一根路灯柱上。"

加夫拉斯探出头来看见了我。"看吧，一位独立目击者。"很显然，他把我当成了一位普通的酒店客人。"麦肯锡太太，我再次向你保证，没有人会比我更希望找到贾思敏·赫尔利了。"他用希腊语发音念出了她的名字。

大家沉默了一阵，接着，安德鲁说道："我们听说了昨晚发生在圣斯特凡诺斯的袭击事件。是强奸案吗？真是太可怕了。这实在是大家最不愿看到的事。"

那位叫伊安尼斯的酒店经理，从鼻子和喉咙之间发出了一个声音，以表赞同。

"发生什么事了？"蒂娜说，"能跟我们说说吗？"

"的确是很不幸的事，"他说，"昨晚有个年轻女孩跟她的伙伴们分开后，独自一人到外面透气。目前看来，袭击者是趁她喝醉酒，把她强掳到了一个偏僻地带，然后……"

"我们的女儿们昨晚也在酒吧，"蒂娜说，"她们说什么也没看见，不过你要是想跟她聊聊，我肯定她们会很愿意回答你们的问题的。"

"这很有帮助。"警官从胸前的口袋里掏出一个小本子。"我正在整理一份当晚在场人员的名单。你们家女儿的名字是……？"

"菲比·麦肯锡和黛西·霍普金斯。"艾丽斯抢在蒂娜之前回答道，"我可以帮你联系她们。"

我在等着她提起路易斯，可她没有。

"就这些吗？"我说。

"是的。"她直挺挺地站着，双手十指紧扣着背在身后。"加夫拉斯警督，那女孩看见是谁袭击她了吗？"

"这我不能说。我能透露的只有我们已经找到一个嫌疑人，正准备带他来问话。"

"哦，是吗？是住在这儿的人吗？会不会是她认识的人？"

"我只能说这么多了。事实上，这也是为什么，像我说的……"他看见接待员进来了，赶紧住了嘴。

我看见艾丽斯的肩膀似乎放松了一些。"好吧，"她接着他没说完的话头，说道，"我们该走了。"

"是啊，"加夫拉斯微微欠了欠身，"我已经占用你们太多时间了。"

按酒店的规定，我们得买个"单日会员"才能租用皮划艇，另外还要支付皮划艇的租金。加夫拉斯和他帅气的副手把路让开后，安德鲁才得以把他的信用卡拿上前去，伊安尼斯从桌子下面拿出一个拨号机，安德鲁输入了他的密码。我没想过要带钱来，于是悄悄地走开了。

来到外面，弗兰克和阿奇不见了踪影。菲比和黛西也走到了一旁，正跟海滩边上的两个女孩聊着天。而路易斯，却一个人背靠着墙壁坐在地上，腿伸在路中间。他双眼布满血丝，脸色白得发青，费力地吞着口水。

"我的天，"我说，"你要不要喝点水？"

"不要，什么都不用。"

门开了，其他人都从里面走出来。艾丽斯看见路易斯瘫坐在人行道上，失望地叹了口气，走上前去伸手要把他拉起来。"对不起，对不起，"他跌跌撞撞地往前走着，嘴里不停嘟哝，"我要吐了。"

"好，坚持一下。"她发疯一般往四周张望了一圈，发现了一块窄窄的牌子上写着"商店及洗手间"，于是立刻扶着他转过身朝着停车场方向走去。她回过头来对着我们喊道："等着我们啊。"

"别担心，"安德鲁说，"可能只是中暑了。"

她举起一只手示意她听见了，然后消失在了街角。

蒂娜和安德鲁凝望着大海，面带微笑百无聊赖地站在一旁。我跟他们说我要去抽支烟，然后往旁边走了几步，走出阴凉来到烈日之下。我点燃一支烟，观察了一圈四周的环境。在离自己数米之遥的地方发现另一个正在度假的群体总是件很奇妙的事情。这里不是与世隔绝的山间别墅，而是人头攒动、热闹喧哗的海滩。空气中是浓浓的椰子油和妮维雅高倍防晒霜的味道。海岸线上放着一排排激光器和皮划艇，就像搁浅的鲸鱼。两个身穿比基尼的姑娘来回扔着一个飞盘。沙滩排球场上传来阵阵愉快的尖叫；大约在右手边棕榈树背后的位置，传来泳池水花四溅的声音。看着眼前形形色色的人，拥挤的人群，我突然很渴望回到亚历克斯在布鲁姆斯伯里的那套公寓，很怀念时常在空中回荡的小学生的笑闹声。

我转过身，把烟头扔在地上的进口沙子上，用脚踩灭了它。我所在的位置离菲比和黛西很近，近到能听见她们跟那两个陌生女孩的对话，那两个女孩长发湿漉漉的，身上围着一样的蓝白条纹浴巾。我又再往她们的方向挪了一步。

"她当时真是醉得非常非常厉害。"其中一个女孩说，"她差不多一整天都在喝酒。她就是因为喝醉了才在被袭击后跑到了海里，这样做蠢透了，海水把证据都冲没了。"

"我觉得她甚至都不知道到底发生了什么。"另一个女孩说。

"你们觉得是谁干的？"菲比问。

"所有人都觉得是凯莉的哥哥萨姆干的。他真的很喜欢她，一整晚都跟在她屁股后面转来转去。"

"萨姆是哪一个啊？"黛西问。

"他看上去挺年轻的，脸上有些痘痘，留着棕色的长发，有点遮住眼睛。"

正在堆沙堡的小孩不知怎的哭喊起来，还不停敲打小桶。我没听清菲比后来说了什么，那两个女孩也突然走开了。路易斯跟在安德鲁、蒂娜和艾丽斯后面，出现在酒店侧面。两个女孩从他们旁边溜走了，眼睛不敢直视他们。

艾丽斯看着她们走开，问道："她们是谁？"

菲比把头发甩到肩后。"是在 19 号俱乐部认识的朋友。我们在约今晚见面呢。"

"我不同意你们今晚去 19 号俱乐部。"艾丽斯说。

"我估计那儿今晚不会营业的，"安德鲁说，"但即便是会，你们也得按你们妈妈说的做。"

"这不公平，人家的父母都同意她们今晚出来玩啊。"菲比抗议说，"而且她们还认识被强暴的那个女孩呢。我没开玩笑，她们跟她聊过了。"

安德鲁说："我们都是为了你们好。"老天，他还能再自以为是点吗？

菲比说："这种事不会发生在我们身上的。我们不会被强暴的，第一，我们不会蠢到分开行动；第二，我们不会让自己喝醉；第三，我们不会像那个女孩那样四处跟人调情，招来那些怪胎。"

这个年轻女孩自私自利的想法让我很是惊叹了一番。为了晚上能出去玩，黛西和菲比竭尽所能地往那个受害者身上泼脏水。她们的许多话跟我那天早上激起大家愤怒的言论如出一辙。接着，黛西说："我的意思是，她很明显是在勾引他，她自己的人字拖坏了就一直穿着人家的鞋子。"

在她们争论的过程中，我原本一直背对着她们，可听到这话我不由得转过身来。

"她是从哪儿来的？"

"应该是纽卡斯尔吧。"

我转身面对着大海。坏掉的人字拖、纽卡斯尔，听上去遭到强暴的正是我在大巴上遇到的那个女孩，那个长得酷似瑞塔·奥拉的女孩。"你们浑蛋"，我记得当时她那样说着。她叫什么名字来着？对，叫劳拉。

我之前对这次袭击事件并没太上心，没有真正去想过那个受害者，可现在我感觉这一切那么真实，那么可怕。我一直压抑的焦虑情绪渐渐翻涌上来。这件事路易斯有没有牵扯其中？艾丽斯是在替他遮掩吗？

"打扰一下。"

我闻声转过身来。一个粗壮的光头警察迎面走来，他穿着一双大皮鞋吃力地穿过沙滩，别在腰间的枪明晃晃地直反光。他抓着一个男孩的手臂。那男孩大约只有十五岁，穿着滑板裤和肥大的背心，光着脚，胳膊又细又长。两人体格的悬殊显而易见，警察的拇指快要在他手臂上按出一块瘀青来。男孩脸细长，眼眶深陷，不停地咬着嘴唇。

我往旁边挪了挪给他们让开路。警察紧抓着那孩子的手臂，从我旁边经过。那男孩回头看了一眼，笨拙地用手掌揉着眼睛，然后他们朝着酒店接待处的方向走去。

我们都停下来看，有那么一阵子谁也没说话，接着蒂娜转过身来，耷拉着嘴角说："他肯定不会是嫌犯吧，他看上去也就十二岁的样子啊。"

"是啊，"我说，"老天！这可怜的孩子。警察应该知道自己在做什么吧？"

"他们当然知道。"艾丽斯说。路易斯又滑坐到了沙滩上，艾丽斯用脚推了他一下。"快起来，站起来，我们走吧。"她看上去对那个被捕的男孩无动于衷。事实上，她倒是一副如释重负的表情。她朝我露出一个愉快的微笑，然后无忧无虑地朝着皮划艇的方向走去。

# 第六章

Chapter six

## 蒂 娜 的 微 笑

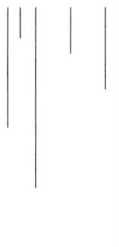

最近我常常想到蒂娜。她是个热心又有趣的女人，安德鲁配不上她。她要是追随自己的本心，摆脱安德鲁的控制，一定会大有不同。如果我跟一个像她一样的女人结了婚，也许一切也会完全不同。

皮划艇下方的海水不同于在远处所看到的那种深蓝色，而是黑色的，极具威胁，充满危险。水下是崎岖陡峭的岩石，布满了尖锐的凸起和坑洞，还有一片片突兀的深色区域。

我很担心小艇会倾覆，继而沉入无尽的深渊之中。我努力集中精力划桨，专心于桨面划水的角度。划船很累，我有些上气不接下气的，喉咙里一阵燥热。他们硬要我穿上的这件硕大的黄色救生衣蹭得我腋下生疼。

酒店渐渐离我们远去，浪尖上只看见两个白色的方块。我左手边有个小岛，是"赛琳娜之石"吗？艾丽斯把我甩在了后面让我自己慢慢划。她说："你不介意吧？我不能停下来，不然艇会翻的。"她已经跟安德鲁并排着远远地划到了前面。蒂娜自告奋勇载着路易斯一起划，可菲比和黛西，还有弗兰克跟阿奇，都不停地折返回来奚落我，前后划动着向我炫耀这对他们来说有多么易如反掌，然后又以嘲弄的速度快速划走。

"学会了没啊？"弗兰克朝我喊道，然后又说了句什么逗得阿奇直笑。

我在海湾入口跟那一串礁石缠斗着，时间仿佛过了一个世纪。我没有一桨一桨地划到位，而是不停地劈砍着水面调整方向。等我终于绕开了礁石，战胜了洋流调整好航向，却发现只剩下我一个人了。我看见其他人已经到达了那个小海湾，正把他们的艇拉出水面。蒂娜站在水边，举着一只手遮住刺眼的阳光。她朝我挥挥手，我也抬了下胳膊肘以示回应。咸咸的海水刺得我嘴角直疼，我继续奋力往前划着。艾丽斯和安德鲁正头挨着头弯腰摆弄着艇。路易斯站在海湾入水口的另一侧，往水里扔着石头。艾丽斯为什么没告诉警察路易斯当晚也在那家夜总会？她是不是觉得他可能牵涉其中了，甚至是知情？不对，她的做法更像是本能地要防止她的儿子卷入麻烦之中。可即便如此，安德鲁仍然应该鼓励她说出实情。这才是应该做的事，无论路易斯究竟牵扯多深。他没有这么做我并不觉得惊讶。安德鲁身上总有种让人讨厌的感觉，很奇怪，他精心维护的形象和他实际的表现之间并不吻合。我总是想起他的眼睛追逐着那些年轻德国女孩时的神情，还有今天早上他对此矢口否认的事。撇开我的各种缺点不谈，至少我是诚实的。艾丽斯应该听取的是我的话，而不是他的。我突然产生一丝陌生的感觉，原来这就是占领了道德制高点的感受。

在一阵欢呼和祝贺声中，我终于到达了浅滩。阿奇和弗兰克被派来帮我把艇从水里拉出来。"一、二、三，拽。"弗兰克夸张地用力把皮划艇拉起来。当我终于脱下了身上这件黄色的束身衣，我看到菲比的嘴角露出一丝微笑。"保罗，你擦伤挺严重的，"她说，"得擦点药膏吧。"

菲比正躺在一条浴巾上，我放纵自己的眼睛在她全身上下游移。"你要帮我涂吗？"

"滚。"

艾丽斯把安德鲁放在一旁，朝我这边走来。她伸手搂住我的肩膀抱着我，头轻轻靠在我肩上。她身上泳衣湿漉漉的，胸部紧贴着我的胸口，即便此时已经筋疲力尽，我仍忍不住起了反应。"可怜的保罗。"她说着，吻了吻我晒伤的肩膀。

"你之前该告诉我们你从来没划过啊，"安德鲁喊道，"不过你都活了四十二年了，居然一次没划过皮划艇，真想不到！"

他用一阵大笑来掩饰话里的讥讽。这种尖酸刻薄的言语，是他惯用的武器，就像一把把小刀一般，虽不致命，却能让人遍体鳞伤。

蒂娜跪在一张破旧的格纹毯子上，把面包和西红柿摆放开来，又打开一张张防油纸，拿出火腿和一块塑料似的黄油。她伸手从冷藏箱里拿出一瓶冰啤酒塞到我手里。她的脸颊和鼻子上是一片片斑点，看来被晒得不轻。"给你，"她说，"这个包治百病。"

我谢过她，在地上的一堆包袋纸里面翻了一通找到了我的烟。我坐在一块岩石上抽着烟，其他人围绕着拼接在一起的毯子和浴巾，拿取着放在上面的食物。这里算不上真正的海滩，地方小，还到处都是鹅卵石，不过好在我们能独享这份清静。一条小径像一道银色条纹一般，横跨过小山坡，穿过长满树木的陡坡连通到一条路上。椭圆形的白色鹅卵石上，大多都沾上了黑色的焦油。空气中一股难闻的硫黄味。一道石缝中塞满了各种垃圾，包括一片卷起来的尿布。

"无论什么东西在户外吃起来总觉得要美味得多。"过了一会儿，蒂娜说道。

大家都懒得答话，只有艾丽斯，虽然几乎什么也没吃，却从喉咙里嗯了一声表示同意。

"保罗，你要吃点吗？"蒂娜喊道。

我挥挥手里的烟，指指夹在两膝之间的啤酒，答道："我不用，等会儿再说吧。"

"这就是你保持苗条的方法吗？"她叹了口气。她给自己做了个三明治，张开嘴咬下一大口。"等我回到家，也要开始我的 5+2 节食减肥①计划了。"

"这种减肥法对男人更有效果。"安德鲁说。

"你是说我减肥无望了？"

"我觉得你现在这样就挺好的。"我说道。

"你真是太善良了，上帝会保佑你的，保罗。"她说。

菲比和黛西已经铺开浴巾，穿着相同的亮粉色无吊带比基尼晒起日光浴来。她们俩小声地说着话，而我则专心地看着她们的口型读着唇语。

---

①　"5+2 节食减肥法"也称"5∶2 快速节食法"，是一种源自英国并广受欢迎的节食方法，主张一星期七天中有五天正常进食，其余两天严格控制摄入的热量。——译者注

对话是关于凯莉的哥哥萨姆的，就是我们之前在德尔菲诺斯看到的那个被警察带走的年轻人，还有他有没有可能就是强奸案的凶手。

"他看上去不像那种人啊。"菲比说。

"哪种人呢？"原来蒂娜也在偷听着。"这就是重要的一课，你们两个。人的外表是会骗人的。"

我望向艾丽斯。她捡了一块鹅卵石正拿在手里仔细观察。"话说回来，"我说道，"他们也可能只是把他当作目击证人想跟他谈谈，而不是嫌犯。"

艾丽斯抬头看着我，然后又移开了视线。她把石头高高地抛进了海里，然后躺下来，闭上眼睛，仰面迎着烈日。

黛西用胳膊肘撑起上身，说道："其实我也觉得他很早就回家了。"路易斯坐在一棵树的树荫下，正小心翼翼地拿起一块火腿卷，黛西朝他喊道："你跟他说过话对吧？他跟你差不多的时间离开的，比我们要早得多。你们不是打算一起走的吗？"

我观察着艾丽斯，她没有动。

"我不知道，"路易斯垂着眼嘟哝说，"我那天有点迷路了。"

"我完全没听见你们任何人进门，"蒂娜说，"我睡得死死的。"

我在等待着。这回艾丽斯或是安德鲁应该要说实话了吧？可是等了一会儿他们俩谁也没说话，于是我张了张嘴想开口，其实我可以单纯地讲出我所看到的，可我想了想还是不提为妙。

蒂娜说："那女孩真可怜。我希望她能有个好的互助小组，不至于独自一人待在异国他乡的医院里。但愿她的父母已经飞过来了，即便没有，也希望有个好心的朋友能去照顾她。"

"她是跟着一大群人一起的，"菲比漫不经心地说，"肯定没事的。"

我想到了跟劳拉同行的那群人，那一瓶瓶啤酒，一个个剃得光秃秃的脑袋。"我看她那群朋友不怎么样。"我说道。

艾丽斯转头看着我。"你怎么会知道她的朋友？"

我又一次不假思索就乱说话了。我小心地踩灭了烟头，回答道："如果这个女孩跟我想的是同一个人的话，她的名字应该是叫劳拉。昨天她和一群光头跟我坐同一辆大巴从南部过来的。"

"你不是坐出租车来的吗？"

我感觉到自己的脸在一点点地涨红。"呃……最后我坐了一段大巴。"

她一脸奇怪的表情看着我。"可我记得你说……"

"是啊，我这个笨蛋。我也不知道自己为什么要说谎。"

我从岩石上爬下来，拿起一个西红柿来吃。热乎乎的汁液喷在了我的下巴上。我用手背擦去西红柿汁，然后坐在了鹅卵石上，故作轻松地挨着艾丽斯。我发现她微微地躲开了一点，也感觉到了安德鲁看着我们俩的眼神。果不其然，虽然应该受到谴责的人是他们俩，但这状况看来好像我才是那个犯了错的人。

坐在鹅卵石上也许会让裤子沾上焦油，可是无所谓，反正裤子不是我的。我难过地意识到，无论我怎样努力地骗自己，但这儿的一切终究都不是我的。

午餐后，路易斯已经恢复了精神，于是我们交换了一下，我坐蒂娜那条艇返回房子，让他绕着海岬划回去。我看着他们一一推船入水，打趣地朝他们喊着，给大家提供建议和鼓励，试图用幽默来化解危机，重掌局面："对了，就是这样，保持好平衡，划桨要干脆有力啊。"

我们爬上一个长满树木的小坡，沿着一条被石块和松针覆盖的崎岖小道，来到了停车的地方。空气中充斥着浓烈的桉树味。一只掠食鸟类在头顶盘旋，可能是一只鹰，它的影子时而蜷缩时而歪斜。蒂娜在前面吃力地开出一条路，我能听到她大声地喘着气，时不时大声感叹一下路面实在太陡峭。我拿着几个包慢慢地跟在后面，庆幸能有片刻独自沉思。我需要思考的事太多了。

当我到达公路时，蒂娜正靠在车上用手给自己扇着风。"啊，热死了。"她说，"要不是你帮忙做我的挑夫，我肯定累死在半路上了。"

一队四轮摩托车，载着一群身穿背心的青少年从旁边呼啸而过，像是装了轮子的链锯似的。

他们很快消失在弯道处，身后扫起一片尘土。"难得我还能有点用处。"我说道。我本想语气显得挑逗些而不是自怜，可蒂娜听完往前走了一步说："别太介意安德鲁的话。"她把手握成拳头抵在我的脸颊上，做了个奇怪的动作。这是在表示对我的同情吧。要是我是个孩子，估计她会跟我脸贴着脸，用手捏捏我的脸颊。她拿开手，挨着我在路边栏杆上坐下来。"他总感觉有责任照顾艾丽斯，有时候可能会有点过火。"

我说："事实上，我并不介由我亲自来照顾艾丽斯。"

我似乎又一次没控制好自己的语调。在爬上来的途中，我一直在犹豫要不要告诉她路易斯昨晚喝醉酒，安德鲁和艾丽斯为他遮掩的事。现在我决定闭口不提了。蒂娜盯着我看了很久，在她的目光拷问下，我干笑了两声，感觉眼泪快要出来了，于是咬了咬嘴唇扭头看向别处。

"你已经爱上她了，对吗？"她终于开口说道。

这是个微妙的时刻。在被蒂娜一语点破之前，我丝毫没有想过自己是不是对艾丽斯有了感情。我之所以会过度敏感，也许只是因为这次的强奸案和我对艾丽斯的担心而已。又或许是因为这趟皮划艇之旅造成的迟来的伤害和熬过去后的释然。有那么几秒钟，我内心的堡垒几乎要崩塌了，于是我决定还是不说话为好。我若无其事地耸耸肩，最后憋出一句话来："我配不上她，这就是问题所在。"

她说："你是因为这个才撒谎说是坐出租车来的吗？为了让自己显得更体面？"

"也许是吧。"

我们面对道路坐着，但她突然转过身朝着大海。"我认为你已经足够好了，我敢肯定你就是她所需要的人。她只需要承认这一点，并且坦然接受。这一个星期她都不太在状态。她很担心路易斯。而且抛开别的不说，光是失去那栋房子就够让她难过的了。"

我也转过身来。我们的眼前是树林、天空，还有一大片深色的阿尔巴尼亚领土，在一片三角形的海域上，几个人影正朝着海岬缓缓移动。"抛开什么不说，"我问道，"我们来这儿不是度假的吗？"

她微微叹了口气。"你不懂。在这儿从来都不是单纯的度假,几乎可以算是一种义务。艾丽斯一直都把贾思敏的失踪看作她的责任。"

"可为什么呢?"

她又重重地叹了口气。"我估计,一定程度上是因为事情发生时她就在场,经历了那一晚,还有后来的日日夜夜,警察的问询,还有一次次搜索……其实我们都同样经历了那段日子。可艾丽斯,她就是那样的一个人,这件事情上她比我们任何人都陷得要深。可现在,房子租约到期了,她不得不放弃那栋房子……我比你更了解艾丽斯,关于她有件事你得知道,那就是她在任何时候都必须要掌控一切,而且一向都是如此。她不会放心地把任何事情交给别人去做,只有自己亲力亲为才会满意。当然,我非常爱她,但在她看来,只有一切都围着她转,局面才不至于失控;没有她掌舵,一切都会偏离方向。"

我皱了皱眉。"这样一定会造成很多问题吧。"

"但她就是这样一个人。"蒂娜又一次重复道。


回去的路上我们俩都一言不发。在身体的疲倦、心情的烦闷,还有暑气的共同作用之下,再加上啤酒的催眠效果,我一路昏昏欲睡。蒂娜放了一张光碟,是他们每年都会带来帕罗斯的一张合辑,内容是音乐形式的私人笑话。我半眯着眼睛,看着一路上橄榄树林升起又落下,海水与天空合拢又分开。我睡意蒙眬地跟着哼唱了第二首歌,是一首非常上口的关于残酷与背叛的歌。

"看来你对这首歌很熟啊？"蒂娜说。

"对，大学的时候大家总放这首歌。"

她猛地转过脸看了我一眼，又立刻回头看着前方的路。"是Everthing But The Girl 乐队（英国独立乐人 Ben Watt 和 Tracey Thom 组成的夫妻档乐队）的 *Charmless Callous Ways*（一首歌曲名）啊，这是弗洛莉的最爱，难怪你那么熟。"

又是弗洛莉。我睁开眼睛坐了起来。是这首歌勾起了我的记忆吗？那张精灵一般的鹅蛋脸，嘴巴略微有些兜齿，就隔着一张桌子在我对面，在烛光下摇晃着，桌上摆着印度菜。我还想起某次在一个派对上的纵情狂舞和国王大道转角处那个醉醺醺的笨拙的吻，再有就是一段身体上的记忆：她滑动的床单，还有洗旧了的绒毯那粗糙的触感。

"真有意思，我都不知道你跟她约会过。"蒂娜笑说。

"就是很短暂地交往了一阵。我想说……"我得把握好语气，要表达出温和的关切和一点略微的窘迫，"她去世了我真的很难过。"

蒂娜缓缓眨了眨眼，她的头似乎动了动，但动作不太明显我也不十分确定。"我知道，确实很糟糕。"

"她是生病了吗？"

"安德鲁不喜欢谈论这件事，这可以算是个禁忌话题。"

"是意外？"

"是的，我想应该是个可怕的意外。"我们到达了房前的车道，她迅速地换了倒挡，然后看着后视镜开始倒车。我张开嘴想再多问几句，可她眼中的表情看着竟像是要哭似的。

我说："真是遗憾。"

我不想惹她难过。反正还有其他办法可以弄清楚是怎么回事。

房子被太阳烤透了，墙壁都热得快要崩塌一般。一件黑色的泳衣像只蝙蝠似的挂在橄榄树的树枝上，一个卡尼尔防晒油的塑料瓶竖在一把椅子的腿边，除此之外，这里看不出任何有人居住的迹象。四周静静的，施工工地也停工了。空无一人的露台上亮得耀眼。

蒂娜把浴巾拿出来晒干，然后坐在外面的桌旁，我在厨房里转来转去，从橱柜里找到几袋印度红茶茶包，泡了一壶茶。几只苍蝇在头顶的位置盘旋着。早餐后留下的脏盘子还放在水槽里，上面沾着一抹黄油和一块面包皮。不知是谁在橱柜台面上留下了一小团钱，几个硬币随便地裹在一张五欧元的钞票里。安德鲁的裤子只有一个薄薄的口袋，于是我把钞票和纸币都塞进了我刚卷起来的香烟包装里，然后像詹姆斯·迪恩一样塞在了T恤肩部。

我把茶放在托盘上端了出来。"啊，真好，"蒂娜说，"要不你来当妈妈吧？"接着，我给她倒了一杯，她喝了一口，说道，"这正是我需要的。真有意思，一杯热饮竟能这么提神！"

最近我常常想到蒂娜。她是个热心又有趣的女人，安德鲁配不上她。她要是追随自己的本心，摆脱安德鲁的控制，一定会大有不同。如果我跟一个像她一样的女人结了婚，也许一切也会完全不同。

就在这时，她解开了绑着头发的亚麻头巾。发丝自由垂散下来，像一道褐色的光环围绕着她的脸跳跃着。她用手指拢拢头发，把发丝拨到耳后，脸上带着抱歉的笑。

"你该把头发留长。"我微笑着对她说。有那么一刻，我甚至放任自己想象着她赤裸的身体在我身上起伏，淡褐色的眼睛半闭着，那对她总是藏起来的丰满乳房恣意地跳动着。

她脸红了，仿佛读出了我的想法似的。"安德鲁喜欢我短发，"她喃喃地说，"这样更好打理些。而且在我这种年纪……"

"你这年纪又怎么了？"我说道，尽可能地表现得很迷人。

"噢，别拿我开涮了，保罗。我更年期的时候就已经彻底断了这些念头了。"

我吃惊地抬高眉毛。

"是更年期提前了，"说着她浅浅地笑了笑，"你看我连这种事情都告诉你了。"

我也对她笑笑。过了一阵，我问了问她画画的事，问她有没有想过要进一步发展下这方面的才能。她若有所思地说："我并没有那种天赋。"

"你家厨房里那些画，都很棒啊。"我骗她说。

"以前我还能有多些时间来画画，"她说，"在我年轻的时候，在有这些孩子之前。"

我们聊了聊她以前从事过的各种工作，聊到她为了更好地平衡工作和生活而离开了伦敦市，还有她是怎样顶着巨大的压力要做个好家长，把孩子们养育成人。这两个孩子都不让她省心，这倒是没说错。她开的那家店对她来讲是个很好的折中方案，给她带来了成就感。每到一批新的毛线都让她兴奋不已，把一团团毛线球按照颜色或是质感进行分类几乎能给她带来一种感官上的愉悦，甚至连打理账务都是一件令人满足的工作，让顾客满意离去能让她觉得这一整天的辛苦都是值得的。

我很高兴听她倾诉，被她在工作中那种满足感所打动，我很惊讶自己居然真的对她所说的兴趣十足，甚至不由得想问她许多问题。她有做广告吗？她是怎样吸引顾客的呢？

"基本上就靠口耳相传吧。"

"有效果吗？"

"通常还是有效果的，但要是没效果了，我们就用美利奴羊毛织成的套衫把他们套住然后从街上拽进店里。"她答道。

那她不在的时候又是谁在照看生意呢？她说她会往橱窗里挂一个牌子说她休年假了。那顾客会流失吗？她回答说这倒未必，因为羊毛毕竟是个季节性商品。"人们都是到冬天才开始编织衣物，"她说，"到了夏天就该打网球了。"

我哈哈大笑。"我想你跟我混的不是一个圈子啊。"

她看着我，这一次她的眼神近乎深情。"我想是的。"

我们这一聊让她想起了生意的事，她开始自言自语地说着接下来该做的一些事情来：包括重新下订单，寻找网页设计师，敲定课程表。今年，她们会提供的课程有"针织入门""初级钩针"和"费尔岛杂色图案毛针织学习"。"正好，"她一口喝完杯里的茶，像下定决心一般拍了下手，"趁现在安静，我可以去处理几封邮件。"

她把我一人扔在那儿径直回了屋里。从车上拿下来扔在地上的包还在原地，我到处翻找了一通，终于找到了我的手机。露台上信号非常差，于是我绕到了前院。院子远端信号最好，整整三格，我靠在其中一间外屋的门上，编了条信息准备发给亚历克斯，内容我在回来的车上就已经想好了。

我跟亚历克斯之间的关系其实是有些尴尬的。他从纽约回来之后我只跟他见过一面。那次他和他男朋友扎克邀请我去吃晚餐，那天的经历对我造成了相当大的创伤。亚历克斯做了道双麦意式调味饭配羽衣甘蓝，味道惊人地好，他们不停地谈论着亚历克斯在伦敦交响乐团的新工作和扎克最新的高温瑜伽生意，还有他们的浴室翻新计划。我像个客人一样坐在沙发上，珀尔塞福涅揉着我的膝盖，我本希望他们只是暂时回来小住，这才意识到自己错了。

饭后亚历克斯提议喝杯咖啡，然后出去听个音乐会，我都一一谢绝了。回想当时的情况，我要继续为他们照看公寓已经不可能了，我也没什么兴趣再维持和他的友谊。然而亚历克斯是我与自己的过去之间仅剩的一条纽带了。我在发给他的信息中这样写道：你好，抱歉这么久没跟你联络，最近工作都快忙疯了。有几个问题想问下。第一个：你还记得安德鲁·霍普金斯的妹妹弗洛莉吗？比我们低两届？你知道她死了吗？

信息嗖的一声发出去了。我等了一阵，没有回复。我透过棚子的双开门顶上那扇脏兮兮的窗户朝里看，想找点事做。透过窗户内的一张张蜘蛛网，我看到一辆笨重的车——是赫尔墨斯。我考虑了一下，伸手去拧门把手，本以为应该已经生锈转不动了，没想到竟然很顺滑。

我走了进去。门扇被弹簧用力地弹回去关上了。棚里充斥着油污的臭味和塑料制品被烤热的味道，还有腐烂的泥土味。里面很阴暗，透过靠近屋顶处的几块玻璃投进一些灰蒙蒙的光。靠着远端的墙壁，有一排架子上放着几袋年代久远的未搅拌的混凝土，还有破破烂烂的油漆桶、几个满是泥污的塑料容器。这辆白色的丰田货车，锈迹斑斑十分难看。我不明白为什么艾丽斯这么在意这车。这车的车头朝着墙壁，一副躲起来难为情的样子。我在想上一次有人坐上去是多久以前的事了，估计得有好几年了吧。

站在那儿，我的脑子里冒出个小小的念头。兴许这车只是有个部件因为水或者油之类的原因而出了点小问题。我以前常看我父亲给他那辆莫里斯·玛丽娜老爷车换水换机油。只需要拧开螺丝，往里面使劲灌，然后再把螺丝拧回去。要么就是浸一下，擦一擦，再浸进去。我开始幻想起来：我借着修好这车重拾我的男子气概，艾丽斯高兴地挥舞双臂，其他人虽不愿承认但又十分佩服。

为了够着引擎盖，我又往棚子里面走了几步。在车和墙之间并没剩多少空间，将将够一个人从中间塞过去，可墙上黑乎乎的全是尘土，我要是钻进去衣服肯定会弄脏。我停下来，十分抗拒。这时候，我的手机振了振，有一条来自亚历克斯的信息。

你好啊，陌生人。我当然记得弗洛莉了，那可怜的姑娘。她也是你的俘虏之一吧？她是吉莉安的朋友。我很惊讶你居然不知道。那事太悲惨了。

我迅速回复：怎么说？

这次他几乎是秒回：自杀啊。估计是服药过量吧。

我背靠着墙，后脑勺能感觉到混凝土粗糙的触感。服药过量、自杀。我之前想象的可怕的死因是白血病或是车祸之类的。然而，在我的脑海中，倒没有真的感觉有多可怕。当我把这些死因与她的一生联系到一起时，也没有真正感到难过。可自杀就是另一回事了。现在我脑中不停地在想着，弗洛莉当时的想法和感受是什么，她的心理状态是怎样的，她的生活中究竟发生了什么。

该死，我在手机上输入道，要是我早点知道就好了。

当然，我很清楚为什么自己之前没得到消息。除了亚历克斯，我跟任何有可能告诉我这件事的人都失去了联系，而他又常年在国外。吉莉安，她以前也是我的朋友。大学二年级的时候我和她还有亚历克斯住在一起，后来我跟她断了联络，就像我跟大多数人失去了联系一样，除非他们像亚历克斯一样，对我还有利用价值。这就是我当时的所作所为。我就是那样一个人。当时我那部小说大获成功，先是一场竞拍大战，接着是我颇为短暂的所谓成名期，各种的文学节庆和颁奖庆典还有拍照（主题是"最不可小觑的十大青年作家"）……这一切使我更加膨胀。与其长途奔波到佩卡姆去见吉莉安，我更愿意跟《星期日泰晤士报》的艺术版编辑在必比登餐厅共饮鸡尾酒。

那一刻，站在黑暗的棚子里，我觉得很懊悔。我的手指在车标上徘徊着。要是能跟亚历克斯说说话就好了，只是简单地聊聊，听他说说伦敦交响乐团对他如何，关心下珀尔塞福涅好不好。可这念头就此打住了：谁知道这越洋电话会有多贵啊？于是我快速编了条信息发出去，只有两个字：谢谢。然后把手机塞回了口袋里。

这下我对这辆车已经没了兴趣，于是走出棚子回到了露台上。我绕着房子四处翻看了一番，空置的卧室，衣物和耳机到处散落着。起居室只有那两个年轻男孩在用，地上扔着几个马克杯，一个饼干包装袋里塞着一卷瓦楞纸，中间裹着一个玻璃杯。

起居室里有扇门通向蒂娜和安德鲁的卧室。门半开着，里面静悄悄的，我偷偷往里看了一眼。蒂娜躺在床上睡着了，笔记本电脑被推到了一旁。她一只手放在头上，露出了腋下皮肤的褶皱，裙子在一侧胸部的地方歪歪扭扭绷得紧紧的。

我轻轻从房子里出来，拿了条正在晾干的浴巾，沿着小路往泳池走去。

亚坦站在深水区那头手里拿着一根长长的杆子，正在把一些小虫子从水里捞起来。水面反射的光线映在他脸上。他高耸的颧骨在脸上投下阴影。看见他，我一下子有些震惊。他在这儿有多久了？完全一点动静都没有。我跟他打了个招呼，他举起一只手，五指张开着。"再等五分钟。"他说道。

"没关系，"我说，"不着急。"

可这下我却有些不自在了。他在这儿辛苦劳作，我哪还好意思懒洋洋地躺着啊？于是我把浴巾放在椅子上，假装我本来就打算这么做，然后晃悠到了泳池对面的矮树丛边上，树丛里主要是桉树和松树，大多都还是小树苗，脚底下是干枯的小树叶。细碎的光斑点缀着树荫。我已经来到了这片地产的边缘，树丛那头的那片地就是之前已经开始动工修建的地方。

一段快要垮塌的白色矮墙是两片地的分界线，我决定给亚坦一点时间干完他的活，打算走个大圈，穿过这片空地，绕到大门口，再从车道走回来。我往前走了几步不小心绊了一跤，低头一看，发现是一口老井的凸起的井沿，井口太小人掉不下去，上面还盖着厚厚的树叶，刚才那一下我磕到了脚踝的骨头，只得使劲地揉捏几下来缓解疼痛。

这一圈走下来挺舒服的：空气还是很热，不过阳光已经没那么灼人了。蜜蜂在黄色的长茎花朵里嗡嗡飞舞。成百上千只蝉齐声鸣唱着。远处有一排瘦高的象征死亡的柏树，为眼前这片风景添上了深绿色的羽毛状的笔画。

挖掘机脑袋探在地里，像在啃草一般。我小心地走在属于艾丽斯家的这一侧，而且尽量把脚步放轻，但并没有听到那只看家狗的动静。站在门边，勉强能看见在一个临时的铁皮小屋下面，有个黑色和黄褐色相间的阴影趴在地上，腿和尾巴耷拉在一边。跟它的吠叫声相比起来，这只狗的体形要比我想象的小些，而且瘦得可怜，都能看见一根根的肋骨。

"可怜的狗。"我嘴里念叨着，小心翼翼地翻过大门。从门上跳下来的那一刻，门上的栏杆被晃得嘎吱嘎吱响，那只狗蹿起来，朝我飞奔过来，脖子上的铁链被绷得直直的。它又开始不停地吠叫起来。我返回房子这一路上都能听见它的叫声。

我躺在泳池边的床上睡着觉，突然一下子惊醒过来。

空气中一股麝香味，密密麻麻的虫子飞来飞去。太阳早已落到了山背后，泳池也变成了蓝黑色。

回到露台，我知道出事了。他们全都回来了。安德鲁和蒂娜尴尬地站在那儿，艾丽斯坐在他们两人之间的一把椅子上，脸色苍白，嘴唇毫无血色。她的裙子被里面的泳衣给浸湿了。

"天哪，你还好吗？"一看见她的脸，我立刻说道，"你生病了吗？"

我抬脚走上前去，可安德鲁伸出一只手拦住了我。"她没事，"他说，"我们已经处理好了。"

"怎么了？"

安德鲁说："没事，她只是受了点惊吓，仅此而已。"他语速很慢，声音很镇定。他好像是在敷衍谁，我以为是我，但想了想或许是艾丽斯也不一定。艾丽斯周围的空气中有种紧张感，好像他们都怕她似的，又像是怕刺激到她。每句话、每个动作，似乎都是经过深思熟虑的。安德鲁转身把手放在艾丽斯肩上。"深呼吸几口，"他说，"对，再来。你得冷静下来，这很重要。"

"我知道。"她拍拍安德鲁的手，然后把手放在他手上没有拿开。

"可怜的艾丽斯。"蒂娜说。她站在厨房门边，身后的灯亮着，头上围着一群蚊子。"我去泡点茶，"她说，"我看我们都需要喝口茶缓缓。"

她刚一转身，艾丽斯微微动了动脑袋吻了一下安德鲁的手。蒂娜没有看见，可我看得一清二楚，而且很不高兴。我很想揍安德鲁一拳，但我强忍住，说了一句："你能告诉我发生什么事了吗？"

安德鲁拿开他的手往后退了一步。"艾丽斯看见一个人，"他说，"长得很像贾思敏。"

"我们两个都看见了，"艾丽斯说着，抬头看着他，"对吧？这次我们两个都看见她了。"

"是的。"

艾丽斯翘起椅子的前腿，手紧紧抓着桌边。"就在那个小超市里。人特别多，那个男人举止很怪异，对吧？"

安德鲁点点头。

"他不停地沿着货架走来走去，一会儿走出商店，一会儿又进去。我觉得很好奇，于是留下安德鲁在那儿排队，我走到店外去看看他究竟在干什么，接着就看见了那辆车，是什么车来着？"

"是辆淡蓝色的标致205，两门掀背的。"

"那车就停在店外面，在等着那个男人，火都没熄。他从店里跑出来，把偷来的食物从车窗扔进去。驾驶座上有个女孩。我看见她了，她……她就坐在那儿。"

说着她又翘起了椅子的后腿。

"你跟她说上话了吗？"

"我走到车边上隔着车窗想跟她说话。我很冷静，对吧？安德鲁？

我很冷静了，你不觉得吗？我真的很冷静。"

安德鲁再次点点头。

"我问她叫什么名字，但她不回答我。她把手放在车喇叭上，那个男人冲了出来，把我撞到一旁，然后他们就跑掉了。"

"他们可能以为你要报警。"我说。

"因为我知道她是谁啊。"

"是因为他们偷了东西吧。"

"不对，保罗。不是因为这个。"

她看着我，眼里满是不安。我也不知道该怎么想了。也许她真的看见了贾思敏，也许没有。但谁都知道她有多想找到她。我心里一阵柔软，一股强烈的欲望袭上心头，迫切地想要解开她湿漉漉的裙子，剥掉里面的泳衣，把她抱到床上。

"怎么了？"她说，"你在想什么？"

"没有。那你记住车牌号码了吗？"

"嗯。"

"那你应该打电话给警察。"

"我也不确定……"

"加夫拉斯并不一定次次都把艾丽斯看见的东西当真。"安德鲁说。

"但我们可以查出那辆车的车主是谁啊。"

他摇摇头。"没有意义。多半都是偷来的，或者是没注册的。说实话，他们看上去生活得不太好。你懂的，就是瘾君子、嬉皮士那样的。"

"嬉皮士那样的？"我转身问艾丽斯，"你之前不是告诉我说岛上有个很大的嬉皮士群体吗？你不是说你觉得贾思敏可能在那儿吗？"

"是啊。"她怀疑地说。

"好吧，也许我们该去那儿看看。"

"很远的。"

"我知道，但如果有机会……？"

那个女人当然不会是贾思敏，可跟艾丽斯独处一日正是我目前所需要的。我想要把她带离安德鲁身边。我们可以趁机增进一下感情，我可以跟她聊聊路易斯，帮她做正确的事，我要把她真正变成属于我的女人。

"要不我们明天就去，你和我，我们去打听一圈？"

艾丽斯用手指按着额头。"安德鲁，再给我看下照片。"

"你有照片？"我说，"我能看看吗？"

安德鲁摆弄了几下他的手机，然后递给了我。我在桌边坐下来仔细端详那张照片。照片画质很差，是隔着挡风玻璃拍的，所以人的脸很模糊，但我一眼就看出那不是贾思敏。首先那个女的看起来年龄大了些，她大概不到三十岁，长长的椭圆形脸，透着灰褐色的金发梳着中分，下嘴唇下和一侧鼻翼上各有个黑色的钉。纤细的胳膊往前伸着扶在方向盘上，腋窝和背心袖口之间敞着大缝。我在屏幕上滑动手指把她的脸部放大。她脸上的表情，不像合成照片上的成年贾思敏，倒是很像那张家庭照片中那个系着印花头巾的十四岁的贾思敏，一样叛逆，却又一样脆弱。就是因为这个，艾丽斯才认错人的吧。

"看见了？"艾丽斯说，"看见了吗？"

"嗯，看见了。"我说，"这照片很有用，明天我们可以带上。"

我用手指滑动了一下 iPhone 的屏幕。下一张照片上还是那个女孩，不过只拍到她的后脑勺；再下一张是斜着拍的车子挡泥板特写；最后一张是车子远去的背影。我又把相册往回翻，一一翻过挡泥板、后脑勺、模糊的女孩。翻到这儿我继续往回翻了一页。前一张照片上不是超市那个女孩，或是那辆车，照片上的人，是我。

我又仔细看了看，那照片是之前在海滩上拍下的。照片中我站在鹅卵石滩上，右手边是高大的树，前面是大海，我面前其他人正把船推回水里。而我的眼睛，锁定在黛西身上，她弯着腰，我正直勾勾地盯着她那条亮粉色三角比基尼泳裤。

老天，我被逮了个正着。

"谢了，"安德鲁在我身后突然说道，"要是看完了就把手机还我吧。"

还好，在被艾丽斯看见之前，他就从我手里拿走了手机。

晚餐时气氛很凝重。艾丽斯和蒂娜都一言不发，安德鲁则动不动就威吓几个孩子。菲比因为没去成俱乐部所以气鼓鼓的，为着路易斯的餐桌礼仪找碴儿跟他吵了一通。阿奇对意大利肉酱面略有微词，惹得安德鲁一下子怒气冲天，跳起来一把把他儿子从椅子上拽起来。"回你房间，不许出来！"他低声怒吼道。

"别冲动。"蒂娜小心翼翼地说。

"该教训教训他了。"

"现在不是时候。"

"我这是在帮他。"

终于到了吃完饭收拾桌子的时候，我庆幸不已，主动请缨清洗碗碟。"你们谁也别动啊，今天我来收拾。"

"你真好，谢谢，"艾丽斯说，"我实在没力气了。"

站在厨房水槽边上，我时不时能听到他们的对话，不过听不太真切。他们还在说着今天这件事。这次是艾丽斯在说话了，声音几乎有些哽咽："可是蒂娜，这次真的不一样。"

"我知道。可你得当心点，我是为你自身的健康考虑。"

蒂娜又拿了一些杯子进厨房。

"看来她以前也这样过。"我说。

"是啊，可怜的艾丽斯。都不知道要怎么办才好了。当然，她也有可能是对的，所以……"

她抓起一条抹布，我又从她手里拿了回来。"别管了，"我说，"一会儿我来擦干。"

等我走出厨房时，艾丽斯不见了踪影。几个孩子在我的吸烟专区玩着扑克牌。只有蒂娜和安德鲁还坐在桌边，一边擦拭洗净的酒杯，一边悄悄地说着话。看见我走过来，他们停了下来。远处又传来狗叫声。

"没什么事吧？"我说。

"嗯。不过今晚湿气有些重啊，对吧？"安德鲁回答说。

"还有那只该死的狗。"他站起来咬牙切齿地说，"我已经忍无可忍了。"

"你知道艾丽斯去哪儿了吗？"我问蒂娜。

"我想应该是去睡觉了。"

艾丽斯趴在床上，衣服没脱，眼里泪汪汪的，很顺从。看来，我今晚的表现很好，主动清洗了餐具，还回避了争执。有时候就是这样，你需要做的只是保持低调而已。我把她拉过来面对着我，轻轻吻去她脸上的泪痕。我撩起她的裙子将其从她头上脱去，顺着胸部脱下她的泳衣，然后嘴巴沿着她身上的晒痕吻下去，她没有拒绝。

她双臂举在头上，脸埋进枕头里。"蒂娜觉得我认错人了，我知道她一定是这么想的。也许我们不应该去埃皮塔拉。这样做也许很蠢。"

我停下嘴上的动作，说道："还是值得去调查一下。你跟伊冯娜保证过要做一切力所能及的事来寻找贾思敏的。你就想象一下，要是那个女人真的是贾思敏呢，那会有多棒啊。"

她放下双手，捧着我的头把我拉上去，然后用极其炽热的眼神望着我的眼睛。"安德鲁说他会陪我一起去。但你为什么对这事这么热心呢？"

"如果她真的是贾思敏，我希望你找到她的时候我能在场。"

她似笑非笑地问："为什么呢？"

"因为我比想象的更在乎你。"

她就那样看了我很久，然后说道："真希望你不是在哄我。"

"谁也没有哄你。"说完，我用嘴巴封住她的嘴不让她再说话，居然奇迹般地成功了。

凌晨时分，我又醒了。那只可怜的狗又在不停地叫着，那难以忍受的叫声划破了夜空。被蚊子叮咬的包一阵刺痒，像虫子在我皮肤底下爬行似的。我感觉好像听到了什么声音，像是艾丽斯在屋里走动，可我翻身确认了一下，她在我身边沉睡着，温热的身体，还有柔软的发丝，就紧紧靠在我身旁。

我比艾丽斯先醒来，快速冲了个凉，轻手轻脚怕吵醒她，穿上了长裤和系扣衬衫，今天要开车去岛另一头的村子里跟一个偷东西的嬉皮士当面对质，穿这一身比较得体。

艾丽斯还在睡着，湿润的头发散开在枕头上，嘴巴微张着。

房子外面，工地上的建筑工人又开始打洞和搅拌水泥了。年轻人也都醒了。菲比穿着一件棉布裙子坐在小路顶上啃着一大块面包。她脚下聚集了一堆蚂蚁，费力地慢慢搬运着落在地上的面包屑。弗兰克在厨房里拿着一条茶巾歇斯底里地拍着一条橙色的大虫子。路易斯打开冰箱的门盯着里面看。他今天脸色看起来好多了，但脸上的斑点好像更多了，不过我看不太清楚。他拿出一罐花生酱，拧开盖子，正准备伸手指进去蘸的时候看见了我，于是立刻红着脸转过身去找勺子。说到底他也还只是个孩子。虽然性格别扭又爱惹麻烦，觉得难堪了就爱发火，但他归根结底只是艾丽斯的儿子，不是个强奸犯。

等我端着杯咖啡来到露台上，看见艾丽斯正站在她的卧室门前跟安德鲁说着话。她已经穿好了衣服，是一身夏装，脚上是高帮帆布鞋，头上戴着一顶软塌塌的草帽；而安德鲁光着脚，穿着一件毛巾布睡袍。我听见她说："不，他很坚持。"看见我，她表情一变，"他来了。你想跟我一起去对吧，保罗？安德鲁说他可以跟我去，不过我在跟他说他不用去呢。"

我果断地把咖啡杯往桌上当地一放，说道："我陪你去。"

安德鲁高挺着胸脯朝我走过来。今早他下巴上全是胡楂，但是一块一块的不均匀，跟老头一样。"我不想让她一个人开车去那么远。"他咬牙切齿地说。

艾丽斯已经转身去了菲比那边。"她又不是小孩子。"我说道。

他的脸凑到我面前，嘴里口气有些难闻，略微有一股菊苣的味道："她现在很脆弱。"

我的手放在背后，攥紧了拳头。

"这样吧，"我说，"你把租车的手续给我，我给租赁公司打电话。他们肯定能把我添加到保险下面的。"

施工机械的嘈杂声突然停了一会儿，空气似乎突然变得甜蜜起来。

艾丽斯抬起头，说道："你太聪明了。"

安德鲁脸上的表情看上去像要吐了一般。

"这下不用慌了吧。"我说道。

等了好一会儿，安德鲁才找到了正确的电话号码，我走到外面找了个有信号的地方，假装打了个电话，把我的驾驶证号码和付款信息告诉给了租赁公司接线员。

这一路路况不太好，要两小时车程。我们经过了几个散落的村子，有些老人在树下玩着骰子，然后车子开始缓缓沿着山路上行，车窗外的景色慢慢变得荒芜，一幅未经开垦的蛮荒景象，裸露的岩层从草皮下钻出来。我们在车里播放着那盘合辑，还时不时跟唱两句，有纸浆乐团的、绿洲乐队的，还有优美南方乐队的歌。我按了一下开窗键，车窗全都缓缓地降了下来。

"安德鲁总是坚持要关着车窗，好让空调制冷效果更好。"说着，她转过脸去迎接扑面而来的热风，脸颊边的头发被风吹得飞扬起来，"不过这样也挺不错。"

我随着音乐的节奏点了点头。

这辆车块头很大，视线不太好，我得集中精神，尤其是山路上，要留意突然的回头弯和让人眩晕的陡坡。有一次，突然不知从哪儿蹿出一辆货车朝我们猛冲过来，我一脚急刹车，艾丽斯一下子从座位上往前扑了出去。"抱歉，"我说，"我不想杀了我们俩。"

"我也不想。"

她今天看上去冷静了许多，心情较之前也好了很多，我想，重新掌控局面让她轻松不少。我感觉到她传达来的爱慕之意，不知自己是不是已经通过了某种测试。我本打算跟她聊聊路易斯的事，不过现在难得有独处的机会，我就改了主意。我迫切地想要讨她开心。她看起来已经做好了这趟行程可能会无功而返的思想准备。"你是在迁就我吧，"她一度说道，"你们都是。我只是迫切地想要得到答案，这样伊冯娜才能死心。

不然她永远没法翻过这一页。一想到明天就这样'空手'去机场接她，想到她脸上空洞的表情，我就很难过。"

"跟我说说贾思敏失踪当晚的情况吧，"我说，"如果你愿意说的话。"

她一脸苦相地说："那天真是太糟糕，太可怕了。我们那时候也刚到这儿，那次行程是蒂娜和安德鲁安排的。当时一切都是他们在打点，为了照顾我，他们尽了最大的努力。可那时候哈利刚去世两个月，我整个人一团糟。抱歉……"她摇摇头说，"我怎么一直在说我自己。我不该光说自己的。"

"没事，接着说，我想听。"

她叹了口气。"失去亲人后那种悲痛就像是恐慌发作一样。你很需要有人陪在身边，可一旦有人陪之后，你又会有种强烈的冲动想要逃离，想要独自待着。我之所以跟你说这个是因为这两种情绪总是捆绑着出现。我那段时间整个人状态很差。那天晚上，我们卸下行李之后，去乔治餐馆吃晚餐。我们喝得有点多了，不过，蒂娜没有。她保持着清醒，把孩子们送回了家。他们那时候还很小。我和安德鲁正跟隔壁桌的一对法国夫妇聊着天。接着你闯了进来……"说到这儿，她看了我一眼。

"啊，对。"

"你比我们醉得要厉害多了，一直大喊大叫还唱歌，总之很讨人厌就是了。"

"那晚我们都在各自演出自己的那场戏罢了。"我说。

"安德鲁把你弄走了，可我却突然有些快要崩溃了，我必须得从所有人身边逃开，得自己一个人待着，于是我离开了，把安德鲁扔在了那儿。可我走到半路上，想起我的毛衣忘在椅背上了，于是我又开车回去，结果最后又跟安德鲁和那对法国夫妇多喝了几杯。过了没多久，伊冯娜跑到那条街上，大喊说她女儿不见了。周围的希腊人和游客都聚集过来，可没人会说英语，就因为这个我才牵扯了进来。我想尽办法安抚她，告诉她不会有事的。后来警察来了，还派出了搜索队……"

说到这儿，她突然停了下来。

"你已经尽力了。"过了一阵，我说道。

"我做得还不够，我们最终还是没有找到她。她就像凭空消失了一样。她那天跟卡尔大吵一架之后从公寓跑了出来，因为他不允许她穿成那样出门。他们发生争执的时候伊冯娜正在洗澡，当她知道发生什么事之后，就立刻出来找她，坚决要把她带回家。他们当时住的公寓楼就在现在德尔菲诺斯度假村所在的位置，他们沿着海滩和公路一路找到了港口，夜总会和酒吧也都找过了。能找的地方都找遍了。那种感觉太可怕了，菲比刚会走路那会儿我曾经跟她在一个百货商场里走散过，在那种情况下你会惊慌失措，完全丧失理智，根本不知道该怎么办才好。"

"警察大概认为她是跟你之前提到的那个男朋友一起跑掉了，第二天早上就会回来。"

"是的。可是没有什么男朋友出现，从那以后就再也没有人见过贾思敏。"

我说："不过，也很难说，兴许我们今天就能找到她呢。"

她转过头看着车窗外，说："是啊。"

道路慢慢变得平坦起来。艾丽斯似乎很渴望换个话题。她问我为什么不喜欢安德鲁。我直视着前方，回答她说我觉得安德鲁对她的身体有所企图。她听了大笑起来。

"我说错了吗？"我努力让自己的语气听上去平静而且淡漠，"我感觉你们之间好像有点什么。"

"你吃醋了？"

"对，我想是的。"

"好吧，这也太离谱了。"

她伸出手指弹了下我的肩膀，然后又望向窗外。我感到一阵尴尬，好像心事都被暴露了出来，为了掩盖过去，我跟她说了说我有多喜欢蒂娜。"是啊，她很完美，对吧？"她问我觉得霍普金斯家的几个孩子"怎么样"，这个问题我回答得非常巧妙，我说我觉得她的孩子更有活力也更有趣，阿奇那孩子很乏味，菲比的魅力和美貌让黛西相形见绌。

"但黛西的学业要好得多……"她带着引导的语气说。

"可是情商才是最重要的。"我说。

"没错，"她满意地说，"而且黛西有时候会有点轻佻。"

"她确实会有点过度自信。"

从眼角的余光，我看到了她脸上的微笑。家长们的争强好胜真是令人惊叹，他们最喜欢听到别人的孩子被贬低，就算是朋友的孩子也一样。

"听我说，关于路易斯。"我感觉时机不错，于是说道。

"路易斯怎么了？"

"那天晚上，我看见你开车把他带回来。他回来的时间比你跟警察说的要晚。"

她笑了。"可怜的路易斯，他喝得烂醉。我跟他保证了不告诉别人。要是被两个女孩知道了，她们会折磨死他的。不过那会儿还早呢，你不记得了吗？我们把你吵醒了，两个女孩还没回来。"

"我以为女孩们都回来了呢……我以为……"我赶紧打住了。我不能承认我知道她们回来了，因为那样就等于承认我在泳池偷窥了她们。"噢，也对。"我说。

过了一会儿，她又接着说："你刚刚说的情商的事挺有趣的。上学的时候弗洛莉从来都比我聪明，正因如此她进了剑桥，而我上了布里斯托尔。但她的实践能力很差，一点方向感或者空间意识都没有。我常常得借给她东西，或是去失物招领处帮她找东西。她比较难交到朋友。"

我发觉自己紧张起来。我又想起来一些关于弗洛莉的细节。她给我写过一封信，内容我记不清了，当时我只是大略浏览了一下就扔进了垃圾桶。"可怜的弗洛莉，"我说，"没记错的话，她相当敏感。"

"是啊。"

"她没结过婚、没生过小孩吗？"

艾丽斯看了我一眼，又回头看向窗外。她皱了皱眉："没有。"

"她去世的时候有工作吗？"

"没有，她搬回家住了。"

"那太可悲了。"我说道,心里想着:"他妈的,这不就是我吗?没有老婆,没有孩子,没有工作,还跟老妈住在一起……""我很遗憾,自杀对活着的亲友来说实在太糟糕了。"

"是的,我懂。"

她看着窗外,不再说话。我想找点更愉快的话题来聊聊,不过此时要完全跳过弗洛莉的话题似乎有点不合适。"你去过她有一年的生日派对吗?"我考虑了一会儿,说道,"在学者花园办的。"

"我去了。"

我看了她一眼:"也许我们当时遇到过。"

"我们的确遇到了。"

车子轮胎碾过一个石块,我向后看了一眼。"那我应该会记得啊。"

"保罗·莫里斯,关于你,有一件事我很了解,"她说,话里似乎有种特别的情绪,"那就是你只记得你想记住的事。"


埃皮塔拉在海岛的西海岸,这里的风更大,海面也完全不同,海浪从远处涌起,慢慢朝着海滩翻滚而来。海滩上的沙子颜色更深,几乎接近灰色。

村子的布局十分散乱,一排房屋和酒馆从一条灌木丛生的狭长的海滩延伸上去。这地方给人一种所有人都居无定所的感觉,四处悬挂着许多招牌,上面用英、法、德三种文字写着"客房"两个字。海滩靠近主路入口的一头,被用于传统的观光接待,摆上了一排排折叠起来的日光浴床和破烂的黄色阳伞，而在海滩另一头，已经支起了一片临时露营地，有各种各样的帐篷，垃圾桶倾倒在地上，里面的垃圾撒了一地，几棵树下停着两辆支着雨棚的面包车。这地方又热又脏。小孩子们在水里玩耍着，遍地都是四仰八叉的棕色的躯体，就像晒太阳的海豹一般。几个女人铺开浴巾，摆上用来出售的首饰，还替人编发辫。

我们把车停在了主路边的一个小停车场里，然后朝一家酒馆走去，酒馆的老板跟艾丽斯认识，是个从 1980 年起就一直居住在帕罗斯的英国女人。她走到酒馆后面想看看老板在不在那儿，我坐在一条狭窄的背阴的门廊上远眺着海滩，一个梳着油亮的黑色背头、蓄着整洁胡须的年轻服务生帮我点了杯咖啡。风很大，桌上的塑料桌布被吹得一次次地挣开金属桌布夹子掀起来。艾丽斯跟着一个五十岁左右的金发女人从一扇门里走出来。"保罗，这位是尼基·斯滕豪斯，"她说，"她以前住在圣斯特凡诺斯，我们第一次见面的时候她还是 CV 旅行社的销售代表，不过后来她嫁给了西奥，他们就搬到这儿来经营他的家族生意了。"

我站起来跟她握了握手，顺便打量了她一番：她像是伦敦上流小姐和嬉皮士的结合体，留着一头干练的短发，穿着一条衬衫裙，但耳朵上又戴着荡来荡去的巨大的耳环，手腕上手镯叮当作响，脖子上还挂着一串贝壳项链。她脸上有些皱纹，晒得有点过黑，不过在她的举止动作中有一种放荡的感觉，从她两腿分开的站姿来看，或许床上功夫相当不错。

"这么远一路过来辛苦了，我知道，艾丽斯一定很感激你。"她说道，我没想到她居然还是一口浓浓的伦敦周边各郡的口音。说话时，她依然握着我的手，专注地凝视着我的脸。

"尼基觉得她认识我之前看到的那个女孩，"艾丽斯说，"但她说她是新来的，今年夏天刚到这儿。"

尼基放开我的手看着艾丽斯。"我估计她应该是德国人。"她说。

"但你也没法确定吧。"

"只是因为她跟冈特同居来着，他来这儿有一阵了。那辆车不是他的，是去年夏天被扔在这儿的。有个长期住在这儿的人花了一冬天把它修好了。我想他们共用那辆车。"

"你喝口咖啡吧。"艾丽斯对我说。从到了这儿她就一直站着。"他们就住在最后那辆露营车里，我想我们应该去看看。"

我放下杯里的沉渣站了起来，撇撇嘴打了个响指，表示我已经休整好了。不过效果好像有点不太对味，显得我有点过于轻佻了。我有时候老爱忘形。

我们慢慢走近那片露营地，大麻和石蜡的气味，混杂着食用油和煤渣的味道，变得越来越浓烈。一个留着白色"骇人"长发髻、一口曼彻斯特口音的女人从海滩朝艾丽斯走来，问她要不要做个脚部按摩。"不用了，谢谢你。"艾丽斯看也没看她就回绝道。她精神紧绷着，非常不自在。

排在最后的那辆露营车没那么复古，更像是个移动房屋，白色的，四四方方的，上面有加长的屋顶，外面的桌了周围摆放着三把塑料椅子。

地上有个烧烤架，四周散落着一团团用过的厨房纸巾。车轮边上躺着两只瘦瘦的猫。

这儿有了遮挡，风没那么大。空气中有股扑鼻的腐烂蔬菜和大麻的味道。

前面的门敞开着，不过艾丽斯还是敲了敲门。"你好，"她喊道，"有人在吗？"

车子微微晃动了几下，里面传来一阵脚步声，然后一个女人来到门口往外看。她穿着一件褪了色的贴身棕色T恤裙，没有衣袖，也没穿胸罩。两腿和腋下都毛乎乎的。她的头发束在脑后，编了条长长的辫子，脸上有两颗黑色的铆钉，一颗在鼻翼，另一颗就在下巴中间。她有可能就是安德鲁照片里的女人，但我不太确定。

"你好。"

艾丽斯盯着她，用力吞了口唾沫。"贾思敏？"

那女人后退了一步，绷起脸，嘴角耷拉着。"你想干什么？"她说。

艾丽斯伸出双手。"我是来帮你的，"她低声说，"你知道自己是谁吗？你知道自己的名字吗？"

那女人大笑起来。"我不需要你的帮助。我叫什么名字又不关你的事。"她说。

她说话并不是英国口音，而且凑近点看，我能看见她的额头和嘴角有一道道皱纹。我想的没错，她的确不止二十四岁，甚至有可能已经三十岁出头了。

"我在超市看见你了，"艾丽斯说，"在岛那头的超市，在圣斯特凡诺斯。"

那女人把手放在门上，用力地一推，门就要关上了。

艾丽斯轻轻叹息了一声，我一看，这是个展示我的魄力、显示我的决心的好机会，于是快步上前，及时拦住了门，手掌一把拍在门上。门被弹了回去，那女人发出一声惊叫。

她蹲在地上，手扶着额头，血不停从她鼻子里滴出来。

"噢，天哪，"艾丽斯喊道，"她还好吗？"

我弯下腰，伸出手想安抚一下她，那女人一下子躲开来，一脸的厌恶和恐惧。她尖叫着用英语和其他语言（可能是德语，也可能是荷兰语）朝我骂起脏话来。

一个四肢瘦长，光着上身只穿着一条短裤的高个子男人从海滩那边跑了过来，为了能在沙地上跑起来，他膝盖微微弯曲，脚稍稍外八字。"格里塔。"他喊着，跑到车旁边以后猛地加速冲过来。他的拳头雨点似的落在我身上，"你他妈要干吗？"

我举起手想推开他。

"对不起，对不起！"艾丽斯喊道，"这是个意外。他不是有意的，是门撞到的。我们只是想问她几个问题。"

"我没想伤害她。"我说。

那个叫格里塔的女人站了起来，放下裙子。她拿起一条茶巾按住鼻子。"你疯了吗？"她说。

"我没有。"我说道。我伸出双手做出求和的动作，又往前走了几步。"我们只是在找一个叫贾思敏的英国女人。我们以为你可能就是她，只是想跟你谈谈而已。对不起，对不起。"

那男人撞开我，爬进了车里。他搂着女人的胳膊，拿开茶巾查看她的鼻子。"我要报警，你这禽兽。"

"不，你不会的，"艾丽斯沉着地说，"因为你们是小偷。"

"这儿没有什么贾思敏，"他说，"别来烦我们。"

艾丽斯已经准备离开了，可我想抓住最后的机会来给她留下个好印象。我想起在艾尔康达看到的那张海报上写的一个细节，于是又跳上了车子的台阶。"我能看看你的肩膀吗？"我问道，"你肩上有没有一道伤疤？我们要找的贾思敏身上有道伤疤。"

那女人瞪着我没回答。我没有多想，直接把手伸向了她的衣领。就在这时，我感觉到两只结实的手臂拦胸抱住我，那个短裤男把我斜着从车里甩了出来。我伸手撑地以免摔倒，结果擦破了手掌的皮肤。

"疯子。"说完，那女人砰地关上了门。


我们回到家时，警车就停在房子外面。

艾丽斯的手放在我腿上，她已经靠着车窗睡着了。我一路都极其小心，怕弄醒她，在弯道的地方都注意减速，还特意避开路面的坑洼。当我们开上最后一段车道时，她已经醒了，我正想好好利用下我们之间这种亲密感，邀请她单独出去晚餐，可还没来得及开口，她已经下了车。

我跟着她来到露台，加夫拉斯正挨着桌子坐在安德鲁和蒂娜中间。两个女孩也在那儿，身上还穿着泳衣，脚放在椅子上，不停拨弄着脚指甲。没见到几个男孩的影子，不过能听到游戏机里打仗和爆炸的声音从房子里边传来。

"坐吧，不用起来。"艾丽斯说。

加夫拉斯还是站了起来，微微弯腰打了个招呼："麦肯锡太太，你好。"他今天穿着一件深灰色衬衫，袖子卷到了胳膊肘处。"我听说你开车出去转了转。"

"是的。我们去埃皮塔拉拜访了一位老朋友……我……我们……"她支支吾吾地说着，我知道是为什么，她是觉得很难堪，自己又一次徒劳而返，又一次弄错了。

我走上前，用身体护住她："艾丽斯很好心带我去岛上逛了一圈。"我伸出手，说道，"我是保罗，保罗·莫里斯。不知我们是否见过。"

他抬起眉毛跟我握了握手："你看上去很眼熟。"

"昨天我也在酒店。"我说。

"啊。"他点点头，扭头看向艾丽斯。"这也是我今天的来意。麦肯锡太太，之前听您提起你们同行的人中有人在强奸案发生当晚也在那家俱乐部，我是来跟踪这条线索的。我刚才在询问菲比和黛西，看看她们能不能想起些什么。"

艾丽斯又开始拨弄脑后的头发，她一紧张就会不停地用手指拨弄那几缕头发。"对，是的。"她说，"有没有得到什么有用的信息？"

安德鲁不停地按着手里的黑莓手机，说道："没什么有用的。"

菲比打了个哈欠。"我们走得太早了。不过我们刚刚在说绝对不可能是那个叫萨姆的男孩干的。"

"不过你应该问问路易斯，"黛西接着说，"我想他跟那男孩说过话。"

加夫拉斯不耐烦地摆摆手。"你们说的那个男孩已经被释放了。他有不在场证明，他姐姐那晚去接他回家的。所以，误会一场而已。你说的路易斯是……？"

"是菲比的弟弟。"

"哦？"加夫拉斯突然一脸警觉，"他也在那家俱乐部？在强奸案当晚？"

艾丽斯迅速朝着发出枪战声响的方向看了一眼，又立刻转回头来。她还没来得及开口，安德鲁就说道："路易斯走得比女孩们还早呢。我倒很乐意让他放下电玩出来好让你多问问他多了解一下，不过没太大意义。我们只是在刚入夜那会儿让他去喝了几杯，然后就把他带回家了，那会儿离十二点还早得很。"他笑了笑，然后压低声音说，"他才十六岁，估计都不太懂这些。他大多数时间都躲在角落里玩《糖果粉碎传奇》。"

我的目光在安德鲁和艾丽斯之间移动。艾丽斯微微有点脸红。是在为安德鲁坚守谎言而高兴吗？这有这么重要吗？如果路易斯当时都醉成那副德行，那他也算不上个有用的目击证人，而且真要犯案也不太可能。可即便如此，还是实话实说比较好。

"我明白了，"加夫拉斯说，"既然如此，我们还是别打扰那孩子玩他的杀人机器了。"

大家听了都笑起来，只有我笑不出来。

"她怎么样了？"我问道。

加夫拉斯看着我，一脸迷惑。"谁啊？"

"劳拉啊，就是那个被袭击的女孩。她还好吗？"

他眯着眼睛看。"你跟劳拉·克拉切特很熟吗？她是你朋友？"

"不是。我只是偶然听到了她的名字，仅此而已。"

"你真善良，莫里斯先生，还会关心她。"

安德鲁微笑说："我们的客人总是对年轻女士的一些小细节特别上心。"

加夫拉斯点点头。"她已经接受了最好的照料，也正在尽力协助我们调查。莫里斯先生，在她被袭击当晚你在那家俱乐部吗？"

"没有，"我摇摇头笑着说，"我太老了。"

"我明白了。"他说。

"你说'协助'是什么意思？"艾丽斯说，"她看见袭击者了吗？"

"她没看见。"

"你觉得这是有预谋的吗？"安德鲁问，"还是激情犯罪？"

"这我还不能说。"

我问："那女孩知道袭击者大概的年龄吗？"

加夫拉斯看着我。"问题就问到这儿吧。"他转了转肩膀，放松了一下肌肉。"你们都不用担心，他跑不了的。"

在那之后，二人亲密晚餐泡汤了。蒂娜又做了意大利面，这次配上了金枪鱼罐头，实在是比我在大学里吃过的任何东西都要难吃。里面本该放些橄榄，可艾丽斯在超市里买错了，买成了那种未经加工的橄榄，又生又硬，跟子弹一样。"没关系，"她合上罐头盖子，"回头找点别的用处。"

我们都在露台上坐下来。气氛有些凝重。可以肯定安德鲁和蒂娜又吵架了，艾丽斯脑子里一直想着伊冯娜和卡尔马上要到达的事。而我在为路易斯而担忧。我仔细观察着桌子对面的他，这样一个呆头呆脑的大男孩，相比起他那个还在发育的大脑，他的块头有些太大，脸上还在经历所谓的青春期剧变。他右手拿着叉子大口往嘴里塞着食物，像在显示他太有男子气概，已经突破了传统礼仪的束缚似的。可当黛西让他帮忙倒杯水的时候，他笨手笨脚地把水洒到了桌上，接着脸一红，又变回了一个腼腆的小男孩。

天气还很热，而且一如既往地潮湿，大家讨论着要不要在泳池来个"午夜畅游"。艾丽斯坚持要收拾碗碟，"去吧，"她摸摸我的肩膀说，"你今天也辛苦一天了。"安德鲁自告奋勇帮她擦干餐具，我们其他人都下到泳池边，打开了池底的灯。

蒂娜心情不错。"你们在埃皮塔拉没什么收获，真是遗憾。不过我早就提醒过你了。"

"是啊，很可惜。不过，还是值得一试。"

"我们今天挺想你们的。"她把桌上的一片树叶拂向了泳池里。"至少安德鲁很想。"

我看着黛西漫无目的地游来游去，头发滴着水，她性感的身体在LED灯的照射下反射着白花花的光。可这次，我居然没什么感觉。

"安德鲁和艾丽斯怎么这么久还没来？"我说。

"他们肯定一会儿就会下来了。"

可我没法安静地在那儿等着。我跟蒂娜说我忘了拿烟，然后爬起来往房子走去。

他们俩坐在我的吸烟专区，一定以为大家都看不见他们，以为自己很安全。安德鲁搂着艾丽斯的肩膀，手指紧扣着她的上臂，下巴放在她头顶。想到他粗硬的胡楂戳在艾丽斯柔软的头发上，我气得直发抖。

他们没看见我。艾丽斯低着头，安德鲁也闭着眼睛。他们悄悄地说着话，我看见她的嘴唇在动。他们没听见我靠近，其实，我一路从泳池爬上来都刻意尽量把动作放轻了。

这一刻是见不得光的，这不是朋友之间的亲密，而是种更阴暗、更危险的关系。

我死死地咬着牙，拳头紧攥着。

我这样吃醋很愚蠢，不是吗？

我感觉就像下身被狠狠踢了一脚似的。我手足无措地站在那儿，很想大吼两声，很想打一架。可最后，我只是默默地转身，悄悄地沿着原路返回了泳池。

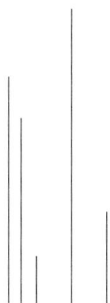

# 第七章

## 香 气 之 中

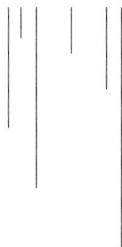

这天空气很潮湿，天色有些阴沉，薄薄的白云一层层叠在空中，在这阴暗的光线下，露台和泳池看上去都有点灰蒙蒙、脏兮兮的。

　　我几乎一夜没睡，无休止的狗叫、热气和对艾丽斯的渴望让我辗转难眠。如果不是离家这么远，如果是在伦敦，能跟迈克尔聊聊，我还能保持客观的判断。可我躺在那儿，情绪在疯狂的嫉妒和可悲的谦卑之间摇摆不定。有那么一刻，我无比渴求跟她的肌肤之亲，渴望把手伸到温热起皱的床单那边，抚摩她的胸腔；而下一秒，我又开始想象自己爬起床来找到安德鲁，狠狠给他几脚，踢得他满屋子乱跑。

　　天色渐渐变亮，我的理智似乎也慢慢回来了。或许昨晚那一幕只是我的想象？我洗完澡出来，艾丽斯还躺在床上，她伸出双臂把我拉到她身边。"谢谢你昨天陪我。"她喃喃地说着，手指滑到了我的浴巾下面。我看着她的脸，说道："不用在意，我很愿意陪你。"

　　她吻了吻我的鼻子，接着是嘴巴，把舌头伸进我嘴里探寻着。"快回来躺下吧。"说着，她的双手继续往下滑，捏住了我光溜溜的屁股。

　　前一晚我拒绝了她，躺在床上看我的书，或者说假装看书，可现在我屈服了，这样的挑逗叫我如何能拒绝呢？我用超出必要的力道掰开她的双腿，用牙齿轻咬着她的嘴唇，抓住她的双手按在她头顶。我想要占有她，想要重新掌控自己，即便掌握不了别的，至少能把控好自己的情绪。她愉快地呻吟着，可还是没能高潮。会不会是我误读了目前的形势？如果她跟安德鲁相爱，她会不会像这样挑逗他，会不会享受跟他的性爱呢？

我们跟大伙碰面时间有些晚，差点误了早餐。工地那边又开始施工了，钻孔的声音不断从那边传来。蒂娜穿着她的粉色睡袍坐在离安德鲁远远的地方，画着眼前的风景，脚下放着一管管颜料和一罐水。安德鲁穿得整整齐齐地坐在桌边，看着自己的手表。"能不能抓紧点时间？"他生气地对艾丽斯说。伊冯娜和卡尔的飞机在午餐时间就要降落了，昨天晚餐时他和艾丽斯曾经讨论过应该什么时候出发去接他们。

"我们来得及，"她说，"他们还得过安检什么的呢。反正我已经准备好了。"

她撕下一片面包放到鼻子下面，闭着眼睛深吸一口气，闻了闻酵母的香味。

"当然来得及。"说着，我坐下来给自己倒了杯咖啡，"既然现在车险已经覆盖到我了，我可以开车。"

我把咖啡壶放回桌上，仔细地看着他们俩。艾丽斯若有所思的样子，像是在考虑我的提议："嗯，既然你提议了，"她说，"安德鲁，你觉得呢？"

"机场可相当难找。"

露台另一头的蒂娜放下手里的调色盘，说道："我想保罗能搞定的。"

"不，确实很难找。"艾丽斯附和说。她越过我取了一块黄油涂在面包上，然后含着满嘴食物说道，"我们还是按原计划吧。"

我一直等着，等到听不见车子的声音了，等到车子开出了车道，转过了路口，等到引擎的声音只剩下遥远的一点轰隆声，然后转到房子后面去找蒂娜。

她在厨房里，已经放下画笔换好了衣服，又是一件亚麻口袋，这回这件是洗得发白的绿色，裙子后摆比前面短那么几寸，露出了膝盖窝上青白色的褶皱。她的眼睛红红的，眼角有几缕血丝，我在想她是不是之前哭过。

"你还好吗？"我说。

"嗯。"

我深呼吸一口。我该不该问问她对安德鲁和艾丽斯怎么看？这件事究竟能不能说出来呢？

"我打算在圣斯特凡诺斯办次野餐。我们可以走路下去，走一走对我们有好处，况且还能避开这些噪声。"

她从我旁边挤过去，到露台上从一把把椅子上收了几条浴巾。"我们可以买些乳酪派带到海滩上当午餐。"说着，她把那些浴巾塞进了一个巨大的帆布袋里。"可以浮潜，可以游泳。我把画画的东西也带上。"她喊道，"孩子们，快点！出发了！"然后转过来对着我说，"兴许还会去寄几张明信片。你来吗？"

　　我把手放在她肩上把她拦在门口。我能感觉到她很激动。我得让她知道我是站在她这边的。"你想让我去吗？"我意味深长地说。

　　"你应该做自己想做的事。"她说。

　　"是的。但我还是要问你，你想要我去吗？"

　　该死。现在回想起来，我当时的语气听起来的确是有点低三下四的。这不是我的本意，我只是想表示友好。

　　她看看我的手，又抬头看着我的脸。她语气平静地又说了一遍："你得做自己想做的事。"

　　她的表情让我很讨厌。我收回自己的手，说道："那我就不去了。"

　　后来，我坐在露台上抽着烟，看着他们咋咋呼呼地忙进忙出，不停地找东西（什么短裤、球，还有草垫之类的），好不容易找到了，一会儿又不见了，就这样为了他们毫无意义的人生准备着各种没用的东西。我自怜自哀地想着，没人想要我，也没人需要我。

　　"你要留在这儿？"他们出发前，弗兰克问我。

　　"嗯，我想是的。"

　　"在这儿干吗呢？"

　　"我会找点事情做，利用好我的时间的。"

　　"比如修理下赫尔墨斯？"他说道，听到这话，他身后的菲比大笑起来。


　　在他们安全离开后，我回到了房子里。有两扇门可以通往安德鲁和蒂娜的房间，其中一扇可以从露台进去，但已经上了锁，另外一扇从客厅进去的门则打开着。我径直走了进去，然后四处看了看。这房间既杂乱而又十分整洁，就像是一个军士长借住在一个妓女家似的。斗柜上随意扔着许多化妆品和一堆首饰，可床上却铺得干净平整。安德鲁睡的那一侧很干净，蒂娜看的那本畅销爱情小说翻开着扣在床的另一侧，书页都磨坏了。床边的矮木凳上放着半杯水，还有一板药片，我仔细地看了看，里面装着安必恩安眠药。原来这就是她睡觉那么沉的原因。我拿了两片以备不时之需，说不准什么时候我也需要好好睡上一觉呢。

我打开衣柜——翻看了一下安德鲁的衣服，把衣兜挨个掏了一遍，但什么都没有。衣柜底层，在一条浴巾下面塞着一个小小的皮质洗漱包，我拿起来把里面的东西全都倒在地上：一管科颜氏的"轻便剃须膏"、一瓶汤姆·福特"暗黑"香水，还有一罐能"提高健康活力、增强脑力"的男子汉极致维生素。正当我要把这些东西都装回包里时，发现里面还有个隔层。我伸手进去一摸，掏出来三个金色的小包装——是安全套。我把它们拿在手里，突然一阵恶心。安德鲁为什么会需要安全套？蒂娜说她早就过了更年期了啊。这肯定不是跟他老婆上床用的。

我把东西都装进洗漱包里，再把包放回了衣柜里那条浴巾下面。但我把那几个安全套塞进了自己的钱包。也许安德鲁会认为是被蒂娜发现了，但其实我更希望他知道是我拿走了。


回到露台，我转过头，屏住了呼吸。伴随着远处传来的钻孔声，我听到有人在说话，还有个女孩的笑声。声音是从泳池传来的。我悄悄地走下去站在无花果树下：有两个人身子缠绕在一起。其中一个是黛西，另一个是个肩膀宽阔的金发男人。他转过身，看见了我。他妈的，居然是亚坦。

我朝他们挥挥手。

黛西立刻从靠近我这一侧爬了上来，抓起一条浴巾遮住自己。"我以为你跟其他人一起走了。"

"我也以为你跟他们走了。"我说。

"不许说出去，"她说，"不是你想的那样。我们只是朋友。"

亚坦从泳池远端爬上来，背对着我们穿上了裤子。

"他对你来说太老了点吧。"我说。

她一脸嘲讽地对我笑了笑。"是吗？你确定要跟我讨论年龄的问题？"

我考虑了一阵，想了想自己该怎么办。我是不是应该生气呢？我要不要把她拖回房子里去，跟她说："小姐，等我告诉你妈妈看你怎么办？"一个有着正常的道德准则的人会是这种反应吗？老实说，我根本不在乎。我脑子里的事已经够多了，没空担心她的事。她已经是成年人了，或者说算是成年人。"好吧，"我说，"就这样吧。要是有什么事需要我，我就在房子里。"

"在房子里干什么？"她怀疑地问。

我耸耸肩："修车啊。"

　　这次，我用墙根下放着的一个大塑料容器顶住了棚子的门。容器的标签上写着希腊文，但还印着一个骷髅头和两根交叉的骨头，这是国际通用的有毒物质的标志。容器的盖子盖得很严实，不过为了安全起见，我拿完以后还是把手往裤子上擦了擦。一束飘浮着灰尘的光线照了进来，我发现两天前还满是厚厚尘土的墙面上，多了一抹痕迹，是一条宽宽的曲线，看上去像是用毛巾擦过，又像是有人从那儿蹭过去了。

　　棚子后面那架子上的东西看着像些旧破烂儿，都是些用了一半的油漆罐或空的容器。我也想不通为什么会有人冒险进来。但我又想起之前亚坦在身后关上这扇门。也许这儿是他放工具的地方，可我一件工具也没见着。又或许他是进来换工作服的。还是说他是进来跟黛西做爱的？他有跟黛西做爱吗？谁在乎呢？

　　车几乎是顶着架子停放着，车头前面的空隙刚够站一个人。我在引擎盖下面摸索了一阵，在前端中间的位置找到了挂钩。引擎盖轻而易举地就被打开了，我用金属支撑杆顶住了盖子。目前为止都还挺简单的。可一看里面，我不由得往后一缩。里面各种部件像是内脏和肠子一样脏兮兮地缠绕在一起。看着这堆东西我毫无头绪，连水箱都不知道在哪儿，更别提机油尺了。一个像是风扇皮带的东西上面放着一把扳手。我把它拿出来，在手里掂了掂，还挺重的，上面全是锈，铰链就像只鹦鹉的嘴。我绕过引擎盖想打开驾驶座的门。门开了，但被墙壁挡住了没法完全打开，门缝刚刚够我挤进去，然后我爬到了驾驶座上。

　　引擎盖还开着，我在这凉爽而灰暗的地方坐了一阵，把自己想象成一个机械维修工，或是美国中西部某地的一个懂得怎么修车的普通人，一个像艾丽斯那样的女人不得不尊重的人。我点了一支烟，摇下车窗把胳膊肘伸出来。我靠着椅背，感觉并不怎么舒服，这椅子直挺挺的，坐垫是塑料的里面包了衬垫。不过车内很干净，只有几根树枝、几块石子，还有条揉成一团的旧手帕被丢在脚坑里。去他的吧，我苦笑了一下，要是艾丽斯因为安德鲁离开了我，我就搬到这儿住。

抽完烟，我用鞋子踩灭了烟头。车钥匙就在点火器钥匙孔里，跟艾丽斯说的一样。那钥匙对这么一辆大家伙来说实在太小了点，连个钥匙圈都没有。在这么个封闭空间里把车打着似乎不是什么明智之举，会产生一氧化碳烟雾，而且这屋子里还放着许多装有各种液体的瓶子。

我低下头去拧钥匙，可它死死地卡住了。我使劲往外拔，但钥匙仍没有丝毫松动。我的手出了汗很滑，很难使上劲。我用衬衫擦了擦手再试了试，可还是徒劳。这钥匙不可能完全锈蚀，我只需要找个东西来夹住它。我往四周看了一圈，看到了那团旧手帕，这应该能行。我伸手下去捡起手帕，把这块满是灰尘的乳白色棉布缠在我的手指上又试了一次。这一回，捏紧钥匙，有了足够的摩擦力。钥匙转动了，引擎噗噗地响了几声就又灭了。再试一次，还是一样。最后再来一回，我的手都疼了，钥匙透过手帕深深地嵌进了我食指的肉里。这时，车子嘎嘎响了几声，接着发出一阵低沉的呼呼声，然后开始震动起来，支架支撑起的引擎盖也被震得嘎吱嘎吱响。我松开钥匙，觉得很不可思议，我居然就这样修好了。看来这的确跟拿开那把扳手一样简单。

我关掉引擎，棚子里又恢复了宁静。一股非凡的成就感涌了上来，我的自尊心也跟着提高了许多。在艾丽斯眼里，安德鲁身上究竟有哪一点比我好？很显然，他给了艾丽斯道德和情感上的支持，但他们有没有发生婚外情？那几个金色包装的安全套会不会是很久以前的？有没有可能是他从他儿子那儿缴获的？我又点了一支烟，深吸了一口。事实上，如果他们真的上过床，安德鲁的表现真能比得上我吗？我必须要证明我的价值。我一定要想个办法解决他。

我很清楚地记得自己这一系列的思维过程，但却记不清把那把扳手放到哪里了。不知道是不是掉在了棚子的地板上，可那扳手那么重，掉在地上应该会发出很大的声响才对，但我完全不记得有听到什么声音。也许我把它带进了驾驶室然后忘在那儿了。


艾丽斯和安德鲁回来的时候已经快下午五点了，其他人早就已经到家了。我躺在床上假装在看书，艾丽斯跟什么也没发生似的像阵风一样飘了进来。她告诉我说飞机延误了，他们的车子在半路上又被一群羊挡住了去路，"我们只得关掉引擎，后来来了一个男人把羊给赶进了羊圈"，然后他们去喝了杯咖啡，才把伊冯娜和卡尔送到了酒店。"总之，"说着，她踢掉鞋子然后砰的一声倒在床上，"他们已经到了。"

"他们还好吗？"我说，"重回这里应该很伤感吧？"我想重新找回我们俩当时在车里的那种亲密感，可艾丽斯却是另一种心情。她的举止好像有些过分大方。她探过身来吻我，嘴唇放松而湿润，呼吸里都是茴香烈酒的味道。"还好。就目前的情况而言，他们都还挺好的。"她拉长声音说，"也不知是不是暂时还没开始触景生情。你今天都忙什么了呢？"

"嗯，其实吧，"我弯着胳膊肘支起上身，"我今天过得很有意思呢。"我打算告诉她黛西和亚坦的事，还有我修好了车子的事，希望这两个消息能拉近我和她的距离。

可她站起来，开始一件一件脱掉身上的衣服。"晚点再告诉我吧。"说着，她已经赤身裸体站在我的面前，"我们半小时后要跟伊冯娜和卡尔在尼克餐馆碰面，我现在太想洗澡了。"

尼克餐馆虽然比乔治餐馆小些，但更漂亮，桌上铺着格纹桌布，露台上是层层叠叠的藤蔓。我们到达时，伊冯娜和卡尔正单独坐在水边的长桌旁。艾丽斯绕开一把把椅子朝他们走过去，一路拉着我的手让我跟紧她。伊冯娜站了起来，艾丽斯把我推到前面。"亲爱的伊冯娜，这是我的朋友保罗，就是我在车里跟你提到的那个人。他这星期都跟我们住在一起。"

伊冯娜向我伸出手，可我笨拙又尴尬地站在那儿，呆呆地盯着她看。她身量瘦小，脸颊瘦削，留着长发，眼下的皮肤如同砂纸一样粗糙。她穿着一件印着花朵的盖肩袖棉布裙子，这是艾丽斯以前的旧裙子，我之前在一张照片里见过，那裙子松垮垮地挂在艾丽斯身上，衣领敞着大缝。伊冯娜微笑着，露出满嘴黄牙。

我弯腰拥抱她，被她脖子上挂着的耶稣受难像硌了一下。她的口红从我脸上蹭了过去。

"我其实要在这里待两个星期，"我放开她，说道，"除非她忘记了。"

伊冯娜笑得嘴咧得更开了，艾丽斯也大笑起来。"抱歉，是两个星期。还有，这位是卡尔。"

他个子比伊冯娜还小，脸上是灰色的胡楂，双颊下陷，一只耳朵后面有个复杂的蜥蜴文身已经褪色发蓝。他跟我握手时，食指上的一个方形金戒指戳到了我拇指根上的肉。"很高兴见到你。"他说。

其他人也都跟伊冯娜问了好，蒂娜拥抱了她，路易斯碰翻了一把椅子，黛西坐得离我要多远有多远。我拉开卡尔旁边的一把空椅子坐了下来。服务生给我们拿来了菜单，安德鲁点了一瓶红酒，说道："要不给你来点啤酒？"

"可以喝点。"卡尔小声说。

"那给我尊贵的朋友来瓶啤酒吧。"安德鲁说。

艾丽斯坐在上座，兴致勃勃地跟伊冯娜聊着天，问了问她酒店房间的情况，问她房间够不够凉快，有没有蚊帐，枕头舒不舒服。

我感觉伊冯娜的表情有点不耐烦。"还好。"她简短地回答，"跟我们预想的一样。挺好的。"

卡尔靠过来对我说："艾丽斯什么都要求很完美。她每年都是这样，其实这些事根本没人在意。"

"你们住在哪里？"

"就在那边，"他扬了扬下巴指了一下，"那儿有个不错的泳池，有的房间还能看到海景，不过我们的房间看不见。我们第一年来这儿的时候，就是贾思敏失踪那年，那年我们住在巴尔巴蒂海滨公寓，后来他们还给了我们折扣。不过他们把那儿拆了建了那座豪华的大酒店……"

"是德尔菲诺斯度假村。"

"经理还是之前那个经理，不过……"

"人们很容易遗忘。"

卡尔耸耸肩："是啊，很多事情都被遗忘了。"

几个年轻人坐在桌子远端。我往那边一看，正好黛西也在看我。她的脸微微泛红。我笑了一下，然后微微点了点头。原来握着她的把柄感觉如此美妙。

"这样有什么意义吗？"卡尔说。

我转回头看着他："抱歉，你说什么？"

"在车上的时候，艾丽斯说贾思敏失踪那晚你在帕罗斯度假，而且正好也在圣斯特凡诺斯，但你完全不记得那天的事了，所以问你也没什么意义。"

"是的，恐怕她说得没错。那晚的事情对我而言完全一片空白。"

他点点头。"多喝了一杯香蒂啤酒是吧？"

我感觉有些混乱。"没错，说实话，应该是多了好几杯才对。"

"不过，我认得你，"他咬着嘴角眯着眼看我，"对，绝对没错。你当时就在街上。"

"我不这么觉得。我想我当时应该已经走了。"

"你确定？"他拿手指敲了敲头，"我认人脸很准的。"

我脑子里飞快地倒带，想要回想起曾经跟艾丽斯之间的对话。我记得她说我早在贾思敏失踪很久前就已经离开村子了。我极力想在记忆中找出当时的片段，可是一无所获。

"应该不会，"我重复着，"这种事情我倒宁愿自己记得。"

坐在上座的艾丽斯跟蒂娜和伊冯娜说着她遇到羊群的事，还手脚并用地比画着来渲染这则奇闻逸事。我在想，要是没了她这般努力手舞足蹈地忘形演示，这件趣事讲述起来会干巴巴的很无聊吧，于是乎对她产生了一股同情。她究竟跟魔鬼做了怎样的交易，要假装贾思敏还好好地活着，假装还有希望。更奇怪的是，我最为之感到悲哀的人，居然不是伊冯娜，而是艾丽斯。

卡尔拍拍我的手臂叫我。"安德鲁跟我们说你是个作家。"

"是的，我写小说。"

"我其实不怎么看书，不过我有个朋友出版过一本关于集邮的书，我说是'出版'，但其实是他自己花钱印的。噢，谢谢。"服务生送来了他的拉格啤酒，他仰头喝了一大口。

"你是做什么的呢？"我问道。

他放下杯子，说："工作嘛，我现在在百安居工作，在客户服务部做货架补充，不过我最开始是做巡回乐队设备管理员的。听过大塔卢拉吗？史蒂夫和阳光男孩呢？克鲁克乐队呢？"他怀疑地看着我。"一个都没听说过吗？"

我抱歉地摇摇头。

"我和她就是在那时候认识的,当时是 1995 年。她是个可爱的歌手,歌声像百灵鸟一样轻快嘹亮,可现在都荒废了。从贾思敏离开我们以后,她就一个音也没再唱过。"

他停下来,看了看桌对面的伊冯娜。

艾丽斯正靠着伊冯娜给她指菜单上的菜品。"我觉得你应该点希腊茄盒,你喜欢吃的。"

"还好有你知道我喜欢什么。"伊冯娜说着放下了手里的菜单。她看上去很疲惫,两只胳膊垂在旁边,仿佛不知该放哪儿一样。

"我想从那以后一切都不一样了吧。"我回头看着卡尔说。

"真是个混乱的世界。"他回答道,"她的离开就像在我们心上留下了一个缺口。我也说不清楚,反正这种事是会让人对这世界充满怨恨的。"

"贾思敏是个什么样的人呢?"我停了一下,又问道。

他把餐巾折了又折,折成了一个小方块。"她还挺难相处的,这我没必要骗你。她时常扁桃体发炎,误了很多课,学业有点跟不上。她很爱她的兔子,伊冯娜总是念叨着让她把兔笼子清理干净。她们俩经常发生争执,总是吵架,不过你也知道,这只是她那个年龄段的特点,对吧?贾思敏当时喜欢埃米纳姆,喜欢跟男孩子交往,总是想尽一切办法来惹她妈妈生气,争执一触即发。"

我看了看桌子那头的年轻人,他们一个个都在玩着手机。"这些青少年有时候的确挺让人受不了的，"我说，"这点我已经领教过了。"

卡尔从裤子后袋里拿出钱包，取出了一张照片。这张贾思敏的照片我之前看过，就是她抱着一只姜黄色小猫贴在脸颊上的那张。不过这张照片没有经过裁剪，画面中有张桌子，上面堆满了脏兮兮的外卖盒子，一份吃了一半的比萨，一个开裂的啤酒瓶，跟通常想象中的厨房不太一样，更脏，更混乱。借卡尔的话说，又是个矛盾的导火索。

卡尔的声音似乎突然卡在了喉咙里出不来。"她生前脸上总是一副调皮的笑容。不对，不能说是生前。"

食物上桌了，安德鲁立刻把服务生使唤得团团转，给大家分着烤羊肉串和剑鱼片。伊冯娜跟我一样点了希腊茄盒，可我注意到她只吃了一点点。

安德鲁一只手往他的鱿鱼上挤着柠檬汁，另一只手示意菲比把水壶递给他。"这星期这里发生了大事件，"他说，"有个可怜的姑娘在俱乐部玩了一晚后被人强暴了。"

路易斯嘀咕了一句什么。

"你说什么？"艾丽斯盯着他问道。

"我说那是个愚蠢的荡妇。"

"路易斯！"

"保罗就是这么说她的。"

我的脚猛然一颤，椅子腿都动了。"我没说过。"

安德鲁站了起来。"路易斯，这样说非常不好。"

他耸了耸肩，艾丽斯把手放在伊冯娜手上，说道："抱歉，我们不该提起这件事。"

伊冯娜抽开了她的手。"那个强奸犯抓到了吗？"她问道。

艾丽斯很快和安德鲁交换了一个眼神。她耷拉着嘴角，轻轻地摇了摇头，耳环反射着烛光。"没有，"她说，"还没抓到。"


吃过饭后，我去了洗手间，我看着镜子里自己的脸，想让自己的表情放松些、自然些。我抽了支烟，多耽误了一会儿才回去。等我回到桌边时，只剩下蒂娜还坐在那儿。她告诉我其他人都各自走掉了，有去买冰激凌的，其他的去"呼吸新鲜空气"了。她说伊冯娜情绪有点激动，艾丽斯就陪她走路回去了。

"是她想让艾丽斯送她回去吗？"我问道。

蒂娜笑了笑，微微扬起眉毛。"我想她应该没有选择的余地吧。"

服务生拿来了账单，问我们是现在就结账还是等我们的朋友回来。我仰着头望着天花板。

"我想，该轮到我付账了吧。"说着，我站起身来。我从兜里拿出钱包，抽出我的信用卡，小心地遮掩着里面的安全套。"我之前说过这次我请客。"

蒂娜把账单翻过来，然后皱了皱眉。"我们平摊吧，"她说，"数目不小呢。"

等我们的卡都拿去刷完回来，我坐下来，说道："谢天谢地。"

她大笑着，凝神看着我，说道："可怜的保罗啊。"

我靠着椅背，期待着跟她继续这种畅快的聊天，在隔绝我们的壁垒上开辟出舒适的一角，甚至说不定还能一起喝杯睡前酒。餐厅里渐渐空了，音响里正播放着一首我喜欢的歌，这首标准的爵士乐让我的指尖不由得打起节拍，身体也跟着摇摆。我身体里的攻击性和忧伤都急需发泄。可蒂娜好像没有这种想法。可怜的蒂娜。我不打算跟她说黛西的事，虽然我并没有承诺过要保守这个秘密。她的烦恼已经够多了。蒂娜猛地吸了口气站起来。"我打算跟孩子们一起去吃点冰激凌。"她说，"你帮个忙去趟超市行吗？我们需要买点矿泉水和卫生纸，还有早上要喝的咖啡。我想就这些了吧，你觉得呢？或者你再想想还缺什么别的东西？"

我耸耸肩，完全不知道房子里缺什么不缺什么。

"那就这样吧。"她说，"我跟大家说好了大概十五分钟以后在车子那里会合。"

店主正在门边跟个朋友喝着酒，蒂娜朝他挥挥手然后离开了餐厅。我放下自己的酒杯，然后把她剩下的酒也喝光了，过了一会儿，我也跟着出来了。

村子里一如既往地繁忙，每天这个时段都是如此，在这个如同潮汐更迭的时间里，一个个家庭慢慢离开，年轻的人们开始涌入。从海湾那边的夜总会传来音乐震动的声音，重低音中伴随着一阵阵口哨声，还有彩灯在不停闪烁着。

我晃晃悠悠地来到了超市，里面亮堂堂的，很热。三个男人在酒类货架前徘徊。在面包柜台，糕点都已经干瘪了。我买好了所需的物品，走到广场上，无所事事地四处张望。正要往车子那边走时，我看见街对面安德鲁正往尼克餐馆里走。我以为他是去结账的，于是快步穿过街道跟了进去，想告诉他我已经搞定了账单，可餐厅里不见他的踪影。我又往大街上扫视了一圈，似乎看见他朝着夜总会方向去了。

要穿过三五成群在街上闲逛的度假游客不是件容易的事。我盯着他的脑袋一路跟过去，脚突然踢到了一只凉鞋的后跟，鞋子的主人是个长着圆胖小腿的大个子男人，他转过头来瞪着我。我赶紧道了歉，可就是那么一眨眼的工夫，我跟丢了。等我终于到达 19 号俱乐部时，安德鲁已经不见了。

四个穿着紧身短裙和高跟鞋的年轻女孩站在入口，进门前先停下来往下拽了拽裙子，再甩了甩头发。

我很好奇，于是跟着她们走了进去。

俱乐部里面灯光很暗，人还不多，有一个吧台和几张桌子。一个穿着宽松牛仔裤和紧身白衬衣的年轻男孩站在音控台后面，一块硕大的金属手表在他手腕上晃荡着，他脖子上还挂着一副耳机。几个十几岁的姑娘靠着墙壁不自然地摇摆着。靠近些一看，她们的皮肤反射着蓝色、黄色和红色的光。

我在那儿站了一会儿，手里还拎着购物袋。女孩们戴着帽子，穿着牛仔短裤，还有露肩小黑裙，露着腿，涂着浓密的睫毛，粗黑的眼线，锁骨瑟瑟发抖。里面的音乐，有重低音的锤击声、尖锐的摩擦声和震耳欲聋的嗡嗡声。那一刻，我突然意识到，我之前来过这儿。那晚跟萨芙伦分开后我遇到一个女孩，然后跟她回了她租住的地方。我之所以不怎么记得其他的是因为她只是众多女孩中的一个而已。现在的我感觉自己年岁增长了许多，已经不是当年的我了。我意识到，自己现在想要的，是把曾经那些浑浑噩噩花天酒地的日子都抛在脑后。现在我遇到了艾丽斯，我想要的一切都触手可及。我可以成为她的那个"他"。

我靠在墙上，感觉已经厌倦了自己现在的生活，厌倦了生活中种种该死的诱惑。

我没听见他进来。说实在的，在这种嘈杂的环境中，谁能听得见呢？那时候俱乐部里已经挤满了人。多来一个人，多挤一个身体又有什么差别呢？

他在那儿有多久了？应该不长，估计就几分钟，或者几秒，当我转过身，才发现他就站在我面前。

他对着我扬起下巴，抬起了眉毛。我被人群挡住了去路，只得等这首曲子结束后，才穿过了房间。

"莫里斯先生。"我来到他面前时，他说道。

"加夫拉斯警督。"

他弯着腰凑到我耳边说："这情形让我想起了英语里那句有名的搭讪金句：你常来这儿吗？"

我直起身，微笑着说："只来过一两回。"

他凝视着我，眉头紧锁着。"我记得你说过你年纪大了不适合来这种地方。”

“确实如此，不过我是来找安德鲁的。我好像看见他进来了。”

“你确定不是在找约会对象？”

“不，当然不是。我已经有女朋友了。”

他点了点头，又噘起了下嘴唇：“你是指麦肯锡太太？”

“是的。”

“她是个柔弱的女人，需要人照顾。”

“真有意思，你是第二个用‘柔弱’这个词来形容她的人了。不过你说得没错。”

“那你一定要照顾好她。”

等我回到停车的地方，其他人都已经在路边停车带里等着了。许多蝙蝠在他们头顶飞来飞去。我没提起遇到加夫拉斯的事。我告诉他们我以为安德鲁往夜总会去了，所以出于好奇我也跟了过去。“不是我啊，朋友。”安德鲁说着，往我肩膀拍了一下。他的言谈举止似乎受了点卡尔的影响，有点那种像变色龙一样的讨厌的腔调。“你确定不是跟着某个穿短裙的小妞走了？如果不是的话，那你该检查一下视力了。你这个年龄视力该开始下降了。”

我挨着艾丽斯挤在车子后排座上。回去的路上她不停地叹气。“终于结束了，太好了。”她对大家说道，然后小声地对我说，“谢谢你那么努力陪卡尔聊天。”

安德鲁在前排一阵哈哈大笑："你有听见他跟保罗说他'在客户服务部做货架补充'吗？你知道那是什么意思，对吧？"

"什么啊？"我说。

"就是上货员啊！"

"我还挺喜欢他的。"我说道。

艾丽斯把手放在我大腿上轻轻捏了一下。

"我能理解警察为什么一开始会怀疑他。"我接着说，"我估计是因为他的形象吧，可他从贾思敏还是个婴儿的时候就认识她了。我觉得他是真心爱她的。"

"说实话，"艾丽斯说，"主要是他在抚养贾思敏。"

我惊讶地看着她。"什么意思？"

"伊冯娜算不上一个很慈爱的母亲。"


第二天早上伊冯娜和卡尔早早过来游泳的时候，我又想了想这件事。卡尔穿着短裤和凉鞋，看起来都挺新的，而伊冯娜却套着一件裹身裙，说不定又是艾丽斯淘汰的旧衣服。她的头发散开着，像两片帘子一样挂在她狭长的脸颊旁边，艾丽斯给她取来一个花朵发夹，然后退后几步欣赏了一下伊冯娜别上发夹之后的效果。她这样做仿佛是在把自己一片片剥掉然后送给伊冯娜。我在想，要是能把自己的皮肤一片片撕下来给伊冯娜，说不定她都会做。她会把自己给活活凌迟了的。

伊冯娜没有谢谢艾丽斯给她发夹，而且我后来看见她把发夹拽了下来，还扯掉了几根头发。她对这样的善心并无感激之意，而是在忍受。不过这样也可以理解。艾丽斯如此竭尽所能地补偿她，可在伊冯娜眼里，包括艾丽斯这些愚蠢的小举动在内的任何东西，都无法改变已经发生的事实。我不怎么喜欢伊冯娜，但这种想法又让我觉得很内疚。可她身上有种小心谨慎拒人于千里之外的感觉。我知道这样评论她很不公平，她失去了一个孩子，下半辈子都有权利随心所欲的，可她对别人的笑话完全没反应，连笑一笑的意思都没有。对大多数人而言，不论他们经历过什么样的事，都会注意最基本的礼貌，所以我觉得她这样很奇怪。

这天空气很潮湿，天色有些阴沉，薄薄的白云一层层叠在空中，在这阴暗的光线下，露台和泳池看上去都有点灰蒙蒙、脏兮兮的。破坏气氛的不只是伊冯娜和卡尔的存在，还有天气。当你习惯了明媚的阳光时，一旦太阳躲起来，就会开始觉得枯燥无趣。

我自告奋勇帮蒂娜煮咖啡，等厨房只有我们两人时，我说道："贾思敏的事，有人怀疑过伊冯娜吗……我的意思是，她有过嫌疑吗？"

蒂娜咬着嘴唇，差点忍不住笑出来。"保罗，嘘，别胡说。"

"不是胡说，我是说真的。"我说道，"那些在新闻发布会上掩面哭泣的家长我们见得多了，结果最后还不是发现凶手就是他们中的一个。那个可怜的孩子好像是威尔士的吧？据卡尔说，贾思敏和伊冯娜一向不和。也许是她们发生争执结果失控了。"

"总跟贾思敏吵架的不是卡尔吗？"

"他说是伊冯娜啊。"

蒂娜往咖啡渣上倒了些开水。"我也不知道。我跟他们两个都不是很熟，向来跟他们打交道的都是安德鲁和艾丽斯。你知道的，当时出事的时候我跟孩子们在房子里。我从头到尾都睡过去了。直到第二天早上，我才知道发生了什么事，到那时候，已经到处都是警察了。上帝啊，真是太可怕了。"她哆嗦了一下。"绝对不可能是伊冯娜做的，她是贾思敏的母亲啊。要是艾丽斯对她有一丁点的怀疑，也不会一直陪在她身边，那么拼命地寻找贾思敏了吧。"

"我只是不太确定，总感觉她怪怪的。"

蒂娜笑了笑。"好了，摩斯探长[①]。要不你试试下次见到加夫拉斯警督的时候跟他提提你的想法？"

来到泳池，卡尔和伊冯娜穿得整整齐齐地坐在池边的阴凉处。黛西和菲比穿着只有一丁点布料的比基尼在晒日光浴。艾丽斯身穿她的紧身泳衣在池里游泳，安德鲁站在一片小灌木丛边上，正在打电话。建筑工地那边还没开工，不过那只狗又开始叫唤了。

我把托盘放在伊冯娜旁边的金属桌子上，然后端起杯子递给大家。

"谢了。"卡尔说道。他一脸疲惫，眼里满是血丝。"还有管家服务呢，

---

① 摩斯探长是英国小说家柯林·德克斯特（Colin Dexter）在 1975—1999 年创作的十三本系列侦探小说《摩斯探长》（*Inspector Morse*）中的主角，这一角色在英国深入人心。另有约翰·肖（John Thaw）主演的由该小说改编的同名系列剧，也广受观众喜爱。——译者注

真不错。"

伊冯娜往杯里放了些方糖,然后用一只小勺子不停地一圈一圈搅拌着。卡尔用手按住她的手让她停下来。

艾丽斯游到泳池端头,把胳膊放在池边上。"真不知道那只可怜的狗是不是从来不睡觉。"

"也许该有人帮它从痛苦中解脱出来。"我说。

"你可真好心,"菲比抬起头来怒视着我,"也许也该有人帮你从痛苦中解脱出来呢。"

安德鲁把手机揣回兜里。"实在是让人难以忍受,"他说,"我回头跟亚坦说让他去处理,让他发发狠。他懂动物的语言。"

"真的吗?"我问。

黛西抬眼一看,正好跟我四目相接,她立刻转移了视线。

"只是种比喻而已啊,"安德鲁说,"天哪。"他上下扫了我几眼。"你穿我的裤子穿得挺舒服啊。要不我们再给你买条换着穿吧?"

"抱歉。"我说。

他不屑一顾地摆摆手,好像根本无关紧要似的。可他是故意提起这茬的,当着大家的面提起来,好让我羞愧难堪,他的目的达到了。

"听我说,各位,今天我有好玩的招待大家。"

他站在那儿,身穿一件镶着纯白绲边的纯黑色马球衫,下身是熨得服服帖帖的一条超长短裤,两腿分开,下巴缩进脖子里,等着我们谁开口问他。

蒂娜第一个开口了："快说说到底是什么。"

"我打了几个电话，给大家订了一艘游艇，有三十英尺长，还配了船长。我们可以出海钓钓鱼，在甲板上吃午餐，还能游泳。你觉得怎么样，贾思敏？"

气氛一下子很可怕，他隔了好一阵才意识到自己说错话了。

"我是说，伊冯娜。"

她望向他，脸上的表情看着像根本没注意到他说了什么似的。"嗯，的确挺有意思的。"

两个年轻女孩都坐了起来，一下子来了精神，就连蒂娜都赞许地点了点头。

"我觉得这计划听起来棒极了。"艾丽斯从水里爬起来，拿了一条浴巾，擦干了眼里残留的氯水。她把湿漉漉的手放在安德鲁肩上，说道："你真聪明，还能想到这些。"

你真聪明，还能想到这些。

我感觉到胸腔里怒气在翻涌。我的怒气是一点点堆积起来的：安德鲁那些关于泳裤的话，菲比的嘲讽，潮湿的空气，那无休止的狗叫，都让人气不打一处来，再加上前一晚艾丽斯拒绝了我的求欢，造成我有些欲求不满，可最终点燃我怒火的是她对安德鲁那种恭顺的态度。我一定要找个时间告诉安德鲁他女儿都干了些什么，看他如何难堪。在这之前，我绝不会踏足他的游艇。

"我去把几个男孩喊起来收拾一下。"说着，蒂娜朝小路走去。

"跟他们说别忘了带防晒霜。"艾丽斯喊道，"别看虽然有云遮着，一样有紫外线。"

没有人问问我的意见，没有人问我是想坐船出游还是想做点别的什么（我说没有人，当然指的是艾丽斯），我就跟不存在一样。

我回到卧室，从包里拿出了迈克尔给我的那本旅行指南。

我躺在床上翻看着那本书，这时，艾丽斯走了进来。

"那些建筑工人已经回来干活了，"她说，"我们现在离开正是时候。你准备好了吗？"

我把书扣在床上，说道："准备什么？"

"坐船出海玩啊。"

"噢，那个啊，我不去。"

艾丽斯打开衣橱的门，正在找干净的泳衣，听到我的话，停下来转过身看着我，手指上还挂着一件彩虹条纹的莱卡泳衣。

我又拿起书来，随便翻到某一页。一张折起来的剪报掉了出来，我拿起来又夹进了书里。"我准备今天去参观一下遗址。"

"什么遗址？"

"奥卡塔的希腊青铜时代早期文明遗址。如果还有多余的时间——"我翻了翻书，说道，"我还可以去一下索基泉，根据传说，奥德修斯的养猪人欧迈俄斯曾经带着他那些猪去那儿喝水。我昨晚在镇上问过了，山顶的公路边有公共汽车可以去那儿。"

我期盼着她能躺到我身边，双臂抱着我，求我不要撇下她。这算是个测试吧。

她把泳衣裹在了一条浴巾里抱在胸前,然后把下巴放在上面,说:"不要生气了。"

"我没生气。"

"你就是在生气。是因为安德鲁说裤子的事吧,他只是在开玩笑。"

我耸了耸肩。

"走吧,会很好玩的。"

"为什么?"

我希望她说:"因为你会跟我在一起啊。"

"反正就是会很好玩啊。安德鲁是个很棒的水手。"

我完全是在跟自己较劲。其实我并不是不想去,因为这世界上我最想做的事就是跟她在一起,可她居然在这儿跟我说安德鲁多么擅长航海,难道要我去了给他当陪衬吗?该死的,我都气得晕头了。

"我需要点独处的时间。"我说道。


我离开的时候,他们一个个正在像没头苍蝇似的团团转,忙活了半天还是毫无成效。"我的上帝呀,"我听见安德鲁对其中一个男孩说着,"我是说'鞋子',你怎么回事啊?"

"我走了。"我自顾自地说道。我在亚麻西装里面穿了一件淡紫色衬衫,打算走文雅路线(我把安德鲁的湿短裤扔在了厨房桌子上),然后带上了我的演出道具:迈克尔的旅行指南,在抽屉里找到的一张旧的汽车时刻表，还有从冰箱里拿的一瓶水。我穿过眼前这一片混乱来到露台。我想让他们看着我离开，见证我的独立，还有我对他们的蔑视。我甩开双臂大步前进，向他们表示没人能做我的主。快看啊，我扬起下巴，这就是自由的样子。

"那再见了，"艾丽斯说，"玩得开心些。"

我抛给她一个飞吻："我会的。"

走到车道尽头，我在门边停了下来朝工地那边看。高处又平整出了一块足球场大小的地。几个男人站在一台混凝土搅拌器旁边，机器正贪婪地搅动着。靠近我们这一侧的栅栏已经被拆掉了，倒掉了几棵树，灌木丛也被清除了。两台挖掘机中比较大的那台已经朝着艾丽斯家那边往上挪动了几米，机械爪正用力刨着地上的土。

那只狗在它的临时犬舍下啃着一根骨头。在机械的喧闹声中，它没听见我靠近。或许它知道机械在工作中的时候不需要它站岗放哨。

我爬到大门上翻了进去。左手边有一段厚厚的树篱，足以把我遮住，让他们从大路经过时看不到我，树篱后面有一小片未经开垦的野草地。再次确认了那只狗没注意到我的存在后，我坐下来点了一支烟，发现烟盒快空了。等待中，我翻开了旅行指南，拿出之前掉出来的那篇登在报纸上的文章。应该是迈克尔为我剪下来的，是他平时爱看的《每日电讯报》上的文章，标题是《天堂的阴暗面》。我通读了一遍，简而言之，文章中描述，受欧元危机影响，帕罗斯社会问题加剧，变成了犯罪和腐败的温床。行贿受贿行为已经渗透了整个基础结构，不良风气已经蔓延至"律师、医生、海关、司法系统以及警察等各行业中"。之外还有一堆关于卖淫和非法移民的废话，还用了一大段来讲滥用残疾人津贴的问题。在帕罗斯被认证为视力残疾的人比欧洲其他地方要多十倍。希腊本土将帕罗斯戏称为"瞎子岛"。

在文章底部，迈克尔用他那种律师特有的张牙舞爪的字体写着："好好看看！"

这家伙就爱开玩笑。我把报纸揉成了一团。

没等多久，他们就出发了。汽车的震动沿着地面传来，隔着树枝能看见一道道银光闪过。我一直等到那辆家用面包车进了主路消失在车道上，才站了起来。一个身穿浅蓝色短袖衬衣、戴着一顶橙色遮阳帽的矮胖男人正朝我这边看。我踩灭了烟头，举起一只手跟他打了个招呼。他没有回应，于是我转过身，翻过大门，朝着房子走去。

我知道艾丽斯把钥匙放在了露台上那个薰衣草花盆下面。我拿着钥匙进了厨房，里面一片狼藉，谁都懒得再管这儿干不干净了。橱柜门敞开着，茶巾也扔在地上。一罐开着盖子的蜂蜜吸引来一队自取灭亡的蚂蚁。我揣走了烧水壶旁边的一沓零钱，接着又在房子里四处窥探了一番，在路易斯乱糟糟的床上找到了一张十欧元的钞票。女孩们的房间里除了内裤和几片新比基尼泳裤里面的塑料保护垫以外，没什么可看的。菲比把她的信用卡放在了笔记本电脑的键盘上，我看了看觉得有些可惜，不过我还没蠢到那个地步。

我从冰箱里拿了瓶冰啤酒到泳池边慢慢喝，底层露台现在归我一人独享。两点钟的时候，我抽完了烟盒里的最后一支烟，在冰箱里找了些星期二野餐时的剩菜，用剩下的一点面包给自己做了个三明治。酒足饭饱之后，我躺在床上睡了一会儿。醒来的时候三点半了，正是时候来杯茶。我沏好茶，坐在印度长椅上，想起来自己没有烟了。于是我回到房间去箱子里找了一通，一无所获。艾丽斯的包里也没有。她平时当然是不抽烟的，可我还记得我们第一次见面那晚她吸了一口烟以后那愉悦的样子（不过从那以后我就没再见她抽过烟）。我又去男孩们的房间看了看，找了找路易斯的床底，还翻了翻厨房水槽上方的橱柜。

没有烟抽的我十分焦躁不安，全身神经紧绷，下巴烦躁地抖动着，手指也有些抽搐。圣斯特凡诺斯的超市下午会歇业，不过尼克餐馆出售特醇万宝路和希腊本土品牌卡莱利亚香烟。我开始想象包装好的香烟掂在手里的分量，想象手指把包装纸捏皱的手感，还有几缕烟丝咬在齿间，那种甜美的木香。

突然，我脑子里冒出一个主意，不是还有赫尔墨斯吗。反正也没什么事会妨碍我开车下山。艾丽斯根本不知道我把它修好了，我一直没机会告诉她。我可以去接她下船给她个惊喜，也弥补一下今天早上的不愉快。

我尝试了三次终于把车子打着了，然后小心翼翼地把车倒进了院子里，转了个弯，齿轮磨得嘎吱嘎吱响，然后我开下了车道，经过建筑工地，沿着狭窄的车道上了主路。引擎的运转一点也不顺畅。齿轮咬合很高，我熄了好几次火。不过好在下午这会儿路上很安静，没人在旁边看我笑话。我小心地把车开进了村子，四处寻找着那辆家用面包车，不一会儿，我发现它就停在路边停车带里，于是就把车开上前去停在了它后面。

我买好了烟，是最便宜的卡莱利亚，然后在回停车带的路上抽了一支。令人吃惊的是，当我回到那儿时，那辆家用面包车不见了。我爬上皮卡车，笨拙地完成了三点转向①，呼啸着开上山往回赶。我在想当他们看见空荡荡的车库时会怎么想。返程途中，我迫不及待地想看看他们的反应，安德鲁多半会相当恼火，而艾丽斯应该会非常开心吧。

返回的途中我只在岔道上熄了一次火。一个穿着黑衣服的老妇人在路一侧的一小片田地里干着活。她靠在锄头上看着我。我隔着打开的车窗对她说了句"Kali spera"，她朝我点了点头。

开着车子上坡可比下坡要难多了。底盘被路上的石块硌了好几次之后，我就一直保持在了二挡，引擎声音很低沉，车轮转动也不太稳定，两侧的尘土浓得像烟雾一样。车子一路上像兔子似的蹦跳着，终于来到弯道处，公路已经到了尽头，该开进房子前面的车道了，于是我降到一挡准备转个急弯，车子立刻又熄火了。

我等了几秒又重新发动引擎。车外静悄悄的，只有空气流动的声音，建筑工地上工人已经停工了。一只只蜜蜂在空中盘旋。几英里外的地方羊铃声叮当作响。远处传来几声喊叫，接着是溅起的水声。

引擎转动了几下，但没发动起来。

---

① 三点转向，指的是司机驾驶车辆在狭窄的空间内掉头时，所采用的先向前转向，再向后转向，最后再向前转向的一种方法。——译者注

我打开车门下了车，爬到大门的第二层横杆上站着，用手抓着大门顶部，想看看周围有没有工人能帮帮忙。太阳从云层的缝隙钻了出来，那间临时的犬舍在阴影下，一株柏树的影子像把狭长的刀一样斜着从遮阳棚和底下那块地面上划过。我不确定能不能看见那只狗。那下面好像有个黑影，不过也有可能只是一小堆衣服罢了。那黑影一动不动，也没有任何声响，所以不可能是那只狗。那狗应该已经不在这儿了。也许亚坦按安德鲁交代的，发了发狠，让那些承包商同意把他们的"冥府守门犬"送走了。

我的手上又湿又黏，还以为是汗水和尘土混到了一起，于是漫不经心地在衬衣上擦了擦，然后从门上爬了下来，这时我注意到我的淡紫色衬衣上留下了两个深粉棕色的手印。我手上像是沾上了铁锈一样的东西。我十分困惑地搓了搓手指，再看了下铁门顶部的栏杆，上面有几道湿漉漉的深红色印记。

我又再看了看犬舍下面那个一动不动的黑影。我吃力地翻过大门，穿过乱石堆朝那黑影走了过去，一路上植物的尖刺不断剐蹭着我的小腿，我的心里充满了恐惧。

那只可怜的狗侧躺在地上，瘦骨嶙峋的身子整个倒在血泊之中。它眼神呆滞，眼球已经蒙上了一层白雾，毫无生气，它咧着嘴龇着牙，黏稠的唾液顺着张开的嘴往外淌。那把刀还插在它的喉咙上，刀柄上的血已经凝固了。刀刃下方的骨头和肌腱被割开了一道深深的口子。一股苦水从我的喉头翻涌上来，我弯下腰干呕起来。

这时，耳边传来一声喊叫，我立刻直起身来。一个戴着安全帽的男人正从工地往我这边走来。他打着手势指着他的车，是辆蓝色的轿车，车门开着，被堵在了我的皮卡车后。显然他是想让我挪车。

我朝他喊道："来这边，快过来！这只狗！有人杀了它！"我伸出手比画着来表达我的恐惧和惊愕。我手掌上还留着斑斑血迹，于是我赶紧往裤子上擦了擦。

那男人开始奔跑起来，来到我面前后，他又大叫起来，脸都变形了。他个子不高，皮肤很黑，手臂肌肉健壮。他用手按着我胸口推了我好几下，我跌跌撞撞地后退了几步，以免摔倒。

"不是我干的，"我喊道，"我也是刚发现的。我刚到这儿，也就几分钟而已。"

他钳住我的胳膊不让我动弹，然后拿出手机拨打电话。他的指甲缝里全是泥。他身后，另一个男人从车里出来，他打开铁门一路小跑着穿过工地。他穿着一件蓝色短袖衬衫，肩膀上撕坏了，就是我之前见过的那个男人。

两个男人开始大声地说着话，一声高过一声，几乎是在喊。"你们一定要明白，"我不停地说，"这跟我一点关系都没有。"

第一个男人用脚踢了踢那只可怜的狗，尸体下面的土地都变成了深色，一小堆白色的石子也被染红了。接着他又举起拳头做了个威胁的动作，然后指指狗，又指指我的口袋，几根手指捏在一起搓了几下，意思是要钱。

"我什么也没干，"我说，"而且也没钱。"

我把裤兜翻出来给他看，证明我确实没钱。

他们又开始朝对方叫喊。接着第二个男人转过来对我说："你在这儿等着，我们找老板来。"

"听我说，"我尽量让语气显得诚恳而又有说服力，还配合着表情，"我没有杀这只狗。我也不知道谁会做这样的事。我也是刚发现的。我现在要走了，不过我不是要逃跑，我就住在那边。"我指了指尸体背后的方向。"我不知道是谁干的，可我没有，不是我。"

我决定冒险试试，于是抬腿开始往打开的大门和皮卡车的方向走。他们跟在我后面，不停地自言自语。我回头看了好几次，脸上保持着微笑，希望这样能让他们相信我。

他们看着我爬进了皮卡车驾驶室。我从车窗对他们说："但愿车子能发动起来。"我努力让自己的声音显得放松些，举止也尽量像个无辜的人一样，虽然我并不是在假装，但还是觉得很不自然。可我真是无辜的。我的钱包跟手机和卡莱利亚一起堆在长长的塑料椅子上，我可不想被他们发现。

引擎成功发动了。我印象中从没有过这般如释重负的感觉。我从车窗又朝他们笑了笑，一边猛打方向盘，一边说道："那只狗的事我很遗憾。"


"究竟发生什么事了？"

我把车停进院子里，熄灭引擎，艾丽斯从房子侧面走了出来。

我打开车门，几乎是跌进了她怀里。她往后退了几步。"天哪！该死的，发生什么事了？你受伤了吗？"

"是那只狗，"我说，"我发现它被人割了喉，想救它已经来不及了。"我靠在车上掏着兜里的烟，手都在发抖。

"你浑身都是血。"她一脸厌恶地说。我点燃烟，深吸了一口。

"我知道，太可怕了。"

她又后退一步。"你的烟上……有血。"

我拿起烟一看，她说得没错。

"我的老天。"安德鲁也从房子旁边走了出来，身上除了围在腰间的一条浴巾之外一丝不挂。他刚洗完澡，把头发都梳到了脑后，梳子的痕迹都能清楚地看见。"出什么事了？你把赫尔墨斯开哪儿去了？"

"对啊，"艾丽斯转过头，"你把赫尔墨斯开哪儿去了？"

"我本来是想给你个惊喜的。"


加夫拉斯半小时以内就到。艾丽斯把车停回了棚子里，我把手伸到热水龙头下面，看着血水打着漩儿消失进了下水孔里。我还处在惊愕中久久不能平复。我需要洗个澡换身衣服，可蒂娜给我拿了瓶冰啤酒，于是我坐在露台上想调整一下情绪。"这实在太可怕了，"蒂娜说，"你真可怜。"

"我们还以为被强盗闯了空门呢，"安德鲁说，"车也不见了，所有的门都大敞着……"他已经换好了衣服，穿着一件条纹上衣配白牛仔裤，衣服很紧身，他穿着好像很别扭。

"我忘了锁门了。"

蒂娜又帮我把杯子倒满了酒。"孩子们觉得有些东西不见了，现金什么的，而且有人翻过他们的东西。不过他们显然是弄错了。"

我重重叹了口气，低头看着我的 T 恤和血迹斑斑的裤子说道："我得去洗个澡。"

"你今天都干吗了呀？"艾丽斯搂着我的肩膀说。

"我们很挂念你呢。"蒂娜也说。

我本不该再硬编我去看古迹遗址的故事的。我没去就是没去，那又如何。可我跟他们说我去了奥卡塔并且参观了遗址，不过能看的不多，大多数发掘出来的工艺品都已经存放在了帕罗斯镇的博物馆里。我说我回到房子来发现没人，于是开车去了圣斯特凡诺斯到他们下船的地方跟他们碰面，可也不知道怎么就跟他们错过了。后面的事我就都如实告诉他们了：我开车回来，路上熄了火，我往大门里看，发现了那个一动不动的黑影。

"所以你决定开赫尔墨斯下山，它那么轻松就发动起来了？"艾丽斯说。

"不，那是昨天的事了。"

"可你昨晚没跟我说呀。"

"我想跟你说来着！"

这时，外面传来汽车的声音。

跟加夫拉斯他们一起来的还有两个男人：那个穿着浅蓝色衬衫的矮胖建筑工人，还有个穿着深蓝色人造丝西装马甲，留着稀疏胡子的瘦瘦的男人，加夫拉斯介绍说他是建筑承包商。他们四人叉着腿站在那儿，蒂娜和艾丽斯问了问他们要喝点啤酒还是冰水。安德鲁靠在通往泳池的小道顶端那棵橄榄树下。阿奇和弗兰克在热着身，蒂娜飞奔过露台示意他们回到泳池去，然后她也跟了过去，所以只有安德鲁和艾丽斯目睹了接下来的事情。

"天哪！"加夫拉斯看着我血迹斑斑的衣服一脸反感地说，"但愿我们能很快把这件棘手的事情处理完。"他笑笑说。

他拉开我旁边的椅子坐下来，弯着腰胳膊肘支在腿上，两只脚钩着桌子腿。他拿着一个大大的皮装记事本摊开在膝盖上，半遮在桌面下方好盖住本上的内容。

露台上空气很闷，几片薄薄的云遮盖着太阳在空中变换着位置，一丝微风也没有。我埋下头用衣服下摆擦去了额头上的汗珠，然后意识到脸上可能抹上了血印，赶紧抬起手来擦了擦脸。

加夫拉斯低头看着记事本，似乎是在回忆我叫什么名字。"莫里斯先生，我有几个无聊的例行问题要问你。"

"当然可以。"

"能否告诉我你是什么时间到达帕罗斯的吗？"

"我到达的时间？"

"是的。你在麦肯锡太太家做客有多久了？"

"噢，我想想。噢，对，我到这儿是在……哪天来着？唉，在这儿都忘了时间了。"

"是星期一。"艾丽斯在我旁边坐下来说道。

"对，没错。我搭的托迈酷克的早班飞机。"

加夫拉斯在记事本上记下了我的第一个谎言，然后抬起头来接着说："我们能有幸留尊驾在帕罗斯停留多久呢？"

"再待个十天吧，我将随波逐流。"

"随波逐流？"

"是一段引文。"

"我可以留一下你的联系方式吗？麦肯锡太太和霍普金斯夫妇的联系方式已经记录在案了，不过您还是我们的新朋友。"加夫拉斯始终目不转睛地盯着我。"你的电话号码是……？"过了一会儿，他说道，"最好是手机号码。"

"当然可以。"我一口气念出了那一串号码。

他记了下来，然后抬头又问："地址呢？"

我耸耸肩说："地址就是这里啊！"

"在英国的地址呢？"

我浑身又一阵发热，腋窝都在冒汗。艾丽斯在旁边听着，我只好把亚历克斯在布鲁姆斯伯里那套公寓的地址告诉了他。加夫拉斯不知道那条街的名字该怎么写，于是我一个字一个字地告诉了他，他也一笔一画地记下了我的谎言。

写完地址，他合上了记事本，把胳膊肘放在上面。"莫里斯先生，我知道今天那只看门狗的事对你的情绪造成了很大的影响。我来这儿不是要逮捕你，那不过只是一只狗罢了，不过我相信你跟我们大家一样，都希望这件事能妥善解决。"

"不是他干的。"艾丽斯弯腰探着身子说，"他说不是他，我相信他。保罗很喜欢动物的。"

"麦肯锡太太，斯塔夫罗斯他……"他指指穿着淡蓝色衬衣的那个工人说道，"他看见莫里斯先生满身是血，而且现在也还是浑身血迹。"他瘪着嘴又看了看我的 T 恤。"用你们的话来说，他当时可是被抓了现行的。"

我低头看着自己的衣服。"我知道我身上有血，但我也不知是怎么沾上的，应该是我把狗抱起来的时候弄的吧。"

"但你看斯塔夫罗斯，他身上就没有血。"

"我想是在门上沾到的。"

"莫里斯先生，你今天早些时候是不是曾试图刺杀那只狗？"加夫拉斯很满意自己开的这个玩笑，露出一个嘲讽的微笑，"有目击证人说大概上午十一点时曾看见你在工地那边窥探，结果被发现了就逃走了。"

"没错，我今早的确去过那儿，"我说，"但我只是去那儿静静抽支烟。我不是在窥探，也没杀那只狗。我很抱歉，但我真的没有。"

"我们可都听你说过的！"菲比从厨房走出来，后面跟着黛西，"你说过那狗需要从痛苦中解脱出来。对吧，黛西？"

　　黛西靠在墙上，咕哝着说道："我不知道。"她之前被我撞见过。看来我当初为她保守秘密的行为现在起了作用，她需要我站在她那边。

　　"他还说他已经有了计划呢。"菲比说，"就是因为这个，他才没跟我们出海吧。这蠢货。"

　　"菲比！回屋去。"艾丽斯说，"你这样会把事情弄得更糟。"

　　等到菲比进屋摔上了门，我才低声说道："我没出海是因为我去观光了。"

　　加夫拉斯满怀期待地看着我："观光？"

　　我坐下来，说道："我去奥卡塔参观遗址了，坐公共汽车去的。"

　　"公共汽车？"

　　我点点头。"就是从神龛旁边的车站出发的公共汽车啊，山顶上风景美极了。"

　　加夫拉斯点了点头，朝他的助手打了个手势，助手走上前来，把手里的塑料袋放在了桌上。

　　加夫拉斯戳戳袋子，说道："这把刀，如果我愿意，是可以拿去测试指纹的。不过谁愿意为了只狗费这么多劲呢？"他大笑起来。"也许我们可以自己解决这件事对吧？莫里斯先生，建筑工人们需要再弄只狗来。你明白的，那些贵重的机械需要好好照看。"他用希腊语对那个胡子稀疏的男人说了句什么，那人也回答了他。然后加夫拉斯转回头对我说："两百欧元，没问题的。"

　　我开始抗议。

244

"两百欧元，这事就这么算了。"他不耐烦地挥挥手指指这栋房子和泳池，指指坐在我旁边捧着脸的艾丽斯，"这点钱算不了什么，对吧？至少今晚你可以睡个安稳觉，我也能回去调查些更重要的案子了。"

"我没做过，"我说，"我没有理由要付钱。"

安德鲁一副非常公道的样子说："行了，就按他说的做吧。"

"我身上没这么多钱，"我说，"你们看吧……"我起身回到卧室，从床上拿起钱包又走出来，递给了加夫拉斯。"我只有这么多了。"我说。

他解开搭扣，扒开了隔层，里面有从路易斯床上找来的十欧元钞票，还有我的信用卡，几张收据，还有安德鲁那三个金色包装的安全套，我想收回已经来不及了。

"我明白了。"加夫拉斯说。

他抽出那张十欧元钞票，合上钱包，顿了顿，然后又打开来看了看那几个安全套，最后再合上钱包还给了我。带着一脸失望的微笑，加夫拉斯说："我还盼着能顺利解决这事呢，现在我也没办法，只能回去老老实实处理文书了。"他耸了耸肩，转过身看着那两个男人，他们见他手里那张十欧元的钞票，开始挥舞着手生气地叫喊起来。

安德鲁走上前，对加夫拉斯轻声说了点什么，然后他对另外两人打了个手势，他们四人去了露台另一边。安德鲁打开从外面通向他卧室的那扇门进去了一阵，其他人在一旁等待着。当他从屋里出来时，手里拿了一个从外币兑换所拿来的透明塑料钱包，然后打开钱包，拿出几张钞票递给了那个留着稀疏胡子的男人，然后又多拿了几张给那个蓝衬衫的工人，最后再抽出几张给了加夫拉斯。

加夫拉斯点点头，把钱揣进了口袋里。

简短地交谈了几句之后，三个人都走了。安德鲁歪着身子，用一种歉疚的步态朝我们走回来。"抱歉，"他说，"但这样是最简单的办法了。"

"可不是我干的啊，"我说，"现在你这样做等于承认是我干的了。拿钱打发他们相当于承认我有罪。"

"为了日子能轻松自在点，没必要顾虑那么多。"说着，安德鲁打开厨房门走了进去。他打开冰箱门时，一股气流被抽了进去。

"我甚至有理由怀疑是他们割了那狗的喉咙，"我大声说着好让他听见，"他们连吃的都不给，那狗一半是饿死的。我们都被耍了。"

艾丽斯往后推了推椅子，埋着头把额头放在桌沿上。

"到底是谁干的呢？"我说，"谁会做这样的事情？"我想起安德鲁先前说过的一席话来。"会不会是亚坦？安德鲁，你跟他谈过这事吗？你有没有跟他说过让他发发狠？"

安德鲁又走了出来，手里拿着一瓶啤酒。"我的确跟亚坦说过这事。"他说。

"你觉得会不会是他误解了你的意思？"

安德鲁叹了口气。"嗯，也许吧，他英语不太好。"

"他会对一只狗下杀手吗？"我装作一脸惊恐的样子。

黛西静静地坐在厨房门边的地板上，清了清嗓子，声音有些沙哑地说道："他不会的。"

"你确定？"我逼她直视我的眼睛。

她紧咬着嘴，抬眼盯着我，然后点了点头，最后开口说道："他是我的朋友。"

艾丽斯说："我在想，如果你曾经亲眼看着自己的家人死去，在面对动物时也的确不会那么多愁善感了吧。"

安德鲁把他空闲那只手轻轻放在了艾丽斯裸露的肩膀上。在这紧张的气氛下，我感觉到他们的动作有些僵硬，仿佛两人之间有股相互理解的电流在流动，我对安德鲁的恨意顿时翻涌上了心头。谁给了他权力来处理所有事。艾丽斯并不属于他，迟早有一天我会向他证明这一点。我会等待时机，一定会让他付出代价的。

# 第八章

*Chapter eight*

## 这 里 只 有 黑 咖 啡

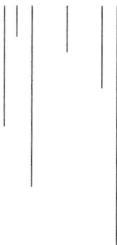

新鲜面包已经没有了，也没人去买，牛奶也没了。
我在橱柜里找到几块饼干，给自己沏了杯黑咖啡，
站在厨房柜台边慢慢喝。

夜里下了雨，早上露台上的靠垫都湿漉漉的，银白色的木椅子都浸成了黑色。露台外缘积了几摊水，透过遮雨布的缝隙滴到了桌上。我那身满是血迹的衬衣和裤子，前一晚洗好挂在了那棵大橄榄树的树枝上，被雨水打湿后变得沉甸甸的。天色灰蒙蒙的，海水也是灰色的，阴沉的低云把阿尔巴尼亚海峡遮了个大半。

新鲜面包已经没有了，也没人去买，牛奶也没了。我在橱柜里找到几块饼干，给自己沏了杯黑咖啡，站在厨房柜台边慢慢喝。昨天晚餐的盘子，甚至还有早餐时候的盘子，都泡在水槽里油腻腻的冷水中。我本可以把它们都洗干净，可我实在没那个精力。现在的感觉就像是到了假期尾声，或是派对结束时一样，完全没法打起精神来。外面静悄悄的，这世界真的像被泼了盆冷水一般，就连蝉鸣都停止了，只有远处一只小公鸡时不时发出几声咯咯的叫声，还有亚坦用扫帚扫去露台上的雨水和树叶时发出的摩擦声。我站在厨房门口看着他。他穿着一件黑 T 恤和牛仔裤，帽子压得低低的遮住了脸。他扫地的动作短促而粗暴，好像很讨厌这工作似的。他发现我在看他，就停了下来。他嘴巴动了动，露出一个像是微笑但又有些窘迫的表情，几乎像是在畏缩。

蒂娜走了进来，她拽了拽粉色浴袍的腰部把它裹紧了些。

亚坦又开始扫地。"我们要不要问问他，是不是他杀了那只狗？"我说着，目光始终停在他身上。

她打了个哈欠，揉了揉惺忪的眼角。"别问了，我看这事就别再纠结了。"

我转身走开，说道："至少工地那边安静了。"

"可能是因为地上太湿了。"

接着艾丽斯一阵风似的走了进来，身上穿着牛仔裤和一件二十世纪五十年代风格的短上衣。她说她睡得很好，刚刚又洗了个舒服的澡。"谢天谢地终于安静了。但愿他们是挖到了岩层，所以决定往更南边一点找个地方重新开发。"

"也许吧。"我吻了吻她的头顶，闻到她洗发水的香味。我发现她是在想方设法让我们或者是她自己打起精神，真是令人感动。

"我觉得我们午餐可以弄烧烤，你觉得呢，亚坦？"她透过厨房门朝他喊道，"你有时间把泳池旁边的烧烤区清理出来吗？烧烤？下面的？做饭？"她用手指着那边比画着。

"我想他的英语比我们想的要好。"我说。

"你为什么会这么认为呢？"蒂娜问道。

我张开嘴想给她个提示，但话到嘴边又改了主意。

艾丽斯回到厨房，开始列清单，歪着嘴巴用牙齿咬住下唇。记得当时我还想着：那样子真是性感。

"保罗，你去买东西可以吗？"说着，她递给我一沓钱，"你得去特里加其找个大点的超市才行。沿着去帕罗斯的公路过去大概有五公里的路程。"

我很惊讶她会让我去，不过也很高兴，这表示她还是记得我的好，我仍然是她可以依靠的男人。我点点头，把现金揣进了口袋里。"你是想让我开赫尔墨斯去吗？我有点担心停车的问题。"

她考虑了一下，说道："不，你还是开那辆现代去吧。"

蒂娜找来了钥匙，我上了车，把座椅往后调了调好让腿部有足够的空间。当我一发动起车子，播放器里那张 CD 合辑突然开始唱起来，又是那首 *Charmless Callous Ways*。我关掉音乐，挂上挡，慢慢朝着车道开过去。这时蒂娜追了上来，我赶紧按下了车窗。"购物单上还要加一样东西，"她说，"艾丽斯忘了写碱液。"

"艾丽斯忘了说假话①？"

"是碱液，腌渍用的。家里有一堆生橄榄，艾丽斯在网上找到一个巧妙的方法可以快速腌渍好，但需要用碱液。这东西应该到处都有的，毕竟这里是希腊。"

---

① 英语中"假话"（lie）一词与"碱液"（lye）同音，此处指男主人公误将蒂娜所说的碱液听成了假话、谎话。——译者注

"好的。"我说道，"蒂娜？"

她已经转身走了，听见我喊她，回过头说："怎么了？"

"杀死那只狗的人不是我。你是相信我的，对吧？"

她点点头："我明白，是弄错了。"

我开车出发了，心里颇觉欣慰，虽然她的回答其实很模棱两可。


特里加其是个满天尘土的小镇，位于主路旁边的一座山坡上，外围已经半工业化，围绕着批发出售浴室配件和花盆的货栈，修了一些小环岛和网状的辅路。镇中央顶着灰暗的天空，是一片繁忙景象，有许多老人在玩着双陆棋，还有非常现代化的药房，一辆装着咯咯叫的活鸡的货车停在路边，裹着头巾的女人们在旁边排队等候着。

有那么一阵，我幻想自己开着车穿镇而过，出镇后继续开往机场或其他任何地方。这个假期跟我期盼的不太一样，充满了死亡、悲伤和暴力，但话说回来，任何人向往中的假期都不可能是这个样子。

我没有继续前进。如果换了其他人真的有可能会这么做，我要是真的那样做了，结局也会好很多吧。

我没有离开，而是找到了超市，把车停在了外面的停车位上。超市里面开着空调，吹出的冷气形成了一股白雾。艾丽斯写在购物单上的东西都很好找，我将它们一一装进了购物车：有鸡腿、羊排、干制意面、羊乳酪、西红柿、啤酒、木炭还有点火器。我没看见碱液，我不太清楚应该在哪个区域找。它没跟橄榄摆在一起，也没挨着食醋。我问了问收银员，可她耸了耸肩隔着窗户朝镇中心指了指。我把买来的物品装在箱子里放进了汽车后备厢，然后又沿着主街往下走，街上很脏，排水沟里全是垃圾。目光所及之处没有看到明显有碱液出售的商店，我经过了一家"网吧"，一时兴起就走了进去。我从艾丽斯给的钱里抽出一张，要了杯咖啡，还买了十五分钟的上网时间。

我先查看了邮件，一共有一百二十七封，大部分是垃圾邮件或是亚马逊或高等图书交易网发来的通知。有一封是一个叫凯蒂的女人发来的，信中她为没有跟我保持联系而道歉。她之前在越南和老挝旅行（她说旅行"棒极了"），不过现在回来了，她想就新闻学听听我的意见。凯蒂，我终于想起来了，好几个月前我跟她见过面，但感觉却像是很久以前的事似的。几个月以来，我已经改变了很多。为什么像她那样的一个女孩会对我的意见有兴趣呢？而我又为何要对她的想法感兴趣？

我的代理也给我发了邮件。他已经读完了我最新发给他的作品，他觉得很抱歉，但是觉得"不太适合他"。他还说他"一直在考虑"，在"删减他的名单"的过程中，他不确定我是否还是"合适的人选"。

我两口就喝完了苦涩的咖啡，然后把他的邮件和那些垃圾邮件一起扔进了垃圾箱。

屏幕上的指针式时钟倒计时显示上网时间还剩下五分钟。我本打算就到这儿了，可突然间有了个主意。我打开一个新的窗口，在谷歌搜索栏里输入"弗洛伦斯·霍普金斯，自杀"，然后等待着搜索结果。

电脑在搜索着，一个圆盘状的图标在屏幕上不停转动。不一会儿，出来了许多条结果：

**弗洛伦斯·霍普金斯死亡记录**

**出生、结婚及死亡（BMD）不需要的证书服务**

**与联盟削减有关的八十起自杀**

**艾伦·休格因其争议性言论猛烈抨击凯蒂·霍普金斯**

当我翻到页面中间，看到这样一则标题：**剑桥学生的悲惨葬礼**

我点开了链接，又等着那个圆盘在屏幕上转动，接着屏幕上弹出了一个窗口，是《汉普顿新闻》上的一篇文章。两张照片开始慢慢下载着：一张是家庭合照，图中两个家长倚靠着彼此，另一个年轻男子伸出手臂引导他们上了一辆车；另一张照片上是一个年轻女孩，手里拿着一支烟花棒，火花映出的光点照在她的脸上。她的头发又短又直，脸上是大大的笑容，两颗门牙间是我非常熟悉的一个大牙缝。

文章很简短："本地商人大卫·霍普金斯及其妻子辛西娅在儿子安德鲁的搀扶下，出席了他们爱女弗洛伦斯的葬礼。于两个星期前去世的弗洛伦斯，通常被大家称呼为弗洛莉，是剑桥大学的一名学生，自春季以来一直受到抑郁症困扰。她生前的校长曾说：'她是个很棒的人，能当她的老师我很开心。她的离去对于学校和她的家庭都是极大的损失。'

"据了解，大卫·霍普金斯已卸任爱克龙投资公司的总经理职务，此次他未接受采访。"

我看了看文章顶部的日期：1994 年 7 月。

我想了一阵，才理清了时间，原来她的葬礼就在我离开剑桥一个月后。

一辆踏板摩托车从网吧门前呼啸而过。我翘起椅子前腿，感觉到塑料椅子腿被压弯了。我手指抓着桌沿，贴塑桌面上有糖摩擦在我手上，我的指甲里都黏糊糊的。

这世界是如此残酷，而我曾经是那诸多丑陋无情行径的帮凶。

就在我们开始约会的几个星期后，她就自杀了。虽说我也不知道我们那一段算不算是在交往。算了，去他的吧，我承认我们的确是交往过。我先前一直觉得她的死跟我毫无关联，可事实并非如此。自杀而死的，是我认识的那个有血有肉的女孩，而不是某个想象出来的人物。我们是那年四五月间相识的，之后她那么快，在 7 月就自杀了，而在那个月里，我成了出版商的宠儿，忙着签约，忙着接受《书商》的采访，我的才华在众人的赞赏和吹捧中，像珍贵的珠宝一般被捧到了天上。

我坐在网吧里，从出事以后，这是我第一次认真地回想我和弗洛莉的过往。我想起曾经在她房间里听音乐，想起她床头墙壁粗糙的触感，还有她的枕头那种薄而廉价的质地。记忆里还有太阳花的图案，有一件面料十分光滑的波点上衣。我记得曾经亲吻她。我一定曾经跟她上过床，可这段记忆十分模糊。我曾经引诱过几个跟她同年级的女孩，新生入学那一星期我特别忙，可弗洛莉呢？我当然也对她下过手。我跟所有女孩的交往都是肉体关系，跟她之间又怎么会有所不同呢？我感到很遗憾，也很悲伤，还有隐约的一丝愧疚，因为那封我曾经揉成一团扔进垃圾桶的信。可怜的弗洛莉啊。刚刚了解到的这些关于她自杀事件的新情况会影响到我跟安德鲁、跟艾丽斯的关系吗？有没有什么对话需要重新审视？我有没有什么行为需要多加考虑？当然没有。弗洛莉当时得了抑郁症，是一种精神上的疾病。这跟我一点关系都没有。

收银台后面的那个男人盯着我。"要再交点钱吗？"他说，"再上会儿网？"

我摇摇头，推开了椅子。塑料的椅子腿跟背后的一把椅子绕在了一起，我踢了一脚把它们分开来。接着，我走出网吧，来到了街上。

我发动好车子，才想起来还没有买到碱液。通常情况下，我早就放弃了。可我因为弗洛莉的事情心神还有些恍惚，所以我很庆幸还有这么个任务，既可以帮我分分心，也能让我晚些回去。

我在超市外找了个男人打听了一下，他给我指了另一家商店，在镇中心反方向步行大概有五分钟的路程。那家店更像是个窝棚，里面的商品是个大杂烩，有家居用品、袋装食物和像汽车配件一样的东西。两个穿着马甲的男人坐在店外的椅子上，端着小小的杯子喝着咖啡。其中一人听见了我跟店主的对话，示意我过去，在得知我有车之后，他让我去镇子另一头的一个叫普拉克提克尔的商店，他跟我说了一大堆复杂的路线，我只记住了一半。

我回到车里，漫无目的地绕着特里加其外围转了几圈。当我来到小型工业区中心后，在一家低矮的家装中心对面看到了一个红色的大牌子，上面写着"普拉克提克尔"。

进入店里，在一排排油漆、水桶和小型农机具中间，我被指引到一排大塑料瓶前面，穿着工作服的店员向我保证说那就是碱液——氢氧化钠。付完钱，我突然意识到这个容器跟我在棚子里发现的那个一模一样。也许我本不用这么大费周章地到处找的。

　　警察又来了。同样的车又停在院子里，白色的车上写着蓝色的字，右前轮拱罩上有一道锈迹。该死的，又要再来一遍吗？他们就不能别烦我们吗？我紧贴在警车后面把车停了下来。

　　我正在下车，蒂娜过来了："有人找你。"

　　"找我？什么意思？"

　　"别担心，肯定没事的。"

　　她抱出后备厢里那一箱子东西去了房子后面。我空着手跟在后头，手里只提着一个装着碱液的塑料瓶。

　　没有阳光的露台看上去有些不同，景色都变得单调了。没有明暗的对比，没有一束束阳光，没有一丛丛阴影，只是一片暗淡。薰衣草的花穗在黑条纹花盆里看上去阴森森的。

　　露台远端的厨房门前传来说话声。加夫拉斯站在那儿，手里端着一杯咖啡。一阵笑声突然爆发出来，真是一团和气呢。

　　他看见我朝他走来，把咖啡杯递给了半个身子在厨房里的某个人，然后两个手掌合在一起拍了拍，搓掉了手上的碎屑。

　　"莫里斯先生，"他说，"我们还以为你不打算回来了呢。"

　　"只是去购物了而已，"我说，"我们准备做烧烤。"

艾丽斯从厨房门口走出来。她穿着那套 Topshop 比基尼，肩上盖着一条浴巾，我想了想，在这阴天里，这身搭配还真是奇怪。她又歪着嘴巴咬着下唇。"保罗，加夫拉斯警督有些问题要问……你能不能……"她摊开双手，掌心朝上，说道，"要不就在这里说？"

"当然可以。"说完，我才意识到她后面那句不是在跟我说。我坐了下来。坐垫有些潮湿，我感觉到水渗透了我的裤子。那个塑料瓶被我放在了脚边。

加夫拉斯看看艾丽斯，又看了看表，像是在做个什么决定，然后拉开我对面的椅子坐了下来。他带了一个公文包，打开搭扣，拿出了昨天那个记事本。

我转过头盯着艾丽斯的眼睛。蒂娜在厨房里转来转去，整理着买来的东西，一会儿是打开冰箱抽动的气流，一会儿是橱柜关门的声音。除此之外，这房子里听上去静悄悄的。"其他人去哪儿了？"我问道。

"他们去圣斯特凡诺斯喝咖啡了。"

我点点头，好像我的意见有丝毫的价值似的，然后又转回头看着警察。"好吧。是什么事呢？还是关于那只狗吗？有什么要我帮忙的？"

"好的，莫里斯先生。我很抱歉你在假期中我还来给你添麻烦。其实也没什么……没什么太重要的。"

"那就好。"

"我都不敢相信自己这一个星期有多忙。一起强奸案，还有一只被割喉的狗。圣斯特凡诺斯通常都风平浪静的。从你来了之后，这儿的生活可真是丰富精彩了许多呢。"

我耸耸肩。"这两件事都跟我没关系。"

加夫拉斯翻开记事本低头看了看。"还有几件小事情,"他用聊天似的语气说道,"几个我比较好奇的问题。"

"请说。"

"你说你是星期一从盖特威克机场搭托迈酷克的航班到的这儿,对吧?"

我努力用意念控制自己的血液不要涌到脸上。我只有一刹那的时间来做这个决定。如果艾丽斯不在场,我应该会说实话。可就在那一刹那,相比他的看法,我更在意艾丽斯怎么看我。于是我憋了半天,说道:"是的……"

"登机牌或是机票你还留着吗?"

我摇摇头:"没有。"

他轻轻地点了点头。"就是说你星期天晚上还在伦敦?"

"是的。"

"在你的房子里,位于……"他低头看着记事本,念出了亚历克斯在布鲁姆斯伯里的地址。

我毫不动摇。"没错。"

"那就奇怪了,"他若有所思地说,"那栋房子的注册所有人是亚历克斯·杨先生。"

艾丽斯又走近了些,歪着脑袋,眉头紧锁着。

我说道："亚历克斯·杨是产权终身保有人。"

加夫拉斯仔细地看着我，扬起下巴，嘴角下垂着。"噢，我明白了。这个问题我们回头再说。无论如何，不管你那天早上是从什么地方的家出发的，你是搭乘托迈酷克的航班，于凌晨五点十分从伦敦盖特威克机场出发，七点四十分在帕罗斯的伊欧娜西斯·维克拉斯国际机场降落的，对吧？"

"是的。"

"莫里斯先生，"他和气地说，"我的团队要核实这些信息用不了多久。我们有乘客名单。"

我转了转像是有些僵硬的肩膀。

"你究竟是想说什么？"艾丽斯问。

"我只是想确认莫里斯先生星期天晚上没有在帕罗斯镇上的猪与口哨酒吧。"

"我没有。"我说道。

"而且你也不认识劳拉·克拉切特？"

"是的。"

"霍普金斯先生记得在强奸案发当晚，你在圣斯特凡诺斯就像老朋友一样跟她打过招呼，"他又看了看自己的笔记，"即便如此，你还是否认你认识她吗？"

"我想是她先跟我打招呼的。我在大巴上见过她。"

"然后她引起了你的注意？"

我微微闭上眼睛。"反正凭当时那点印象我还能认出她来，仅此而已。"

"另外，星期四晚上我看见你独自一人在那家夜总会，你是碰巧走到那儿去了？"

"不是碰巧，我之前解释过了，我之所以去那儿是因为我觉得好像看见安德鲁进去了。"

这时，艾丽斯已经站到了我身旁。她抬起一只手，用手掌揉了揉眼睛。然后，她接过话头，冷冷地说："莫里斯先生已经确认过他的地址和他从伦敦飞来所乘航班的到达时间，也跟你再三保证了他星期天晚上不在帕罗斯镇上，而且跟强奸案的受害者也不是亲密友人。你需要的就是这些吗，加夫拉斯警督？"

加夫拉斯在记事本上写了些什么。他把笔放在桌上，说道："还有一件事我很好奇。"他叹了口气，"是之前我们关于那只看门狗的一番对话。"

"不是我干的，你知道的。我几乎可以肯定是艾丽斯的管理员亚坦干的。"

"我的问题，"他就好像没听见我的话一样，继续说道，"是关于那只狗被割喉期间那几小时你的行踪。说得更具体些，是关于你去奥卡塔参观希腊青铜时代文明遗址的那趟行程。"

我说道："我觉得这事应该不归警察管吧。"

"你在那儿玩得还开心吧？"

"是的。"

他仰靠着椅背，把衬衣下摆掖进裤子里。"莫里斯先生，你在希腊青铜时代文明遗址那儿居然能如此有收获，真是让我惊讶，因为据我所知，为了进行修复，那里目前已经暂时关闭了。"

"你说什么？"

听到他的话，我顿时瞠目结舌。

"我的确去了，"我说，"也看见了遗址。售票处没有人收费，我还觉得很纳闷呢。我走进去转了一圈也没事啊。"

"你是坐公共汽车去的？"

我点点头。

"你真是幸运，居然能找到一辆进入岛屿深处的'公共汽车'，简直太不寻常了。"

"我妈妈从前就曾说我是个幸运儿。"我看着他，他也眯着眼睛看着我。"你要是问完了，我要去洗澡了。"

我站起来，没等他回答，就故作轻松地穿过露台朝着卧室门走去。等我一背对着他，立刻迫切地想要跑掉，脚下仿佛踩到炸药一样。我已经准备好，就等着身后传来脚步声，等着加夫拉斯壮硕的身体撞过来，扭住我的胳膊。可什么也没发生。只听见我的鞋子踩在地上的嘎吱声和从远处传来的鸡叫声，还有阵阵蝉鸣。


在那天下午剩下的时间里，我一直扮演着一个模范男友的角色。我看着烧烤炉，不停给炭烤肉刷油、翻面，我的眼里都是烟尘，手也被溅起的油星给烫伤了，可我毫无怨言。我给大家上菜，还负责清理盘子。斟茶倒水、拿冰块，统统包揽。太阳冲破了云层，让大家想起原来我们在度假呢。建筑工人们没有回来干活，这难得的宁静像是一份礼物。鸽子们咕咕地叫着，燕子在泳池上空穿梭。大家笑着、闹着，有人去游泳，溅起小小的水花，大口换着气，时不时还愉悦地长舒一口气。通常，我在午餐后都会小睡一会儿，可今天我对所有人的需求都时刻有求必应。蒂娜忘了她的颜料，我爬上坡回到房子里去给她取。伊冯娜在太阳下很热，我就帮她把躺椅挪到阴凉处。弗兰克和阿奇玩一个叫"骗子"的纸牌游戏，三缺一，我第一个自告奋勇顶了上去。

我们在凉台底下玩着牌，旁边有一株植物开着喇叭形状的白色大花，有着深紫色的雌蕊和黄色的雄蕊。花瓣掉落在地上，像皱巴巴的纸巾。游戏我赢了，我竟然是三人中最高明的骗子，玩完牌两个男孩争先恐后地跳进了泳池里。艾丽斯坐在椅子上，挨着伊冯娜的躺椅，面带微笑地看着我。"谢谢。"她皱起鼻子用嘴型说道。一朵花掉落到桌上，我捡起来，轻轻从嘴唇上拂过，那花的触感十分柔软，还有杏仁的香味。那甜美的感觉就像是承诺，像是性爱，像希望。

加夫拉斯已经离开了，我倒不担心他，我对他们只是说了些小谎，现在最重要的是艾丽斯。晚会儿等到我们两人独处的时候，我会立刻对她坦白，告诉她我曾经犯过的那些错误，对过去的我而言，那些只是在当下的自然反应，我不会再犯了，因为我现在有了艾丽斯。一些看似无伤大雅的谎言，还有判断上的小失误，会像雪球一样越滚越大。真诚、坦率、关爱他人，才是更好的做法。就拿弗洛莉来说，已经离世的可怜的弗洛莉，我早该知道她精神很脆弱，早该看出她的精神状态有多危险。她曾经爱过我，我能听到她在我耳畔的呢喃，能感觉到她的双唇亲吻我的脖颈，记得我将舌头推入她口中，记得我们肌肤紧密相贴。可我就那样扔下她去了伦敦。那封被我揉坏的信，那无数通被我忽略的电话，我实在不该这样无情。

　　我又望向艾丽斯，希望能捕捉到她的目光，向她传达出我的感悟。可她僵直地靠在椅背上，眼睛紧闭着。伊冯娜除了无视她就是在吼她。对伊冯娜而言，没什么能令她满意：肉太焦了，酒不够冰，卡尔讲的故事她听过太多遍了。她总是一脸的尖酸刻薄，让人奇怪她怎么会如此满腹怨恨，连我这样的人都觉得她这样十分可疑，但艾丽斯总是站在她那边，总是顺着她。这就是所谓的善良和仁慈吧。我要学着像艾丽斯一样。也许我会向她坦白弗洛莉的事，跟她说明我对她的愧疚。除此之外呢？亚坦和黛西的事呢？我该不该把自己看到的泄露出来呢？还是说我应该坚守自己的承诺？怎样做才是正确的，才是最诚实的呢？天哪，这简直就是遍布危机的雷区。自私的反应可真比道德正确简单多了。

　　"睡着了吗？"

　　我刚才似乎是闭了一会儿眼，安德鲁低着头不怀好意地看着我。

　　"没有，在想事情。"

　　"在策划你的新书吗？"

"算是吧。"

"要是能拿到书约就太好了。"他拍拍我的肩膀，然后起身朝台阶走去。"我得去打几个电话。"他大声说道。

"可今天是星期六啊，"蒂娜说，"我还以为你现在当上合伙人了就……"

"永无宁日啊。"


不出意料，我喝多了把事情给搞砸了。我也不知道后来发生了什么。我想是午餐时的羊肉太咸，为了冲淡味道，我喝了太多啤酒或是红酒。也许问题就在于我把两种酒掺在一起了。又或许是因为这一天我压力太大了，又要去采购东西，还要费尽心力讨好所有人。我隐约记得那时候夜幕降临，房子里灯光闪烁着，上露台的台阶看着有些摇摇欲坠凹凸不平，我一步步往上爬，感觉灌木丛在不断向我逼近。我还记得安德鲁从头到尾一直在看我的笑话。"哟，当心当心。"看着我跌跌撞撞的，他说道。我想开个玩笑，说道："当心你家黛西吧你。"可话出口好像有点变了味。

印象中有只手扶着我的胳膊，盘子碰撞着叮当响，说话声时大时小。卧室里漆黑一片，枕头贴在脸上凉凉的。我脑子里装的全是弗洛莉和贾思敏，那些死去的女孩、失踪的女孩，还有各种确定与不确定。脑袋里开始嗡嗡作响，我感到一阵恐惧涌上心头，就像是有异物阻断了血流一般。

当艾丽斯走进来，我把她拽到了床上。"陪我躺会儿。"

她往我旁边挪了挪，凹凸有致的身体紧贴着我。

"对不起，艾丽斯。"我低声说。

"你刚刚叫我弗洛莉来着。"

"我都做了什么？我都做错了什么啊？"

虽然我已经是半麻醉的状态了，但仍清楚地记得她双唇的触感。

建筑工人们不知不觉已经离我们越来越近了。第二天早上，他们在紧挨着泳池的那片灌木丛开始动工了。气锤拆掉了仅剩的一段隔墙，把所有人都吵醒了。"别管它。"耳边艾丽斯的呼吸温热而湿润。她转过身去，床单也跟着皱起来。"我们唯一能做的，就是保持原有的节奏照常生活。"

太阳出来了，天空的蓝干净而澄澈，水汽已经干透了，土壤在高温作用下又开始龟裂。昨天起初是阴天，后来天气转晴，才有了些许斑驳的阳光。可今天这样的热浪，才是我们想要的，也是我们应得的。艾丽斯起床去了泳池，想臊一臊那些工人好让他们羞愧得停下来，我也跟着去了。亚坦正在清理泳池过滤器。我记得当时他把帽子塞在牛仔裤后袋里，我看着他的背影，听到一下下的刮擦声。安德鲁和蒂娜也跟在后面走下了台阶，蒂娜问我头是否还疼。"我屋里有些阿司匹林，"她说，"你得多喝点水。"

安德鲁嘲讽地说："现在说这些有点晚了吧。"

没过一会儿，黛西也来了，她脱掉背心裙，露出苗条的身材、橄榄棕色的皮肤。我清楚地记得，在她往日光浴床上铺浴巾的时候，亚坦一直在一旁盯着她看。我还记得当时自己心里在想，她一定知道亚坦在看，也知道他略微被挑起了性趣，但当着我这个知情人的面，又觉得有点难为情。菲比当时有没有在旁边呢？这个时候，每一个细节都很重要。没错，我记得当时自己从菲比身边走过，去找了张空的日光浴床。当时我留意到她染成浅色的头发，在发根处露出了原本的深色发色，而且她看见我，还刻意用浴巾遮住了自己的身体。

我记不清工地那边具体是什么时候停工的了，那边一整个早上都干一会儿停一会儿的。印象中也不记得听到过一声让人警觉的喊叫。如果我听见有人喊叫，估计会认为是机械出了问题。也许那遥远的喊声是被我尚未清醒的意识给屏蔽了。昨晚喝了那些酒我还有些晕晕乎乎的。我猜想，当时那些噪声消失之后，我肯定会放松惬意地沉浸在那难得的宁静之中吧。

回想当时，我躺在浴床上，仿佛感觉世界都静止了。艾丽斯趴在浴床上，头侧向一边，脖子有些僵硬，拿着书的那只手拖在地上。泳池的波光投射在一把阳伞的底部。草丛里都是些叮人的小虫子。橄榄树叶被阳光染成了银色。一只危险的马蜂在水面上低矮地飞舞着，滤水器里传出汩汩的水声。

可紧接着，那说话声变得更响了，声音中还多了一种急切与惊恐感。一阵阵喊叫声如同子弹一般具有穿透力。接着就听到一辆汽车冲上工地，还有一辆摩托车呼啸而来，脚步声急促地响起。靴子踩在植物上的声音渐渐地靠近。记得当时我坐起来，透过逐渐清晰的视线看见了加夫拉斯。他就在泳池下方的灌木丛里，在矮树丛斑驳的树影下，衬衣袖口下是鼓起的肌肉。树下太黑，看不清他的脸，但他头上有个箭头，不对，是有根树枝斜着挂在了他头发里。加夫拉斯又往前走了几步，爬上斜坡，来到了亮处。他的表情给人一种毛骨悚然的感觉。当时他是不是对艾丽斯说了些什么呢？这即使到现在我也不太确定。

记忆里，接下来发生的事非常清晰：安德鲁猛地蹿起来，浴床一下子折成了 V 字形，还发出一声巨响。艾丽斯朝着加夫拉斯跑去，接着又绷着脸，转身跌跌撞撞地朝我跑回来，脚趾不停地踢到路上的东西。蒂娜把裙子前后颠倒地穿上，说道："出什么事了？"菲比和黛西裹上浴巾站在烧烤区，安德鲁弯着腰在塌掉的躺椅下方翻找着他的手机，肩膀上被太阳晒得发红。我记得亚坦用一种我没听过的语言快速地对其中一个工人说着什么，而加夫拉斯则对着电话用希腊语大声嚷着。

但我记得最清楚的，是艾丽斯的声音，一遍又一遍地重复着："他们找到她了，他们找到她了。"

我出奇地冷静，感觉自己就像一个局外人、一个目击者。加夫拉斯把手机放回口袋，举起手掌朝着我们做了个往前推的动作，示意我们回到房子里去。我扶起安德鲁的浴床，拾起他的手机，还从泳池里捞出了一条浴巾。我搂着艾丽斯的肩膀，硬推着她跟在其他人后面往小路上去。她一瘸一拐的，脚趾流着血，每级台阶上都留下了她的一抹血迹。我把她按到椅子上坐下来，帮她清洗脚趾上的血。我用手托起她的脚，查看了一下脚趾一侧磕破的一块皮肤，帮她止血后，我又用卫生纸把受伤的脚趾轻轻裹了起来。血水很快就渗透了出来。

路易斯穿着一条睡裤从他卧室走出来，样子又肥又笨拙。"出什么事了？"他说道。

艾丽斯说："这一定跟贾思敏有关。"

蒂娜摇了摇头："这一点我们还不能确定呢。"

我看了看艾丽斯流着血的小脚，抬起头来说道："我们什么情况都还不清楚。"

过了好几个小时都没有人来。我们就像阿加莎·克里斯蒂的侦探小说中那些演员一样聚集在露台上，等待着下一步的指示。安德鲁换上了一条米色的斜纹棉布裤和一件淡粉色的佛莱德·派瑞牌上衣。他去了泳池想弄清楚"究竟发生了什么事"，结果却被打发了回来。加夫拉斯先前征求安德鲁的意见，想借道从房子这边进来，再下到泳池下的灌木丛去，他同意了。"应该没关系吧，艾丽斯？"她点了点头。蒂娜拿来了昨天剩下的冷羊排，还有些西红柿，可谁也没吃。我打开了一瓶啤酒，在众目睽睽之下，又有些后悔了。

阿奇和弗兰克走到车道尽头，说路已经被警车给堵死了。警车在大门前拉起了警戒线。"不会是又死了只狗吧，"弗兰克说，"他们之前也没给保罗的狗拉过警戒线啊。"

"是被保罗谋杀的狗。"菲比接着说。

"那不是我的狗，"我说道，"它跟我没有丝毫关系。"

"我们应该打电话给伊冯娜。"艾丽斯不停地说着。她的脚还放在椅子上，染了血的卫生纸松散开来，但她完全没有注意到。我一有机会靠近她身边，就会帮她重新粘上。"万一真的是贾思敏呢，她肯定会想知道的。"

"不能打。"安德鲁摇摇头，接着他看着艾丽斯点了几下头以确保她听明白了自己的话。

"你们没看到加夫拉斯朝我点头的那个样子，"艾丽斯说，"一直在我脑子里反复出现。"

她双臂交叉着放在桌上，脸埋在两臂之间。每隔几秒钟她的身体都会静静地哆嗦几下。

"他们兴许什么都没找到。也可能只是其中一个工人受了伤，"蒂娜说，"可能是断了腿之类的。这是工伤事故，他们之所以报警，可能是因为事故比较严重，也可能是因为机械出了故障，再有就是牵涉到建筑公司的责任问题。"

"就是贾思敏，"艾丽斯抬起头，说道，"我敢肯定。"


地上的影子一点点变短，又渐渐拉长。三个男孩已经回房子里去玩Xbox 了；蒂娜在厨房里打扫着；菲比和黛西去了我的吸烟专区，正一起看着 iPad；艾丽斯和安德鲁并肩坐着静静看着大海；而我假装在看我的书。

一个穿着蓝色西装的中年男人绕到了房后，他手里拿着一个公文包，径直从我们旁边走过，沿着小路往下朝泳池走去。几分钟后，两个穿着白色连身罩衣的年轻女人也跟着过来了，她们手里拿着沉重的包，里面装满了设备。其中一个朝我们点了点头，但两人都没说话。又过了几分钟，那个穿蓝西装的年长的男人又返回来，站在露台边缘背对我们打电话。他的西装外套很廉价，而且太小，中间的线缝都快要崩开了。

艾丽斯抬起头，说道："真希望我们懂希腊语。"

"他是怎么知道我们不懂希腊语的？"安德鲁说，"他怎么就那么肯定他说的话我们一个字也听不懂呢？"

"这样太无礼了，完全当我们不存在一样。"

艾丽斯说话时，我一直盯着她，所以当那些人上来的时候，那一瞬间她脸上的表情我看得一清二楚：她神色黯然，脸颊凹陷下去，嘴唇血色全无。

一小队人马走了上来。两个穿着白色罩衣的女人走在前面，到达露台后，就静静地站在小路两旁等待着。两个男人抬着什么东西上来了，他们垂着的胳膊放得很低很低，然后慢慢地、小心谨慎地保持着平衡，担心抬着的东西被晃到。那东西很轻，那点重量对他们来说根本不成问题。然而，从他们的姿势还有表情来看，却像是抬着有生以来抬过的最重的东西似的。直到走在前面那个男人出现在小路顶端，我们才认出他原来是加夫拉斯那位帅气的副手，在他身后几步之遥的是我们在海滩上遇见的那个光头警察。等两人都来到露台平面上以后，才把抬着的东西放了下来。

那是一副担架，上面盖着一张塑料薄膜，薄膜下面，是一团有棱有角的东西，扁平而苍白，柔软又发黑，沾满了泥污。是些布料、骨头和肌腱，没多少，也就一把尘土。那秃头警察胳膊肘支着膝盖弯下腰大口大口直喘气。加夫拉斯的副手安吉洛，蹲下来整理了一下塑料薄膜，把薄膜的一边掖了进去。他十分敬畏地小心操作着。只见他的喉头动了动，他吞了吞口水，然后闭上了眼睛。

"我非常抱歉。"加夫拉斯跟在后头走上来，站在小路顶端，一脸严肃，"麦肯锡太太，我……我真是非常抱歉。"

艾丽斯已经站了起来。她两手捧着脸颊，盯着地上的尸体，眼里全是遗憾和恐惧。她的喉咙周围冒出了许多红疹子。

安德鲁朝前走了几步，碰响了身后的椅子。他眼神空洞地问道："是尸体吗？是贾思敏吗？"

厨房门口的蒂娜发出一声哀叹。

"目前还不能完全确定，但我们的确找到了一些遗骸。我很抱歉。"

我感觉喉咙像被硬物堵住了似的。即便到了这个时候，我还在期望着另一种可能。希望这是具古老的遗骸，或许是某个因机械事故不幸身亡的人，希望这一切只是个误会。此刻，我能感觉到他们的震惊，就像冰块滑过我的皮肤一般，我的每一根神经末梢都能感觉到疼痛。

安吉洛重新就位，跟他的搭档保持同步，两人又把担架抬了起来，然后经过两个年轻女孩面前，绕到房子旁边消失在我们的视线里。两个穿白罩衣的女人也跟着走了，只剩加夫拉斯还留在原地。

"如果她这些年来一直就在这片地下，跟房子近在咫尺，那就真是太不可思议了。"我说道。

艾丽斯终于开口说话了，声音低沉而沙哑，几乎快听不见："你告诉伊冯娜了吗？"她清了清喉咙，又重复了一遍，"你告诉伊冯娜了吗？"

加夫拉斯侧着头，答道："我们还不能确定那是贾思敏·赫尔利，还需要通过一些相关程序来核实身份。"

"你发现了一具尸体，对吧？还能是谁呢？肯定是贾思敏啊。"

"麦肯锡太太，我知道你现在很难过……"

"我就问你告诉伊冯娜了吗？"

加夫拉斯站了起来。"我正要去跟赫尔利太太谈谈。我们会安排进一步彻底的搜查，在这期间我手下的人会留在这里。"他看看左边又看看右边，显然是有些犹豫不决。"呃，很抱歉为你们带来不便。如果可以的话……我们需要进行搜查，需要跟你们谈话，如果是……即便不是也……"他的自信，他的傲慢，似乎都不见了。

安德鲁站起来控制住了局面。他伸出手去跟加夫拉斯握手。"我们就待在这儿，谁也不会离开的。"他说，"这房子我们还能继续用吗？可以吗？没问题吧？那我们就待在这儿了。"

加夫拉斯握了握他的手说："谢谢，可以的可以的。我肯定那样……可以的。我会……我会在……呃，在适当的时候回来。"

他转身往前走了一步，又突然停了下来。"霍普金斯先生，能借一步说话吗？"

安德鲁离开桌子，把手轻轻在艾丽斯肩上停了一下，然后两人穿过露台站到另一边去说话了。

我努力盯着他们的口型，想读出他们的对话。

"你觉得他们在说什么？"我对艾丽斯说。

她没有回答。我转过身，发现她的手机还在桌上，但人已经不见了踪影。

"艾丽斯？"我喊道，"蒂娜？"

没人回答。

安德鲁穿过露台走了回来。

"保罗，"他说，"请借一步说话。"

借一步，跟加夫拉斯说的一样。我没有回答他，只是点了点头。他这个人，什么事、什么人都想管。

"没问题。"我说。

"你要不要坐下来？"

"不用。"

"那好吧。我要告诉你的是，警督尤其强调了你目前不能离开这栋房子。我跟他说我会负责看好你的。"

"我？"

"我知道现在发生太多事情了，可他还是有些问题要问你，是关于你和劳拉·克拉切特的关系的。不过你也不用过分担心。"

"劳拉·克拉切特？"我想了一阵才明白过来他说的是谁。"我跟劳拉·克拉切特没有任何关系。"

"我只是转达他的话而已。"看得出来他看我笑话看得很开心。这该死的小浑蛋。

我盯着他，但不打算一直盯到他败下阵去。他身后的大海涌动着，一艘摩托艇猛地加速，在海面掀起一条白浪，就如同飞机的拖尾一般。


我径直回到卧室去找艾丽斯，我到达房间时蒂娜正要离开。她在门口跟我擦身而过，低声说道："对她好点。"

艾丽斯躺在床上，脸埋在枕头里，湿漉漉的裙子皱巴巴地拧在大腿处。

"我很抱歉，"我说，"对不起，我真的很抱歉，你一直以为她还活着的。"我坐在床沿，抚摸着她的头发，发现她额头上满是汗珠。"我很抱歉，如果真的是她，那真是太可怕了，对伊冯娜，对你，对所有人而言都是如此。"

她颤抖着深深地长叹了一声，我立刻忘了自己的烦恼，内心又一次被那股难以抗拒的柔情和怜悯给占据了。我想到她为了这个运动耗费的时间和金钱，还有她为之付出的心血，想到她为了这个素未谋面的女孩的离世几近疯狂，我很想用一条毯子裹住她，把她抱在怀里，紧贴着我的胸膛。

我弄乱了她的一缕头发，又轻轻用手梳理整齐。我又说了许多话，说我知道大家有多依赖她，也知道她一直以来是多么地敢于自我牺牲，还有她给予了伊冯娜多少支持，希望是如此沉重的负担，可她却自己扛了起来，还说她是一个了不起的母亲。"我觉得你很……"我说着，声音都哽咽了，"你很伟大。"

她什么也没说。

这个下午非常漫长，热气渐渐退却。过了一阵，我挨着她躺了下来。

卧室门口有个黑黑的人影，是安德鲁。他在那儿看着我们，时间应该不长。他伸出一只手，手掌上放着艾丽斯的手机。他用另一只手捂住话筒，说道："是卡尔，我实在没法无视他的电话，就替你接了。"

她坐起来盯着他，头发湿漉漉地沾在脸上，枕头在脸上印出了一道道红印。

我想到莎乐美将施洗约翰的头颅呈献给希律王[①]的故事。

安德鲁说："他想跟你通话。"

艾丽斯侧过腿从床边滑下来，然后跌跌撞撞地走向他，裙子皱巴巴

---

① 据《圣经·新约》中《马太福音》记载，希律王娶了他兄弟的妻子希罗底，施洗约翰对此大加批评指责，引起了希罗底的不满。后来在希律王生日宴会上，希罗底的女儿莎乐美向希律王献舞大受赞赏，希律王承诺将赏赐莎乐美任何想要的东西。希罗底为报仇，挑唆莎乐美向希律王索要约翰的人头。希律王虽不情愿，但为履行自己的承诺，不得不将约翰杀害并把他的头颅送给了莎乐美。——译者注

的。她把头发拨到耳后，从他手里接过手机，推开了通往露台的门。我听见她的声音从外面传来，十分清晰。"我亲爱的卡尔，她怎么样了？……我当然明白……实在是难以想象……最糟糕的……"接着是一阵颤抖的叹息。"她能承受得住吗？如果她愿意的话。如果她能行的话。是的，当然。"

一阵漫长的寂静之后，她的声音又清晰起来："亲爱的，我亲爱的姐妹。我们还不确定呢，不过是的……没法用言语形容……"接着她又沉默了一阵，然后说，"是的，我知道。"

安德鲁刚才也跟着她出去了。我在想他此刻是不是正用胳膊搂着她。

"警察让我们留在这儿，"她说，"不过等我可以出门后，就会立刻去见你的。"她停顿了一阵，接着语气变得更柔和了些，"我们不知道……"又是一阵安静。"我所有的想法，所有的爱……伊冯娜，我很抱歉，我真的很抱歉。"接着她沉默了一阵，然后说道，"她挂断了，她挂了电话。"

艾丽斯独自一人回了房间。我还躺在之前的位置没动。"她怎么样？"我说道。

"还在震惊中。警察在她那里。"

"那是肯定的，"我说，"就算不为别的，他们也会想看看她的反应。"

"你指什么？"

"你就从来没怀疑过吗？"

"保罗，别这样。"

"她会不会知道那口井？杀死贾思敏的人应该早就知道那口井。她们当时住的那栋公寓楼离这里有多远？"

"天哪，保罗，现在真不是说这些的时候。"

她走进了浴室，我听到水拍打在水槽上的声音。我猜想，她应该是洗了洗脸，然后刷了牙。当她回来躺下时，我感觉到她脸颊有些湿润，呼吸中有薄荷的香味。

这一次，先展开进攻的并不是我。在这种时刻，我还没胆量做这样的挑战。她褪下裙子，接着是里面那套红色比基尼，然后一丝不挂地翻身爬到我身上，整个身子紧贴着我，嘴唇用力地吻了下来。我吻着她，虽然有些惊恐，但仍以同样的热切来回应着她。她把我的手臂按到头顶，撩起我的 T 恤，双手在我短裤的裤腰下游移着，膝盖顶在我两腿之间，胸部紧贴着我的胸口。她的身体在我身上用力地左右扭动摩擦着，我可从不敢有如此大胆和激烈的举动。

我扭动了几下，挣脱出一只手，把她托起来翻身压在了我身下。她呼吸急促，双眼紧闭着，一再用力地扯着我的拉链。我俯身下去轻触她的嘴唇，让她等了又等，才终于进入了她的身体。她张着嘴，舌头跟我的舌头纠缠着。当我埋下脸，感觉到她的牙齿用力地咬上了我的嘴唇。我挣脱开来，她的手抓着我的头发。"不许停，"她说，"你不许停。"

我没有停，但我放慢了节奏。我慢慢地一次又一次向她进攻，直到她终于要投降了。我看着她的脸，终于听到了那一声大喊，她总算是高潮了。

那天晚上，我们没有吃饭，也没有踏出房间一步。我不知道其他人如何，不知安德鲁有没有逼着他们假装什么事也没发生一样照常生活，也不知道夜里警察有没有从房子里撤出，还是说加夫拉斯的手下在门口守了整整一夜。艾丽斯和我待在床上哪儿也没去，渴了我们就喝水龙头里的水。大多数时间她都在睡觉，而我则躺在她身边，静静听她的呼吸。

我应该感觉很棒才对，毕竟是我这个了不起的大男人，给了她十多年来的第一次高潮。她之前可是说过她没法再高潮的："……我就是没法高潮。"可我为什么并不觉得对自己很满意呢？六个月之前，为了这件事我耿耿于怀了很久。可现在我心里似乎发生了一些变化。对于她，我产生了一种刻骨而揪心的柔情，随之而来的却是一种无法名状的恐慌。

加夫拉斯第二天一早就来了，还带来了一张对这栋房子和这片地的搜查证。目光所及处到处都是穿着罩衣的人，院子里、车库里、泳池边还有矮树林里到处都有。那感觉就像是被蚂蚁大军袭击了一般。我感觉浑身发痒，如同幽闭恐惧症发作一般，迫切地想要逃出去。

我和艾丽斯坐在露台上，当加夫拉斯来到我们面前时，包括安德鲁和蒂娜在内，我们四人的情绪都是随意中带着一丝紧张。加夫拉斯的胡子剃得干干净净，身上穿着一件新熨烫过的白衬衣，衣领看着有些紧。他不停地动着脖子，往前伸着下巴，像是要把衣领扯松一些。他坐在我旁边，手扶着我的椅子，为"破坏了我们的假期"道了歉，然后在安德鲁的提醒下，谨慎地把他目前所掌握的信息告知了我们。

那具遗体已经被送去帕罗斯镇由法医进行 DNA 检测，目前看来那具遗体极有可能就是贾思敏。之前那个穿蓝西装的中年男人就是验尸官，他暂时没能推算出准确的死亡时间，但他认为那具尸体在井下已经有"五至十年"之久。根据颅骨生长板、骨组成和骨缝来看，死者是高加索人种，年龄在十三岁至十六岁之间，还未完全发育，骨架有女性骨盆结构特征。最重要的是，在尸体上发现的织物碎片与贾思敏曾经穿着的衣物描述相一致，但另一件衣物却没有找到。毫无疑问，这是一起谋杀。她不是自己跌进井里，而是死后被人扔下去的，她头上有一处钝器伤。此外，近期还曾有人试图要销毁证据。

"真不敢相信她居然一直在这儿。"蒂娜说，"我实在没法理解。"

加夫拉斯告诉我们他不会主导这次案件调查，一位上级警官很快就会到来，届时相关工作将会移交给他。与此同时，他很想尽快了结最近发生的其他几起案件。他已经有些眉目了，他微笑着说道。

他转头对我说："事实上，莫里斯先生，关于我们星期六谈到的几个不一致之处，我还有几个问题。"

我泰然自若地点点头。我就知道这一刻迟早会来。"是的，我明白。"

"今天中午之前我们能单独谈谈吗？"

"我没问题。"

他看了我一会儿，接着也点了点头。然后他把注意力转移到艾丽斯身上，告诉她说伊冯娜现在"情绪处于极端状态"。他们打电话叫了一位医生来，他现在正在赶往特里加其的路上，可伊冯娜坚决要先跟艾丽斯说话。

我和蒂娜对视着，说道："这倒有点意思。"

"所以我同意了，"加夫拉斯接着说，"你可以去她住的酒店。我们有位警官在那里，你到了之后可以找他。"

艾丽斯站起来说："我现在就去。"她抓起桌上的车钥匙。"蒂娜，等孩子们醒了，能否帮我确认下他们是不是一切都好？我还没有机会好好跟他们谈谈。安德鲁，我们得开始准备一篇新闻稿了。这事很快就会泄露出去的，对吧？我们得赶在那之前把消息发出去。"

"我送你上车。"我说道。等她离开桌边，我伸出胳膊搂住了她，感觉到她在发抖。

来到前院，我帮她打开车门，她上了车。我走到车前，上了副驾驶座。"我也去，"我说，"只到村里。能出去透透气挺好的。"

她看着我，说道："好。"她发动引擎，车里又响起了二十世纪八十年代的另类摇滚乐。崔西索恩在歌里唱着卸下心防大哭一场会如何更有益身心。艾丽斯把空调开到最大，一股热气扑面而来，然后她掉转了车头。那个好看的年轻警官安吉洛，正站在院子的入口。艾丽斯摇下车窗对他说："加夫拉斯警官同意让我去镇上了。"

"你可以走。但是他……"他冲我扬了扬下巴，"他得留下。"

"肯定不会有事的，"艾丽斯说，"我们很快就回来。"

那警察摇摇头。我坐着没动，可艾丽斯朝我靠过来。我闻到一阵橙花和尤花果的香味，还有一股浓烈的氯水味。她拉动把手打开了副驾驶座的车门，但隔得太远只够打开一个门缝。"要不还是按他们说的做吧。"

"你确定？"

"是的，"她吻了吻我的脸颊，"我很快就回来。"

安吉洛来到我这一侧，拉开了车门。我下了车，举起双手讽刺性地做了一个投降的动作。车门在我身后关上了，我听到那警察的手拍了下车顶。引擎转动着，艾丽斯缓缓开车离开了。我看着车子开下了车道，然后转身快步绕着墙根来到房后，朝我的吸烟专座走去。房子里，传来安德鲁的声音，用那种律师特有的自大的腔调讲着电话。

"……这些证据还有待证实……"

我点了支烟，希望没人看见我。被限制在这里让我微微有些不安，感觉被困住了，同时也很无聊。但也仅此而已。

安德鲁从他的卧室门里走出来，把手机揣回了裤子后袋。一开始他没看见我，但他伸着下巴环视了一圈，然后径直朝我走来。

"你好啊，保罗，"他在长椅上坐了下来，"我还以为你跟艾丽斯一起走了。"

"很显然她是我们之中唯一能获准离开的人。"

他的头上下动了动，小心地点了下头。"嗯，我知道，确实很无聊。不过啊，有些事情是永远摆脱不掉的。"

"我不明白他为什么还想跟我谈那个可怜姑娘的强奸案。"

"很不幸，那件事刚好发生在你到达圣斯特凡诺斯那晚。"

"只是个巧合。"

"注意到了吗,"他笑了起来,"我说的并不是'你到达帕罗斯那晚'。"

"这只是个小误会而已。"我谨慎地看着安德鲁,"回头我会跟加夫拉斯澄清这一点。"

他掸了掸短裤上并不存在的灰尘。"当然只是个小误会了,可你也能理解加夫拉斯为什么会产生相关的联想,他们警察就是干这行的。"

"幸运的是,那天晚上我就在房子里,离圣斯特凡诺斯远得很。我有不在场证明,那晚艾丽斯跟我在一起的。"

他说:"我想加夫拉斯纠结的问题是,你其实并没有真正的不在场证明?"他像他的孩子一样用了上升的语调,把一个陈述句变成了疑问句。"虽然很烦人,可主要的问题是,她当时并没有跟你在一起?而是跟我在一起?"

我又从纸烟盒里抽出一支烟,但没有点燃,只是拿在手指间滚动。"是的,"我谨慎地说,"我知道。你们俩从港口把路易斯接回来,那一天晚上比所有人都回来得晚……"我轻轻耸了耸肩,"……抱歉,应该说是比加夫拉斯所了解的时间要晚。我希望他能就此放下这件事,因为我真的不想再为此纠缠不休了。"

"是的。"他抚摩着长椅上的木雕,顿了顿,又接着说道,"我想路易斯当时在村里的事他没必要知道,你说呢?"

"我也不想告诉他,可如果真有必要的话,我也只能实话实说。我想如果艾丽斯感到我有麻烦的话,也会这样做的。她爱我,会为我做证的。"

他缩了缩下巴。"为了支持你而背弃她的儿子？我可不这么觉得。"

听到这话我的心似乎沉了下去。"我并不认为他是凶手，但我还是觉得应该要求他站出来坦白。我敢肯定艾丽斯也是一样的想法。但我不知道你为什么要阻止她。"

"不，保罗，"他说，"没人能要求路易斯做任何事。我们实际一点吧，艾丽斯为了保护她儿子可以做任何事，在万不得已的时候，我也会这么做。"

"可是真相，真相也很重要。"

安德鲁说："保罗，真相这个东西是很奇怪的，所有的真相都是主观的。这件事大家都有责任。我们之前可全都听见你说过路易斯需要的就是性爱呢？你觉得其他两个男孩不会告诉他吗？你之前不是还把那些衣不蔽体的女孩称作荡妇还是祸水妞什么的吗？我也记不清你当时具体用的哪个词了。"

"可假如路易斯有一丁点强奸犯的嫌疑呢？"

"还是像刚才说的，这是个主观词汇。就拿弗洛莉来说……"他的语气如此地随意和冷静，你完全感觉不到话语中有丝毫情感。"我的妹妹，你也曾经想当然过。而她以为自己深陷爱河，所以就任由你为所欲为了。"

"你说'想当然'是指什么？"

"你知道的，你想当然地认为她性经验颇为丰富，认为她'很乐意献身'，觉得她是个随便的人。"

"我并没有……"

"你做了就是做了，保罗。她那时还是处女，那对她来说意义重大。就当帮我个忙，你就别费心假装那对你来说有任何意义了。"

我的胸口有些发紧，顿时手足无措，呼吸似乎都变得困难了。

"对不起。"我说着，却不敢正视他的眼睛。

我摸索着想点一支烟。

"你点燃了她对你的爱，却又弃她如敝屣，与之相比，或许强奸还来得更仁慈些。你从没有花哪怕一秒钟的时间来想过你会对她造成何等的伤害。"

我好不容易把烟举到唇边，却无法将它点燃。"对不起，"我又说道，"我没想过……"

"是，你当然没想过。"我能感觉到他的目光在上下打量着我。"可她真的爱过你，"过了片刻，他接着说道，"这就是问题的关键。"

"我要是有一丁点察觉……"

"察觉她有多在乎你？还是察觉她会自杀？"他大笑了一声，可那笑声冷冷的。

我终于点燃了香烟。"那是个错误。"

"是的，我们都会犯错，但有时候我们得承担后果。"

我站起来，从他身边走开了，我眼前一片模糊，仿佛整个世界都陷入混浊。回到卧室，我坐在床上，双腿颤抖，心脏猛烈地撞击着胸腔。屋子里热气蒸腾，头顶的吊扇慵懒而无谓地转动着。我的衣物从手提箱里散落出来。我的那些书，狄更斯、杜鲁门·卡波特还有《白鲸》，全在地板上。还有我误拿进屋的一袋从商店买来的东西。我把头埋在双腿间，用力做了几次深呼吸。四面的墙壁仿佛都在向我慢慢逼近。我实在无法在这里多待片刻，我要逃离这里。我不想再看安德鲁的眼睛，也不愿再想起弗洛莉。我也不想再跟加夫拉斯交谈，不想在他面前支支吾吾竭力解释。我要离开这栋房子。如果我能在他们之前到达村子里并找到艾丽斯，如果我能跟她解释清楚，让她站在我这边，那么一切都会迎刃而解。艾丽斯说得没错，这场希腊之旅就是个可怕的错误。我需要回到伦敦，需要回到一个我跟她能够好好相处，能够把所有事处理妥当的地方，没有安德鲁，也没有加夫拉斯。没错，我只需要逃离这里。我走进浴室洗了一个长长的澡。走出浴室，我穿上了我的亚麻裤子，已经洗过但有些皱，然后套上一件牛仔布系扣衬衣，把护照和钱包揣进了裤子后袋，又拿起了那本《冷血》。

一个人影从窗边经过，黑影停在了两扇百叶窗之间的竖缝处。我听见有人清了清喉咙。

我打开门，门外是安吉洛，那个帅气的警官。见我开门，他后退了一步。

"确认完了？"我说道。

他点点头。

蒂娜坐在桌边读着一本旧的《时尚》杂志，我从桌下拉出一把柳条椅子，放在了离她几步远的地方。

"艾丽斯还没回来？"我说道。

"没有。"

有只苍蝇在耳边嗡嗡叫着。一个可乐罐倒在花坛边缘，几只黄蜂在罐子上方盘旋，其中一只颤抖着身子钻了进去。蒂娜深深叹了口气。我抬起头来看了一眼，她的颜料和水彩画书放在脚边，她摆弄着手指甲，然后咬掉了大拇指旁边的死皮，看她眉头紧锁的样子，仿佛这是件必须完成的要务一般。

我看了会儿书，然后小心翼翼地把书放在了地上。"用不用我给你拿点什么？来杯咖啡？还是来杯水？"

她看了我一会儿，仿佛是需要时间来找到合适的词句，然后说道："哦，咖啡吗，好的，你如果要煮咖啡的话给我来一杯吧。"

我站起身来，对安吉洛说道："你呢？也要咖啡吗？"

他两腿略微分开了点，站稳了脚跟，然后摇摇头。

"加夫拉斯警督呢？你知道他在哪儿吗？兴许他会想来杯咖啡。"

那年轻警官耸了耸肩。我绕着露台来到了房前，站在院子里四下张望了一圈，没有看到加夫拉斯的影子。我又沿车道多往下走了几步，然后发现他就在一百码远的地方。他背对着我在通电话，不停地用脚踢着边缘粗硬的植物。

我沿着原路返回，对着两人说了句："找不到他。"

来到厨房，我把烧水壶灌满了水，往咖啡壶里舀了几勺咖啡粉。然后我又走到外面，问道："你觉得安德鲁会想来一杯吗？"

"不知道。"

"那你的同事呢？"我对着警官说道，"要不要我给他们拿点什么喝的？在那下面干活肯定很热。"

他一脸茫然。我做了个端着杯子喝水的动作，然后指了指泳池那头，他又耸了耸肩。

"那水呢？"我说，"我可以过去问问。"

他还是耸耸肩。

"好吧，我去问问。"

"要不你直接拿一个水壶下去？"蒂娜喊道，可我已经抬腿往下走去，一路上一步跨两级台阶，肾上腺素快要从我胸口喷发出来，各种光影和色彩在我眼里似要爆炸一般。

我慌慌张张地来到坡底，最后几步不小心绊了一跤，跪倒在地。我站起来，整理了一下，小心翼翼地朝着泳池平台走了几步。我瞥见泳池远端，在右侧斜坡底部的树下，也就是我这星期早先去查看过的地方，站着两个加夫拉斯的手下。一件白衬衣闪过，还有一个低着头。其中一个人走动了几步，然后停下来说了些什么，另一个人也咕哝了几句，两人都背对着我。

从这一侧看去，泳池建在了一个平台上。从边缘往下看，地面陡然向下倾斜，红土上长着低矮的树丛，陡坡的底部是一堆混凝土、石头和砖块。要想进入远处那片地里，我得手脚并用爬下去，还得避人耳目。

我走到平台边缘，用手臂支撑着屁股着地慢慢滑了下去。来到坡底，我蜷缩起来，竖起耳朵仔细留心着周围的动静。目前还算顺利。我继续低着头，尽量弯起身子，我跑不起来，只得蹒跚穿过一片碎石密布的路面，走进了一片灌木丛，在那里我跪下来静静等了一会儿。我的面前是拆除围墙后遗留下来的一堆杂乱无章的白色石块，然后是一段坡地和一条沟渠，沟渠对面的工地上，是那辆锈迹斑斑的黄色挖掘机，它的机械爪像胳膊肘一样支在挖开的泥土上。汗水顺着我的眉头和胸口流淌着。一丝血腥味从我的喉头蔓延上来，被植物划伤的手钻心地疼。该死的，我的时间不多了。

我利用一堆石头作为掩护，躲在后面远远地望见了远处的海岬和一片三角形的深蓝色海面，海岬那头就是圣斯特凡诺斯。我本想在这里稍等片刻，从这个有利位置侦察一下这片工地，看看还有没有加夫拉斯的人在山脊那边等着，可我没有时间了。我抬腿爬上石堆，脚下的石块有些松动，咔嗒地响着滚落下来，石堆略有些崩塌。我下到沟渠底部，后背也给擦伤了。我已经来到了建筑工地的边缘，这片地已经遍布沟槽四分五裂了。百米开外的地方，酒店主体已经建成的部分仿佛一座外星飞行器的着陆架，一侧放着一堆沙子，另一侧则是堆得高高的砾石，有那么一会儿，我考虑过要在沙堆或者石堆里躲上一阵，停下来喘口气，等到热气退去。

不，这简直疯了。继续行动才是正确的选择。我沿着工地边缘，甩开步子飞奔向大门，在门口朝车道看了看，没有发现加夫拉斯。也许他已经回到房子了，又或许他正在找我。

　　我手脚并用翻过了大门，沿着车道往主路跑去。此时此刻，速度是最关键的，能在我和他、我和他们之间拉开距离，我顾不上磨破的脚后跟和刺痛的胸口，只想逃离这个鬼地方。

　　来到交叉路口，我停了下来。我是不是应该放弃寻找艾丽斯径自离开呢？我可以向左转，朝着港口的反方向，搭个顺风车或是拦辆公共汽车去相对没什么名气的特里加其，然后想办法从那儿去机场。可紧接着我想到了她的脸，想到她在思考的时候咬着唇角的样子，还有她有时候因为我所说的某些寻常的话而开心大笑的样子。我犹豫了。我的人生是不是就在那一刻发生了转折？我也不知道。思考这种问题会把自己逼疯的。

　　我转身朝着右手边的岔路走去。这一段路面还很宽阔，但随着道路向山下延伸，两旁的橄榄树渐渐向中间靠拢来。发白的热气和黑色的树影纵横交错，就像一块棋盘。我放慢了速度，沿着排水沟往前奔跑着。一辆中巴车朝我驶来，车身上写着"德尔菲诺斯海滩俱乐部"几个字，我努力靠向旁边让车通过。

　　我来到了第一天从大巴上下车的那个停车港，旁边就是那个神龛，这时我听见有辆车从身后的山坡上开了下来。我跳到神龛背后，猫着腰躲了起来。车子从眼前经过，闪过一道蓝白相间的影子。我竖起耳朵，只听见车子加速俯冲下来，然后慢慢减速，车轮碾轧着路面发出沙沙声，接着又来了一辆车，然后两辆车的引擎都熄灭了。随后，听到车门关闭的声音，然后是一阵说话声。

我全身每一块肌肉都绷紧了。我还记得自己的手捂在嘴上，只闻见一股咖啡渣和尘土的味道，还有汗水的咸味。一辆摩托车从反方向驶来，停放在了离我非常近的地方。接着，脚步声、说话声，离我越来越近。

我猛地蹿起来转身往树林深处跑去，跑到放着一卷卷厚厚的黑色网子的地方，我扑倒在地，然后在地上翻滚着，双脚都被缠绕住了，我随手抓起手边的东西盖在身上，把脸埋到了土里。

我躺在地上，不敢发出一丁点响动，紧张得快要吐了。公路上传来脚步声和说话声，除了加夫拉斯和另一个男人，还有艾丽斯的声音。一台对讲机刺啦刺啦地响着，加夫拉斯说道："麦肯锡太太，请你回到房子去，这里交给我。我们一定会找到他并把他带回去的。我知道他会朝哪儿去。"接着是艾丽斯带着哭腔的声音："拜托了，一定要找到他。"他们的声音渐渐变弱，然后听不到了。过了一会儿，我听见车子又回来了，又多了另一个人的声音，那低沉的声音用希腊语说出了我此刻最不想听到的词："特里加其。"

我快要无法呼吸了，胸口发紧，仿佛把泥土吸进了肺里一般。我清楚地听到他们刚才说"我们一定会找到他并把他带回去的"。细碎的小石子硌在我的胸口和手臂上。我微微抬起头，看见了一簇枯死的花，还有一些像蛆一样的东西。不对，只是些白色的蜡烛头。我闻到了潮湿的土壤和腐烂植物的味道，耳边感觉有细微的动静，似乎是成千上万只小昆虫在移动，是蜘蛛吗？还是甲虫？我脸上一阵奇痒，肌肉忍不住颤抖，只能强迫自己保持静止。

时间一分一秒过去，光影随之变化着。之前的那一点点微风停了下来，热气更加灼人了。又有更多车辆从旁边经过。一些鸡在附近不知什么地方吵闹着。一个老妇人走到离我几步之遥的地方。一小时过去了，也许不止。"拜托了，一定要找到他。"那一声恳求中有没有带着爱意呢？我不知道。现在要弄清楚这个已经为时太晚。

虽然精神上不愿放弃，可身体已经无法再坚持下去了。我的右脚已经失去了知觉，成了一个固体、一团死肉。我想象我躺在自己的坟墓里。那些干枯的花，那些多余的蜡烛头，这会儿我有些明白了，它们都是路边角落里那个神龛遗留下来的，它们已经完成了自己的使命，被遗弃在了这里。现在它们成了我私人的腐烂的神龛。

我站起身来，等了好一会儿才恢复了血液循环，肢体能稍微活动一下了。我的脚就像根没用的棍子，用力跺了好几次才慢慢有了些许知觉。我从手臂上抠出了一些碎石子，它们像子弹一样紧紧地嵌进了我的上臂，然后我蹑手蹑脚地朝前来到了树林的边缘。

我上下看了看公路，路上一个人影也没有。加夫拉斯之前提到过"特里加其"，他一定是以为我去了那里。哪个神志正常的人会朝这边来呢？一旦进了圣斯特凡诺斯可就没有出路了。至少走陆路是出不去了。可水路呢？我想到了那些小码头，那些渔船、派对船和出租船。这有些冒险，但我可以在十分钟之内到达码头。说不定再过五分钟，我就已经离开这里，远远地看着圣斯特凡诺斯消失在我身后了。我可以从我第一天发现的那条背街小路过去。一路上有很多小巷子可以藏身，而且我还不用从超市旁边进入港口，而是从远端的主浮桥码头进去。

为了保存体力，我匀速小跑着出发了。来到转弯处那所白房子时，又看到那个老妇人坐在她的塑料野餐椅上，一群白色的鸡正埋着头在破烂的小院里啄食。我沿着右手边的小路踩着那些高低不平的台阶跌跌撞撞地往前走着，不一会儿就有些上气不接下气了。一路上我两次差点绊倒，第一次是一根从石缝里钻出来的藤蔓，紧接着又是一只躺在路中间睡觉的猫。我经过了几栋废弃的楼房，窗前的栏杆都损坏了。一路上我闻到了橙子、新鲜面包还有尿液的味道。一定要保持冷静，一定要保持冷静，我像念咒语一般一直重复着这句话，脑海深处有个声音在帮我保持清醒："你没有做错任何事。"

透过房屋之间的缝隙，出现一道水光，像柔软的天鹅绒一般环抱着泊区里的船只。四周很静，只有一段奇怪的音乐声和几个人的说话声。下午两三点并不是个繁忙的时段。来到街角，小路变得开阔起来，我靠在了一堵墙上。我应该在这里潜伏下来还是应该继续往港口去呢？我的犹豫会不会是完全多余的？有没有可能我已经是瓮中之鳖了？我最后的一丝信心仿佛都被抽走了。现在回去是不是为时已晚？"拜托了，一定要找到他"，这话里肯定是有些关切之情的对吧？我的额头开始抽痛。我背靠着墙滑坐到地上，这时，空中传来阵阵音乐声，乐曲有些失真，音调略微偏高。一家家酒馆都在播放欧洲流行音乐，而这首曲子却是希腊曼陀林琴演奏的，起初节奏缓慢，慢慢开始加快，是那首《希腊人佐巴》。乐声是从海面传来的。这时，一声号角响起。这就是十年前我没有回应的那件事。萨芙伦当时要求我决定"我们什么时候回去",说着"是时候安定下来了"。当时我是故意错过了那趟轮船的。

我奔下最后几级台阶,来到 19 号俱乐部背后的那条便道上,往下看着通往港口的那条小巷。这里的说话声和笑声更大些。几艘渔船停泊在了码头上,末尾是一艘大型帆船,空帆缆上挂着一串串电灯。一群系着束发带穿着长款荧光色衬衣的女孩正朝着帆船走去,几个晒得黝黑的小伙子跟在她们后面,手里提着装满啤酒的口袋荡来荡去。接着,从拐角处走来四个快四十岁的男人,头发剪得短短的打理得十分整洁,脚上穿着袜子和运动鞋,看样子不是大学同学聚会,就是出来找艳遇的。我数了三个数,然后抬腿沿着小巷从容地下行,来到了开阔地带。我整个人暴露在了光天化日之下,犹如芒刺在背一般焦灼,于是三步并作两步快速来到了浮桥上。透过脚下木板之间的缝隙,我看见了波光粼粼的海水,浮桥有些轻微晃动。从浮桥的震动,我感觉到有人在我身后,可我没有回头,而是保持原有的速度继续往前走着,而此时我已经整个开始颤抖起来,我克制住想要转身、想要逃走、想要大声尖叫的冲动,终于来到了船边。

排队上船的队列已经慢慢变短,我前面最后两个男人已经爬上了跳板。这是艘装扮齐备的假海盗船,船身刷了锃亮的橙色清漆,有一个巨大的船舵,顶层夹板十分拥挤,下一层沿着边沿设置了一圈座位。一个标志上写着"快乐船长号"几个字。大多数座位都已经被占用了;许多人待在上层甲板一侧,笑闹声、醉醺醺的尖叫声,还有酒瓶的碰撞声不断传来。

我目视前方，排队等待着登船。突然，一只结实的手抓住了我的胳膊肘，我吓了一大跳，浑身汗毛都竖了起来。抬眼一看，是船长，他的T恤上写着"老板"两个字。

"票呢？"他说道。

"我没票。"

我抢在他前头跳上船，身体摇晃着，海水拍打着我脚下的木板。我仿佛已经感觉到了那种解脱后的畅快。鱼腥味混着酒香弥漫在空中，耳边响着《希腊人佐巴》的乐曲声。船的引擎已经在抖动。"但我可以付钱给你。我有钱。"

我打开钱包抽出路易斯那张十欧元的钞票。刚才抓住我的这个男人，穿着紧身的短裤，留着黑色的胡须，红着一张脸摇了摇头。"你得在艾尔康达买票。"他说道。

"等到了地方，"我又赶紧说道，"我可以付给你更多。"这话不一定属实，可至少在到达之前我能有更多时间来思考。"我有信用卡！"

他还是摇摇头。

"需要多少？"我看了看四周的人。"有没有人能借我点钱？"

一对穿过人群正往旁边座位走着的夫妻闻声转过头来。他们看了我一眼，就又扭过头去看着水面。

"拜托了，"我说，"有没有人？"我提高音量再问了一遍，"有人能帮帮我吗？等我们一离岸，我会连本带利一起还上的。我只需要离开圣斯特凡诺斯就行。"

如果说先前周围的人群还没有因为我脏兮兮的衣服和蓬头垢面的样子而疏远我，那么此话一出，也足够让他们对我产生反感了。其中一个拿着啤酒瓶的年轻人站了起来，叉开着两条腿好保持平衡。"你赶紧走吧，伙计，"他说，"按这位先生说的做，赶紧滚吧。"

船长用他的手钳住我的胳膊肘，一把拉起我把我从船上拽了下来。"这船得有票才能上，"他说，"钱不行，必须要票。下次你去艾尔康达买票，买回程。"

"求你了。"我说道。可他已经解开绳索跳回了船上，把跳板也抽走了。船上的引擎轰隆作响，水面上卷起漩涡，船身和浮桥之间慢慢拉开了一条间隙。船舱里传来叫喊声，"老板"也回应着。用来固定船的绳子被甩进了水里，引擎搅起阵阵水花，船就这样开走了。

我的双腿连最后一丝力气也没有了，我跌坐在浮桥边上，仿佛还能感觉到那浑蛋的拇指扣在我的小臂上。我的鼻腔里充斥着柴油和死鱼的恶臭。我看着翻涌的水面漂浮的那一层油污渐渐扩散开来。我得赶紧找个地方隐蔽起来，听着动静等下一艘船。可眼下，我没法动弹。"快乐船长号"已经后退进了港湾，引擎猛给了几次油之后，船身掉过头来，绳索上悬挂的电灯也跟着震动起来。我坐在那儿，目送着它驶向海岬，经过该死的赛琳娜之石，最后消失在了视线里。

我站起来，弯腰拍了拍裤子上的脏水，然后转过身去。

码头的另一端站着一个人影，一只手揣在裤子后袋里。我能看见他脸颊的凹陷，眼下的黑影，当他咧嘴一笑，我看到了他门牙之间的那道牙缝。

他朝前走了一步。是安德鲁，原来，我最怕见到的人，是他。

# 第九章

*Chapter nine*

## 阴 影 之 下

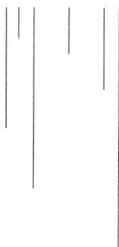

我用恳求的目光凝视着她。可是，在傍晚昏暗的
光线和背后灯光的映衬下，她的脸整个笼罩在了
阴影之下。

他把我塞进了车子的后座上，这太伤人了，他开着车沿着港口的公路穿过了村子。"我就知道你会在那儿，"他像在跟我交谈一般说道，"包括加夫拉斯在内，其他所有人都笃定你会去特里加其，觉得你会搭顺风车去机场。可你还记得吗，你告诉过我的。"

"什么？"

"你跟我说过你会找艘船，从海路逃走。"

他透过后视镜看着我的眼睛，用手指敲了敲他的额头。

当我们到达喀耳刻之所后，他从车上下来，伸展了一下后背的肌肉，这是在向我展示他有多悠闲自在，多强大有力，然后他让我也下车，拉着我的胳膊绕到房子后面，把我推进了他的卧室，然后把我锁在屋里，就转身离开了。

我用力拍打着通向露台的玻璃门。

"蒂娜！"我喊道，"艾丽斯！"我尽力让自己的声音听起来明快一些，以压制我内心的恐慌。"救命！救救我！"时间仿佛过去了几个世纪，可还是没有人来。我坐在床沿，房间已经精心整理过，甚至连蒂娜的首饰都整齐地挂在镜子上。这时候，通往客厅的内门上终于传来一声敲门声，门开了，是艾丽斯。她走了进来，身后的门没锁。

"保罗，"她说，"这究竟是怎么回事？"

她穿着一件丝质裙子，领口低到了胸前，头发梳成了马尾。我伸开双臂："安德鲁把我当犯人一样关着，就好像我很危险，好像我会杀人什么的一样。不过我现在还真的气得想杀了他呢。"

艾丽斯往后一缩。

"我太蠢了，"我努力让自己的声音平静下来，"我知道我很蠢。我不该逃走。这太疯狂了。"

她的眉头拧成了一团。"是，这的确太疯狂了。现在所有人都一副好像你有罪的样子……我也不知道。可你就没想想自己在做什么吗？你为什么要逃走？"

我该怎么说呢？我该说我觉得安德鲁或是加夫拉斯，甚至是他们俩在共谋陷害我吗？我该说我一直在找她吗？还是说我应该告诉她真相，告诉她逃跑就是我一贯的做法？对弗洛莉，对萨芙伦，对后来我遇到的每一个女人都是这样。这就是为什么我会住在别人的公寓里，过着别人的生活，工作换了一个又一个，女人也换了一个又一个，就好像是坚信着只要我不停下来，这一切就都不会是我的错。

我又在床边坐下来，低头看着自己的双手。"我也不知道。我很害怕安德鲁。他之前说了些有关那起强奸案的奇怪的话，好像觉得我跟那件事有什么关联似的。现在看来我猜得没错，他就这样在村子里对我穷追不舍，把我带回这里，还把我像犯人一样锁起来……"

"别犯傻了。如果你没做什么见不得人的事，就没什么好害怕的。没人要陷害你，或者捏造什么莫须有的罪名。"

"安德鲁因为弗洛莉的事恨透了我。他冲我喊着说我杀了她。"我把手放在心口，看着她说，"我当时并不知道她会那么脆弱，我当然也很后悔自己的所作所为，我要是知道的话就不会那样对待她了。可她又不是因为我才自杀的。"

艾丽斯露出一个似笑非笑的表情。她拿起挂在镜子上的一条项链，放在指间滑动着。她没有看我。我说道："你不是这样想的，对吧？这并不是事实，对吗？"

她把项链卷成一团握在手里，漫不经心地说："你想从我这儿听到什么？是想让我说谎吗？"

"不，我要知道真相。"

"那好吧，没错，我的确觉得弗洛莉的死是你造成的。"

"艾丽斯……"

她把项链扔到斗柜上，然后转过身来对着我。"你当时很清楚她有多脆弱。就在她的生日派对上我告诉过你。当时她整个人都为你而疯狂，我那时候就警告过你了。你难道不记得了？就在花园里。我当时在酒吧找到你，狠狠骂了你一通，还乞求你要照顾好她，否则就别招惹她。我当时看着你的眼睛，跟你说如果你敢伤害她我一定会杀了你。"

"你当时穿的什么？"

"我的天哪，保罗，你怎么能问出这样的问题？我也不知道，应该是穿的黑裙子吧。我当时更胖些，脸上有很多粉刺。我那天估计没拿白花花的乳沟晃你的眼睛，你之所以不记得我，是因为我对你没有产生性吸引力吧。上帝呀，如果当时我勾住了你，兴许你就跟我走了，把她扔在那儿，这样也好过两个星期以后你跟她上了床，却把她的感情当作一文不值的垃圾一样扔掉，那时候一切都晚了。"

这时，我的确有点想起来了。当时在酒吧有个矮个子的胖女孩对着我一阵大骂。不过我记得很清楚的是，当我甩开她走开时，弗洛莉就在旁边等着她的饮料，还有一群人在角落里哈哈大笑。如果我知道那是艾丽斯，如果我知道现在会发生的一切，我一定不会那样做。可我没有，当时那个女孩跟站在我面前的这个女人没有丝毫相似之处。

我又朝她伸开双臂，渴望她能靠我近些。"对不起，艾丽斯。我真的很抱歉。如果能让时间倒回……我当时太年轻，太不成熟。我知道，我做了许多错事，但不能因为这些就把我当成罪犯啊。"

艾丽斯犹豫了一下，在我旁边坐了下来。她的声音平静了些："十年前在乔治餐馆那一晚，你说了些非常过分的话。我想那就是安德鲁如此愤怒的原因。现在故地重游也许让他回想起了当年的事。"

"我说了些什么？"

"你问起了弗洛莉。"

"我当时不知道她已经死了，不能因为我不知道而怪罪我啊。"

"保罗，"她用手托着我的头，好看着我的眼睛，"你当时说'你妹妹怎么样了？还在想方设法诱骗男人吗？是不是脖子以下还跟个死人一样？'"说完，她就像是看够我了一样，放开了我的脸。"我永远也忘不了当时的情景。"

"对不起。我是疯了吗？我真是太抱歉了，求求你原谅我。"

"当时哈利刚去世，我们就坐在那儿，竭力想要装作什么事都没发生一样。我当时状况一团糟，安德鲁想尽了一切办法想让我过个好假期。可你呢，就那样突然出现在那儿，把整个餐厅的气氛搞得……你那样粗野那样无礼，你都不知道自己做了些什么。你造成了那么多的伤害，居然还一无所知，你甚至一点感觉都没有。这也是我为什么一定要离开那里的主要原因。我不该喝酒，也不该开车。"她轻轻哭喊了一声。"你从未感受过给别人造成了怎样的痛苦，"她又重复着，"你总是就这样拍拍屁股一身轻松地走掉。"

我牵起她的手托到唇边，眼里满是泪水。我说："对不起，对不起，我会改的。我感觉到了，我现在已经感觉到了。"可她抽开手，摇了摇头。

"其他人都去港口了，"她说，"但加夫拉斯还在这儿。是他让我来叫你的，他就在外面等着。"


此时已是黄昏时分，加夫拉斯独自坐在露台上。借着从厨房透出的灯光，能看见悬浮在空中的蚊虫。"啊，莫里斯先生，"看见我们走近，他说道，"听说你今天挺着急要躲开我们呀。这样会让人觉得你是在躲避问询的。不过你也许只是厌烦我们了吧？今天真是忙碌的一天，有了许多新的发现呢。我很感谢霍普金斯先生能成功地把你带回来。"

我隔着桌子在他对面坐下来。"麻烦你赶紧把这事了结了吧。我会回答你的任何问题，我会告诉你真相的。"我用恳求的目光看着厨房门口的艾丽斯。"我希望这事能妥善解决。"

"好的，"加夫拉斯说，"这正合我意。"

他面前的桌面上放着一个皮质挎包，他小心地从里面拿出一个大页纸文件夹，翻开来放在大腿上，接着从文件夹里取出一张照片放在我面前的桌上。

"这个女人，"他说，"你之前见过她吗？"

是劳拉·克拉切特，照片上的她靠着一堵白墙，丰满的嘴唇上没有涂抹任何东西，眼睛也干干净净的没有厚重的眼线。

"是的，"我说道，"我见过她，是劳拉·克拉切特。"

"你第一次见到她是什么时候？"

"她跟我在一辆大巴上，但我们没说过话，只是相互注意到了对方而已。"

"相互注意到对方？意思是指对彼此有兴趣？"

"不是，我不是那个意思，我们只是朝彼此笑了笑，仅此而已。我也不记得是为什么了。"

"你有朝她眨眼吗，就是那种带有性暗示的眨眼？"

"没有。"

"但你跟着她上了大巴对吧，前一晚你在帕罗斯的猪与口哨酒吧遇到她，根据克拉切特小姐回忆，她当时爽快地拒绝了你的追求。你那晚喝得很多，最后是被人送出酒吧的。不过你很执着，你听到了他们的谈话，知道她和她的同伴第二天早上会坐大巴北上，于是你也上了同一辆车。"

我望着艾丽斯，摇了摇头。

"会不会是认错人了呢？"加夫拉斯接着说，"我们很依赖克拉切特小姐的证词，那天晚上你走进 19 号俱乐部的时候，她跟我都在那儿。也可能是她指错人了吧。说真的，她所说的是否可信，都取决于你在 8 月 2 日是否在帕罗斯镇上，或者取决于你是否如你所说，是第二天早上才搭乘托迈酷克的航班到达的。"

我谨慎地说："是，关于到达的时间我的确说了谎，但原因并不是你想的那样。"我转身对着艾丽斯说，"对不起，我只是不想让你知道我有多穷困潦倒。我是搭乘最便宜的航班来的，我那天晚上就已经在岛上了。"

她皱着眉头朝我走近了一步。"那你跟出版商的会议呢？"

"那个也是假的。"

"那书约呢？"

我耸了耸肩。

"又一个谎言，"加夫拉斯说，"说谎好像成了你的习惯了。"

"但我没有跟踪她。"我又转回头对着他说，"她上车的时候我已

经在车上了。她甚至都没停留在帕罗斯镇，而是在艾尔康达。我的确没
跟她说过话，晚餐之后我看见了她，但那纯粹是个巧合。我也绝对没有
在俱乐部外面等过她。你知道的，艾丽斯，那天晚上我跟你一起回来的。"

她抬了抬下巴，没有回答。

加夫拉斯又从文件夹里抽出一张照片，然后放在了劳拉·克拉切特
的照片上面。"这东西你有印象吗？"

我弯着身子凑近看了看。照片里是地上一个皱巴巴的东西的特写，
是金色的，旁边是些碎石子。"没有。像是个什么东西的包装。"

"莫里斯先生，你的钱包在身上吗？"

"是的。"

"能否麻烦你把钱包交给我呢？当然，你也有权拒绝。"

"没事，我没什么好遮掩的。"

我从裤袋里抽出钱包，扔到了他那边。

他小心地打开钱包，取出三个金色的安全套，脸上还带着一抹淡淡
的微笑。"真有意思。这照片上是一个安全套的包装，是在克拉切特小
姐遇袭的巷子里找到的。这种款式的安全套在希腊没有。"他做了个鬼脸。
"这包装跟我们在你钱包里找到的没用过的安全套一模一样。"

"这些不是我的，是安德鲁的。至少说……我是从他的洗漱包里拿
的，本来是跟他开个玩笑。"

艾丽斯突然捂着嘴倒抽了一口气。

"玩笑？"加夫拉斯挥了挥手，像在赶走一只看不见的苍蝇。

我站起来，说道："听我说，我没有强奸劳拉·克拉切特，不可能是我。事发当时我在这房子里，已经上床睡觉了，艾丽斯——"我转过身去。

她屏住呼吸，仰着头，一动不动地站在那儿。

"艾丽斯，请你告诉他，我一整晚都在床上睡觉。"

她身体僵直，说道："可是你没有啊。"

加夫拉斯站起身来。紧张恐惧之下，我腹部一阵刺痛。"我的确在啊，"我说，"我起了床而且……噢，我明白了，是因为路易斯对吧。告诉他真相，你必须要告诉他真相。"

她紧紧闭着嘴，耷拉着嘴角，十根手指一会儿拧在一起，一会儿又松开。"你让我告诉他什么？"

我盯着她看了一会儿。安德鲁说得没错，跟我相比，她当然会毫不犹豫地选择她的儿子。哪个母亲不会呢？如果我说出了真相，她会恨我吗？我别无选择。我转身对加夫拉斯说道："那天晚上我从床上爬起来，看到艾丽斯和安德鲁正在把她儿子路易斯弄下车来。时间比两个女孩回来的时间要晚得多，大概是半夜一点半过一点。"

"我不知道他在说什么。"艾丽斯说道。她的话一字一句清楚而有力，说话时她双手相扣放在身前，仿佛已经做好了在法庭上对峙的准备。"我半夜起来，看见莫里斯先生站在露台上，一身穿戴整齐。我不知道他一整晚都去了哪儿。据我所知，他那时根本还没上床睡觉。"

"艾丽斯，你为什么要这么说？别这样。"

我用恳求的目光凝视着她。可是，在傍晚昏暗的光线和背后灯光的映衬下，她的脸整个笼罩在了阴影之下。

　　加夫拉斯把我带到了位于特里加其另一头的一栋楼里。我们到达的时候天色已经很暗了。楼外是悬崖峭壁，还有一座干枯的喷泉。楼里面则遍布水泥柱子和如同蛛网一般纵横交错的走廊。房间里除了一个臭烘烘的桶和一条长木凳什么都没有，我一动不动地躺在长凳上盯着天花板上的蚊子，看着它们顺着肮脏的灰色墙壁缓缓下降。

　　这里热气逼人，密不透风，让人难以忍受。他拿走了我的手机，所以我也不知道现在是什么时间。一丝微弱的光线从高处的窗户透进来。门边有一碟食物，几根香肠，一堆软塌塌的小胡瓜，都已经变冷凝结了。我的内脏都变得像粉笔一样硬邦邦了。从前我一直很相信魅力的作用。在我匆匆而过的人生里，魅力让我获益不少，可现在却毫无用处了。帅气的外表、油腔滑调的言辞，还有张口就来的谎言，全都没用了。

　　到了早上，我被一个完全不会说英语的矮小粗壮的警官带到了楼里的另一个房间。加夫拉斯坐在一张结实的木桌后等着我。角落里另一张小一号的桌子前，坐着一个脸上化着浓妆、头上顶着眼镜的女人，她膝上放着一个速记本。房间里充斥着一股松木和汗液的味道。窗台上的一瓶绢花已经落上了厚厚的灰尘。

　　当我坐下后，加夫拉斯把一张纸推到了我面前。"这是你的逮捕令。"

　　我把纸转过来仔细看了看，然后又转了回去。"我能看看译文吗？"

　　"到时候会给你配一个翻译的。"

"我需要请律师吗？"

"莫里斯先生，你真是个幸运的男人，上天赐给你了一些很有用的朋友。霍普金斯先生已经主动提出要做你的代理律师了。"

"我不想要安德鲁，我之所以在这儿都是拜他所赐。"

"你是要拒绝霍普金斯先生的帮助？"

"我不想让霍普金斯先生靠近我分毫。"

"啊，阿莱西亚，请记录一下，莫里斯先生拒绝了我们为他提供的律师。"

我发出一声空洞的大笑。"你这是在故意挑衅吗？"

"也请你记录一下莫里斯先生对我出言侮辱。"

我咬牙切齿地说："能麻烦你宣读一下我的权利吗？还是说我在这儿毫无任何权利可言？你已经关了我一整晚，我是无辜的，我是被陷害的。你们应该调查的是路易斯，是艾丽斯的儿子。我没有做错任何事。"

加夫拉斯死死地盯着我。"那你为什么试图逃跑，莫里斯先生？"

"你不会明白的。"

"你没有义务回答我的问题。你的沉默也不会成为对你不利的因素。这是你的权利之一，莫里斯先生。"

他面带微笑，朝那个中年女人点了点头，示意她要字字句句清楚记录下来。

我被带到另一个房间进行拍照并进行了 DNA 取样。我想过要拒绝，可又有什么意义呢？他们要取我的 DNA 有的是办法，可以拔我的头发或是趁我睡觉剪掉我的指甲。这警察局看上去接近废弃的样子，一个个房间空荡荡的，静悄悄的走廊关个门都有回音，沉闷的空气让人昏昏欲睡懒得动弹。但这些警察怠惰慵懒的样子，只是一种假象。我所面对的，是一群饿狼。

回到牢房里，苍蝇绕着昨晚的食物和那扇高高的窗户嗡嗡地飞舞着。蚊子在我的脖子和脚踝上叮出一个个红疙瘩。我听到摩托车的声音还有阵阵驴叫。他们拿来的水酸酸的，有一股药水味。我躺在木凳上，仿佛能感受到头部的每一块骨头，过了一阵，我终于睡着了。


我吃了点东西。他们送来了新的食物，至于是否新鲜就是另一回事了。盘子里是一块肥腻腻烂糟糟的羊肉，上面的酱汁稀得像水一样，旁边还配了一个煮过的西红柿和一个生西红柿。我饿得饥不择食，但还是有些担心自己的胃。角落里他们留给我的那个桶已经发臭了。

时间一点点溜走，我感觉又热又脏，浑身臭汗。我使劲拍了拍门，拍到第五下的时候，门上的一扇小窗打开了，狱卒蹲下来从窗口露出两只眼睛。他动了动脑袋，嘴里说道："嗯？"

"我得在这儿待多久？如果没有证据指控我，就不能一直把我关在这里。现在肯定已经超过二十四小时了。你们必须放我走。"

小窗关上了。

过了一阵，天渐渐黑了，我又再次拍打牢门。这一次，我不断地拍着，直到掌根都变得红肿也没有人再出现。

我没有理由抱怨，第二天加夫拉斯来接我的时候平静地对我说道。三十六个小时，这算不上什么。他们完全有权这样做。我应该保存体力才是。

他的举止似乎有了一些变化，之前眼中那种昏昏欲睡的样子已经变成了一种兴奋、一种饥渴。

他紧紧抓着我的胳膊肘，把我送到了之前向我出示逮捕令的那个房间。这次桌子后面还多了一个人，是一个穿着黑西装和淡条纹衬衣，系着深蓝色宽领带的大个子。他头发灰白，眉毛却是黑色：又是一匹饿狼。他就是加夫拉斯一直在等的那位上级警官。从加夫拉斯进门时那个谄媚的点头就能看出来。他坐在那里，下巴后缩压得低低的，半眯着眼睛，自然散发着一种威严和傲慢。他身材魁梧，但外套的肩部有点过宽，他不停地摆弄着手指上那略微偏大的婚戒。我在想他是否最近刚减了肥。

加夫拉斯首先向我介绍了他的头衔而不是名字。他微微点了点头说道："这位是检察官，他负责搜集证据。"

"我明白。"

加夫拉斯又一次问我是否需要律师。我告诉他我不需要，我说我觉得这整件事实属无稽之谈，我根本没有做错任何事。他挨着他的同事坐下来，把皮挎包放在了面前的桌上。角落那个女人已经打开了旁边桌上的一台小型录音设备，然后拿起了她的速记本和笔。

我问他们为什么还不放我走。

很长一阵子谁也没说话。

"你是个诚实的人吗，莫里斯先生？"加夫拉斯直直地看着我问道。

"希望是。"

"你会说实话吗？"

"我现在说的就是实话。"

"你坚称自己搭乘了一辆不再在星期五营运的公共汽车，去了目前已暂时关闭进行维修的奥卡塔的希腊青铜时代文明遗址，这些是实话吗？"

我努力让自己的视线保持坚定。"好吧，我并没有坐公共汽车去遗址，但我有合理的解释。你知道，这是个集体假期。其他人都带着孩子。我就只是想有一天的时间自己独处。"

"你给我的那个地址，是你的居住地吗？"

"呃，现在不是了。不过以前是，直到……听我说，这有什么关联吗？"

我控制不住提高了音量。那位检察官目前为止一言未发，这时候，他开口了，一口无可挑剔的标准英语："莫里斯先生，你是不是脾气很暴躁？"

"不是，"我坚决地说，"我没有脾气暴躁。"

我靠着椅背，扫了一眼正在做记录的女人。她原本正看着我，这时候又低下头去接着在纸上记个不停。

"那如果在事情不顺你的意，或是你感到疲惫的时候呢？当你喝了点酒之后呢？"说着，他做了个举着酒瓶豪饮的动作，脸上仍旧保持着微笑。

"我不会。"我又说道。

"那你的欲望呢，莫里斯先生，你觉得你的欲望算正常吗？"

"我的欲望？正常？好吧，没错，我的欲望当然正常。我的'欲望'，你们口中所谓的'欲望'，很正常。"

检察官又说："你是不是在8月5日凌晨一点二十分在19号俱乐部外看见了劳拉·克拉切特，并从背后袭击了她？"

"没有。"

"你是不是戴上安全套强奸了她，莫里斯先生？"

"不，我没有，我绝对没有。我当时不在那儿，而且我也绝对不会……我没有。"

周围的一切都如此清晰，那女人的笔尖在速记本上摩擦着沙沙作响，一束阳光照进来在地板上投下一块方形的光斑，那束假花上铺着厚厚的灰尘，一只苍蝇使劲用头撞击着玻璃。

加夫拉斯说："你是否需要重新考虑一下请律师的事，莫里斯先生？"

"我不需要律师，"我怒气冲冲地回答，"我当时不在现场，对于你们的指控我是完全清白的。还有，我不会再接受你们的问询，我要求你们立刻释放我。"

那女人把速记本翻了一页，抬起手中的笔。检察官调整了一下裤子的腰带。

加夫拉斯双手抱拳，仿佛在教堂祈祷一般。他深吸了一口气，说道：

"好吧，莫里斯先生，那我们来说说另一件事。"

"什么另一件事？"

他面无表情地看着我。"昨天在你试图离开圣斯特凡诺斯期间，赫尔利太太跟我提起你十年前也来过村子里。我之前一直以为这星期是你第一次来到这座岛上，可现在看来在她女儿失踪当晚你就已经来过这儿了。"

我的心脏开始狂跳。"伊冯娜跟你说的？伊冯娜跟你说我当时在村子里？"

"她不会放过任何一点线索，这也不难理解。"

"你们有想过她可能是在故意制造麻烦吗？我那一晚在圣斯特凡诺斯的事并不是什么秘密。可我在当时那些事情发生之前就早已离开了，是安德鲁把我送上出租车的。"

如我所说，我记得很清楚，艾丽斯曾对我说：安德鲁"给你叫了辆出租车，然后把你塞了进去"。当时的情形我还多少记得些：关上的车门，车窗边安德鲁狭长的侧脸，车出发时车顶的拍打声，还有那天旋地转、恶心想吐的感觉。

"有两个目击证人指证你当晚后来又出现在圣斯特凡诺斯，其中一名是居住在埃皮塔拉的一个英国女人，她记得在19号俱乐部见到过你。"

"什么英国女人？尼基·斯滕豪斯吗？我是在这个星期三才遇见她的，她没说之前见过我啊。"

"另一位证人，村里的一位老年居民，记得看见你上山朝着现在的德尔菲诺斯度假村的入口位置去了，那儿当时还是巴尔巴蒂海滨公寓。"

"什么？这说不通啊。"

"跟你一起还有个年轻女孩。"

"这简直荒唐。"

"你没跟一个年轻女孩一起？"

我绞尽脑汁回想着。"我的确在俱乐部遇到一个女孩，但时间更早些，大概是下午的时候。但她是荷兰人。我去了她的房间，那时候连天都还没黑呢。你也别问我她叫什么名字了，就算我当时知道，现在也早忘了。"

"这个女孩，你所说的这个荷兰女孩，她多大了？"

"不知道。十八岁？或是十九岁？"

"不是十四岁？"

我颈后一根血管一阵抽痛。"这太荒谬了。你们当真在为贾思敏的死审我？"我挨个看了看眼前这两个男人，想找出点破绽，在他们凝重的表情中找出个突破口，好告诉自己这一切都是玩笑。"这太疯狂了。"

加夫拉斯看着笔记，没有抬眼。"你为什么要买氢氧化钠？"

我想了半天，才听懂了他的问题。

"为了腌渍橄榄啊。"我说道。

"什么橄榄？"

"艾丽斯想腌些橄榄。"

警察摇摇头。"她为什么要腌橄榄？她那里没有橄榄。她又不种橄榄。"

"可是她的确有一些啊。她想买腌渍好的橄榄，但是买错了，买成了生的。"

"这是什么时候的事？"

"星期四？还是星期五？我记不清了。"

"这么说来是这个星期的事。她这星期有客人在家，伊冯娜和卡尔也刚到，最近正值贾思敏·赫尔利失踪的十周年。谁都会觉得她脑子里应该装满了其他事情，可她居然会在这个时候想腌渍橄榄？"

"是她要买碱液，在她的购物单上写着呢。"我耸了耸肩。"我只是照做而已。"

面前的两人用希腊语交流了一阵。加夫拉斯从他的皮包里拿出了一张包着塑料护套的纸。

"是这张购物单吗？"

纸上复印着一张歪斜的纸片，边缘有些模糊，上面是艾丽斯的字迹。"鸡腿、羊排、干制意面、羊乳酪……"

我想起了她写下这些时，那一脸专注，斜咬着下唇的样子。

加夫拉斯说："这上面没有氢氧化钠。"

脑海中蒂娜的声音清晰而响亮地朝我喊着，之后她的身影渐渐消失在后视镜里。"蒂娜当时追在车后面告诉我的。艾丽斯忘了写下来了。去问她，问蒂娜，她们中任何一个都会告诉你的。"

"莫里斯先生，那瓶碱液是在你卧室里找到的，而不是在厨房里跟其他杂货在一起。"

"我不记得放到哪儿了。"

"在房子那儿还找到另一个空的碱液瓶，上面有你的指纹。"

一段记忆冲破混沌、疲乏和恐慌回到了我的脑海里。我点点头："在棚子里，是的。"

"瓶子上面有你的指纹。"

"我拿起来过，用它来顶住棚子的门。"

加夫拉斯做了个鬼脸，摇摇头，仿佛这是个荒唐的借口。

"我说的是实话。"

检察官往前探出身子，脸最大限度地凑到我面前。"杀害贾思敏·赫尔利的凶手，前几天曾试图向井里倾倒氢氧化钠，也就是我们所说的碱液，来进一步销毁证据。"

"不是我，"我说，"我的老天，不是我。"我绞尽脑汁想着，"是亚坦，艾丽斯的管理员。你跟他谈过吗？他时常出入那个棚子。他十年前也在村子里。而且他那个人让人毛骨悚然的。"我凑上前说，"他在跟黛西交往，就是安德鲁的女儿。"

加夫拉斯摆摆手，表示对这种闲话没兴趣。"我们接着说。我们在挖掘出贾思敏·赫尔利的尸体的同时，还发现了一些其他物品。"他从皮包里拿出一个大袋子并把它戳开，取出一个个用塑料保护套单独封装起来的物品，分开摆放在我面前。"这东西你有印象吗，莫里斯先生？"

他所指的那个袋子里装着一个锈迹斑斑的大扳手。

"是的，"我盯着那东西说道，"我之前见过这个。"

"十年前对吧，莫里斯先生？"

"不是，就是前些天。"

"前些天？我看不对吧。这是在井里发现的，莫里斯先生，跟贾思敏的尸体在一起。"

"那应该就不是同一把了。我最近见过一把扳手，但是是在棚子里，在那辆丰田车的引擎盖里面。"

"如果我告诉你，贾思敏·赫尔利的头骨上有一个被类似这样的工具击打所产生的裂痕，你会怎么说呢？"

"我会说我不知道你在说什么。"

"那要是我说这把扳手上全是你的指纹，你又会怎么说呢？"

"这解释不通啊。一定是有人把棚子里那把扳手扔进了井里，但我不知道这是为了什么。"我的双手已经忍不住开始哆嗦。

他重重地叹了口气。"更让人不安的是，莫里斯先生，这上面还有你的 DNA。"

他从地上拿起另一个证据袋。袋里的东西看不太清楚是什么，有些熟悉但又似乎很陌生：是一团织物，像块旧抹布，有的地方发黑，还有的地方有些褪色，似乎还有点淡淡的花朵图案。我之前见过这个，就在最近，可当它被如此郑重其事地拿到我面前，我意识到很久以前我就看到过它，是在一个完全不同的情形下，在另一个国度。

"这是什么？"我说道。

加夫拉斯大笑一声，但笑声中却没有一丝真正的笑意。

"唉，莫里斯先生，你就别再演戏了。"

那位检察官严肃地说："这是贾思敏·赫尔利的头巾，上面全是你的 DNA，也是在她尸体旁找到的。"

我凑近些看了看。这头巾在路灯柱子上的海报和艾丽斯家厨房桌上那些传单上都有，就是贾思敏一直系在头上的那条头巾。我想起了皮卡车上的座位，点火器里无法转动的钥匙，还有那块我用来增加摩擦力的破布。

"这也是在那皮卡车上的，"我说道，"我在上面擦过手，还用它来拧动了车钥匙。去问艾丽斯吧，是她让我去修那皮卡车的，也是她让我去买的碱液。我不知道那把扳手和头巾是怎么跑到井里去的，但真的跟我一点关系都没有。"

两个男人对视了一眼，交换了一个眼神。"我累了，"我说，"这太疯狂了。我想回牢房去。我要找个律师。我要见艾丽斯。"我把头搁在桌上说道。

"唉，莫里斯先生，"加夫拉斯的声音像蜜一样甜，"你这不是配合得挺好的吗？"

我抬起头："说吧，你们都怀疑我干了什么，直接告诉我吧。"

检察官站了起来，把衬衣往裤子里塞了塞，朝角落那个女人点了点头。她又翻了一页，本子的装订处嘎吱嘎吱响着，装订线也绷得紧紧的。当确认她准备好以后，检察官才又坐了下来。他说道："2004 年 8 月 10 日晚上，在乘船从艾尔康达回来后，你跟你的同伴分开了。安德鲁·霍普金斯先生给了你些钱让你乘出租车离开村子，可你没有离开，而是拿着钱去 19 号俱乐部喝酒了。是这样吗？"

他的话听得我一阵茫然。"我……我不知道。"

"你醉醺醺地离开了俱乐部，在从巴尔巴蒂海滨公寓出来的路上遇到贾思敏·赫尔利，这时你没有克制住自己。"

"不是这样的。"

"你强奸了她，对吧？"

"贾思敏·赫尔利被强奸了？你们有证据吗？她还是个孩子呢。"

他没有理会我的问题。"为了灭口，你杀害了她。"

"你所说的全都是无中生有。"

"然后你拖着她的尸体穿过了橄榄树林，直到你找到了一个合适的抛尸地点，也就是喀耳刻之所界内树林里的那口井。然后你把贾思敏·赫尔利的尸体和你用来杀害她的那把扳手一起藏进了井里。"

"你在说谎，我没有。"

"贾思敏的头巾上和凶器上都有你的 DNA，这两样都是跟她的尸体一同被发现的。这你怎么解释？"

"我没法解释，但绝对不是你说的那样。不是我干的。"

"你要我怎么相信呢？还有就是那件衣服。"

"什么衣服？"

加夫拉斯再次从他的包里取出一张纸，翻过来放在了我面前。

照片上是一件又脏又破的衣服：一件紫色的 T 恤，上面黑色的字体印着"让宙斯令你疯狂"。

我感觉到有什么丑陋的东西慢慢爬上我的血管，用它尖利的爪子紧紧攥住了我的心脏。

加夫拉斯说道："这衣服可真够特别的，对吧？"

我吞了吞口水，嘴里发干。"我有一件这样的衣服，"我说，"但不是这一件。我那件我最近还穿过。"

他脸上的表情已经近乎怜悯。"DNA 啊，莫里斯先生。"他伸出一只手耸了耸肩，好像他也宁愿事情不是现在这个局面似的。

"我不知道这衣服是怎么跑到井里去的，这是个错误，是个笑话。如果这是我的，那它不可能在井里放了十年。我几个星期前在伦敦还穿过的。如果你们放我走，我回去后会把衣服寄给你们的。我记不太清楚放在哪儿了，但是……"就在这时，我脑子里如同绽放了一束礼花似的，突然燃起了一阵希望。"你们只需要问问艾丽斯就行，她见过的，我给她看过。就在几个星期前……三四个星期的样子……就在我们来这儿之前。"

"问艾丽斯？"

"就是麦肯锡太太，问问她。现在就给她打电话，她可以解释一切，求你们了。"

结束审讯回到牢房后，我不停拍打着房门大喊着要找她："找艾丽斯，找艾丽斯来。"在沉静阴暗的夜色中，我站在长凳上，仰面朝着高处那扇狭小的铁窗，用尽气力大喊一声："艾丽斯！"她能收到我的请求吗，我的话语能否翻越山顶，溜进她卧室的门缝，钻入她的耳朵呢？

门打开时，我止睡着，虽然只是片刻工夫，我的喉咙嘶哑，脖子也歪着。当人的身体处在极端的疲惫下，无论在什么地方都是可以休息的，这一点我现在终于明白了。

她就站在门口。

"艾丽斯！"我挣扎着站起来。"你来了，谢天谢地，你终于来了！"

我摇摇晃晃地站了起来。加夫拉斯站在她旁边，这不好的预感是什么呢？他只略微侧身让开一道小缝让她贴着门框钻进来，当两人都进入房间的一瞬间他立刻关上了门，然后背靠在门上，眼帘低垂，没有丝毫让步的意思。她的衣着竟十分整洁光鲜，一身旅行装束：黑色七分裤，白色衬衣，一件柔软的棉质针织衫系在肩上，脚上踩着一双深蓝色平底鞋。我是不是已经忘了时间？今天已经是星期日了吗？她是要去机场吗？如果种种迹象还不足以证实我的猜想，当我看到她的表情，她眼中的漠然，终于让我觉得，我的心跳似乎要就此停止了。

"保罗，"她手里拿着我的粗花呢外套递给我，说道，"我想你要去的地方会用得上这个。"

"艾丽斯。"说着，我往前挪了一步。她见我没有接过外套，就把它放在了地上。加夫拉斯打了个手势示意我坐下，可我没有，我仍然站在那儿。停了一会儿，我说道："你会帮我的，对吗？"我朝她伸出一只手，可她丝毫没有靠近的意思。我那悬在半空的手只得无奈地垂了下来。

"你要我怎么帮你，保罗？"

是不是因为加夫拉斯跟她说了什么才让她跟我反目？我一定要让她明白。"艾丽斯，"我压低嗓子加快语速，不想让他听清我在说什么，"他们编造了一大堆事情来诬陷我，他们说的都不是真的。"我望向加夫拉斯，他耸了耸肩。"艾丽斯，求你了，我只需要你跟他们解释我跟贾思敏的死没有半点关系。还有那起强奸案。事态已经很严重了，我需要你告诉他们真相。"

她站在原地一动不动，但姿势似乎放松了些，是我的幻觉吗？"我应该告诉他们什么呢，保罗？"

"首先是贾思敏的事，告诉他们关于那辆皮卡车、那件 T 恤，还有碱液的事。"

"什么假的？那么多的假话，你指哪一个呢？"

"我是指碱液！告诉他们是你要买碱液来腌渍橄榄的啊。"

她紧锁着眉头："什么是碱液？"

"就是氢氧化钠。"加夫拉斯微微欠身说道。

艾丽斯一脸困惑地轻轻摇了摇头。

"还有是你让我去修那辆皮卡车的，"我接着说道，"所以我才会进入那间棚子，才会碰到那把扳手和那条头巾。我不知道那两件东西是怎么跑到井里去的，一定是有人放进去来陷害我的。"

艾丽斯眼神空洞，双手紧紧攥在一起放在腹部："如果我想修好那辆车，为什么要让你去呢？"

"因为你知道我曾经做过汽车维修工啊。"

"你做过吗？"

她冷冷地盯着我，空气仿佛都冻结了。

"我跟你说过的啊，记得吗？"

"一个专业的维修工？"她说。

一阵不安的阴云向我笼罩而来，我不禁打了个寒战。

"还有那件 T 恤，"我缓缓说道，"就是从宙斯俱乐部带回去的，你特别讨厌的那件。你能不能告诉加夫拉斯警督我几个星期前在伦敦还穿过？你看见我穿着的。"

她的舌头飞快地扫过下唇，手指仍旧紧抓着，手掌相对而握。

"什么 T 恤啊，保罗？"

"就是从艾尔康达那家夜总会拿回去的那件，上面写着'让宙斯令你疯狂'。"

她缓缓呼出一口气，胸口微微下伏。"就是贾思敏失踪那晚你穿的那件？"

"对，对，就是那件。请你告诉他在伦敦的时候你看见我穿过一件的，告诉他啊。"

她回头瞥了一眼身后。加夫拉斯挪了下身子换了换脚，抬起了下巴。

"就是那天晚上啊，在你克拉彭的家里的卧室，我穿在针织衫里面的，还给你看过的。你记得的吧，当时我开了个玩笑，说'让我令你疯狂吧'。"我压低了声音，说道，"你不记得了吗？你还说你很讨厌那件衣服，你把它从我身上脱下来，我们还做爱了。"

她摇了摇头。

"艾丽斯，就是那件T恤啊。"我脸上的每一寸肌肉似乎都绷得紧紧的，齿根阵阵发凉。这是我最后的机会了，也是她最后的机会。"你为什么不告诉他？"

看着她拉下嘴角，摇摇头，我的心上如同被撕裂了一道口子。

只有艾丽斯有机会拿走我的T恤；也只有她有可能把它扔进井里。

我想起了当时在泳池边，在我们还不知道加夫拉斯发现了什么的时候，她脸上的表情。她当时如此迅速地站了起来，脸上的表情与其说是震惊，更像是恐惧。那是因为她早已知道贾思敏在井里。连日以来，她听着那些挖掘机打洞机不停地运作，早就知道会有这么一刻到来。当她看见加夫拉斯站在树荫下时，就已经知道他发现了什么。她已经等了很久了。

"唉，艾丽斯，"我猛地一屁股坐在长凳上，"你很清楚是谁杀了她。"

她转过身朝着门口走去，一只脚上的平底鞋鞋跟滑落下来，于是她弯下身子重新把鞋子穿好。鞋子后跟的皮革软塌塌地折了下去，她的手指摸索了好一阵。"我不明白你在说什么。"

"你是在包庇某个人，对吧？唉，艾丽斯，就像你包庇路易斯一样，对吧？"

她摇晃了一下，看了看加夫拉斯，又看看我。时间不多了，我说道：

"是伊冯娜做的吗？还是安德鲁？你怎么能让警方认为我是凶手呢？你这是在干什么？你知道我跟贾思敏的死没有任何关系啊。"

她迟疑了一下。加夫拉斯打开门，半个身子站在门外，示意让她跟上。

她的肩膀颤抖着，我以为她在哭，可这只是我的错觉。"我能单独跟莫里斯先生待会儿吗？"她对加夫拉斯说道。

她跟加夫拉斯商量了一会儿，我听到他们低声耳语着，然后门关上了。她穿过房间走到长凳边坐了下来，嘴巴凑到我耳边。

"贾思敏的死根本就是你造成的。"她说道。

她挪了挪身子凑得更近些，胸口靠在我身上，我们的脸颊碰到了一起。"就在贾思敏死的那天晚上，在乔治餐馆。"

"我不明白。"

"你当时恶言中伤弗洛莉。"她抬着脚尖往后仰着，此时的她说话非常平静。"像你这样的人，总是出口伤人，品行如此差劲，会像蝴蝶效应一样造成一系列不良影响，最终酿成恶果。我当时原本已经感觉好多了，安德鲁和我正跟那对法国夫妇聊天。有那么片刻，我让自己忘记了伤痛。可紧接着，你，你出现了。我实在无法忍受，没法再多待一刻。安德鲁求我不要离开，或是让他开车送我，可我当时一秒钟都不想多待，就想赶紧走出去，就想逃离人群……远离任何人。我……我本不该开车的。我喝醉了，还在哭，我连看都看不清楚，我当时的状况根本不适合开车。"她紧紧地咬着牙。"可正因为你，我没有顾及这些。所以这都是你的错，贾思敏的死绝对跟你有关。"

一阵漫长的沉默。

"感觉到了吗？"她说，"你现在感觉到了吗？"

"是你杀了她，"我说，"是你杀了贾思敏。"

她凝视着我，仿佛在思考是否要回应。"那是个意外。"她的语气轻松得如同在聊天一样。

"这么多年以来，整整十年，你都一直围绕在伊冯娜身边。你明知道她女儿已经死了，还那样让她饱受煎熬。我本以为你相信真相与坦诚。我还以为你是个好人。"

她没有回答我。她直起后背，站了起来，抻了抻腿。

"警卫。"

我站起来面对着她："现在你又来陷害我，是我啊。我们的关系对你来说没有任何意义吗？"

她直直地盯着我的眼睛。虽然她已经不是在耳语，可声音仍然低沉，语气中有种我从未听到过的冷酷。"当然没有任何意义了。你以为我对你有过任何感觉吗？我一直忍受着你对自己外貌荒唐的自信，还有你的自命不凡和你寄生虫一样的生活方式。你那些做作的法语短句和你编造的一个个故事。我怎么会对你这样一个废物有兴趣？虽然我做这些本是为了弗洛莉，但我也打心眼里恨透了你。你是个讨厌的、自私的、骄傲自满的家伙。我对你所做的一切都是你罪有应得。"

我已经气得喘不过气，连话都说不出来了。"可我是爱你的。"

"你怎么可能爱我。"她的嘴凑得离我那么近，恍惚间我甚至以为她是要吻我。"你会这么觉得是因为你根本不知道我是谁。你从未用心去了解过我。"

我看着她的脸，看着她消瘦的脸颊、淡绿色的眼睛，还有她嘴角那道伤疤。我想起来发现贾思敏尸体那天她的那次高潮，那对她是一次性释放，也是一次真正的解脱。我想起自己心里对她的那份柔情，想起我抚摩着她湿润的头发，想起我是如何向往着不单单能和她在一起，更要和她身心融为一体，想到这种种，我的胃里一阵恶心。

她把肩上的针织衫重新系好，理好了衬衫的衣领，转身走向门口想敲门出去。

我说道："这件事不会就此结束的。等我向他们说明你的所作所为……"

这一次她都懒得压低声音："你觉得大家会相信谁呢，保罗？你觉得人们一直以来相信的是谁，是你？还是我呢？"

这时，门开了，她就这样扬长而去。

后来

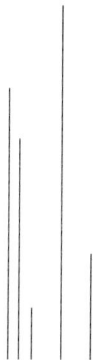

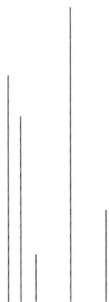

# 第十章
*Chapter Ten*

## 谁　在　说　谎

我脑子里全是艾丽斯。她那歪斜着嘴的微笑，还
有拨弄头发的小习惯。我想着她为我烹制晚餐，
想着她跟同事互通电话，想着她和我同床共枕。

　　当晚，他们把我转移到了希腊本土。一路上闷热难耐，警车安装着染色玻璃，里面密不透风，道路蜿蜒曲折害得我直想吐。我想起了当时坐大巴来的时候，那一路的迂回曲折，不断地急停急刹，车身一个劲地摇晃。这一次，我没有睡觉。我的思绪和肚子里都如同翻江倒海。在去往佩特雷的长达六小时的轮渡上，我吐了好几次，第一次是在厕所里，过了一阵我实在是晕船晕得动弹不了，又跟看守铐在一起，只得吐在了我坐的地方，身上、外套上、手上，到处都是呕吐物。

　　加夫拉斯留在了帕罗斯。出发前他告诉我他们将对我进行审前羁押，时间从六个月到一年不等。我已经因强奸劳拉·克拉切特和谋杀贾思敏·赫尔利两项罪名被正式起诉了，在最后关头，又加上了第三项罪名，他们指控我对另一个女性实施攻击，是一个叫作格里塔·穆勒的女人，就是埃皮塔拉那个嬉皮士。由于已被证实对社会存在威胁，且有潜逃的可能，我被拒绝保释。那位检察官已经在做准备搜集证据了。目前他们还没有给我配备翻译，不过这个问题等到了雅典就能得到解决。加夫拉斯把雅典描绘得如同一片乐土。到了那儿我会跟其他罪犯共用一间大点的牢房。英国领事会来探视我，他们会指派一位会说英语的律师给我。加夫拉斯摇着头，厚厚的嘴唇上挂着一抹淡淡的微笑。"他会听取你那些针对麦肯锡太太的荒唐的指控，并给出相应的建议。"

我获准可以打一个电话。迈克尔在花园里接起了手机。我能听见他那边有水管吧嗒吧嗒的声音，远处有割草机的轰隆声，还有孩子的哭闹声。我尽快把事情都跟他说了一遍，他静静听着，没有插话也没有做任何评论，只是问清了我被带往哪里，并向我保证他明天就飞来雅典。挂断电话，我哭了。听到他的声音，让我意识到我离贝肯纳姆有多么遥远。他那边是个再寻常不过的英国的夏日午后，我想，在那时候，我就已经知道，这样寻常的光景，我会有很长很长的一段时间都看不到了。

轮渡在黎明时分驶入了佩特雷港。清晨的一丝凉意从车门的缝隙钻了进来。他们给了我一瓶喝起来味道像热塑料的水和一小包干巴巴的饼干，但没给我干净的衣服。车子行驶了大约半小时，然后停了下来。车子后门打开，又有两个人被扔了进来，一个一头金发穿着 V 领 T 恤，浑身健硕的肌肉，另一个皮肤黝黑，精瘦结实。他们坐在车里，带着明显的敌意盯着我，也许是因为我一身呕吐物的臭味。这是我第一次跟其他罪犯打交道，第一次感受到这种无休止的怀疑、威胁和初期暴力。现在的我已经习惯了，我已经学到了一些小伎俩，学会了保持距离。但在那个时候，我仍然很天真。那个精瘦的罪犯身上带着烟，我能看到香烟包装在他的T恤口袋里鼓鼓的。我迫切地想要抽支烟,甚至打着手势比画着,不惜拿我的帆布鞋跟他换。

他脱掉脚上的人字拖,把鞋子叠起来塞进了他的裤子后袋,然后穿上了我的帆布鞋,但尺码实在太大太多了。他没有把整包烟给我,只递给我一支,当我试图反抗时,他抻长脖子把脸抵到我面前,做了个攻击性的动作。我光着脚缩回了自己的位子,那之后他们再也没有搭理过我。我根本不在乎。我已经麻木了,没有任何的感觉,也没有丝毫的自我意识。我唯一还能做的,就是搞清楚在十年前和过去的六个月间所发生的事情,我只能通过厘清一件件过往的事,来寻找合理的原因和解释。

我脑子里全是艾丽斯。她那歪斜着嘴的微笑,还有拨弄头发的小习惯。我想着她为我烹制晚餐,想着她跟同事互通电话,想着她和我同床共枕。就是这个艾丽斯,她杀死了贾思敏。这个艾丽斯,这个让我坠入爱河的艾丽斯,她究竟是谁?这么长时间以来,她一直都知道贾思敏的尸体在那里,却不断编织着各种谎言,来掩盖着、谋划着。这实在难以想象,然而当她在警察局的牢房里和我面对面时,却几乎是在愤怒地唾骂。我完全不了解她,根本不知道她究竟是个什么样的人。我只是把自己所偏好的女性特质投射到了她身上而已,这的确被她言中了。现在一切都说得通了。她当时喝得醉醺醺,心情也很糟,于是开着那辆皮卡车不慎撞死了贾思敏。接着,在惊恐之下,她把尸体藏在了紧挨着自家房产的那口井下(是在安德鲁的帮助下,还是就她自己呢?)。后来,她很聪明地加入搜索的队伍中,密切跟踪着调查的进展,并紧随在伊冯娜身边。是不是一开始她只打算熬过那一晚，结果后来变成了一个星期、一个月？会不会是事情像滚雪球一样越来越复杂了？会不会是她对此着了迷，竟然坚持了整整十年之久？她发起的那些运动，那些慈善舞会、慈善义卖，那些筹款活动，都是为了什么呢？蒂娜之前是如何形容艾丽斯的呢？"她在任何时候都必须要掌控一切……没有她掌舵，一切都会偏离方向。"她一定是用这种方式操纵了整个案件调查，干扰了警方视线，并将伊冯娜保持在她的奴役之下。但也正是因为她的做法，这个案子才没有成为一宗悬案，除非她内心深处是希望贾思敏的尸体被找到的，否则她为什么要这么做呢？内心的宽慰，她曾经无数次提到这个词，可她所指的，究竟是那位可怜的伤心的母亲，还是她自己呢？

在安德鲁的晚宴上遇到我，会是一个巧合吗？她已经因为弗洛莉恨透了我，又以她那扭曲的逻辑将贾思敏的死归咎于我，她是不是在那时候发现了可以利用我，并诬陷我谋杀的机会？如果真是如此，那她实在太聪明了。那片地在开发的过程中一定会暴露出那具尸体，所以她需要一个嫌疑人。回想起那天晚上，她来到花园里找到我，是多么地让我受宠若惊。她向我讨了一支烟，吸了她人生的第一口也是最后一口烟。不过，这一招对我起了作用，她成功地吸引了我的注意。

这么久以来，我还以为是我在玩弄她，结果真正被玩弄的人是我。她一直用进一步发展我们之间的关系的承诺作为诱饵，但从未兑现。她邀请我去喀耳刻之所度假，接着又收了回去。这一切都是暗示，是在拖延，在玩欲擒故纵。我就这样被她玩弄于股掌之间。正是这种求而不得的挫败感激发了我的征服欲。正因为她没有邀请我去帕罗斯，才让我下定决心非去不可。接着，等我到了那儿，她让我挤在面包车的后备厢里，让我感觉自己像是个可有可无的角色，可其实我才是贯穿始终的关键人物。所有的这些表演，这重重迷雾，还有那些精心炮制的目击场景，我本以为在这场闹剧里，我只是个看客，可我竟然才是她导演的这出大戏中真正的男主角。

我如此精准地扮演了她为我编写的角色。我的每一个弱点都被她充分地利用了。我的傲慢，我的贪婪，我总是渴望能证明自己的阳刚之气，总是忍不住吹嘘卖弄。我用那件 T 恤这种低劣的伎俩向她传达诱惑，当时她一定兴奋极了，这可是她需要的那一项最具决定性的证据。她还成功引诱我上了那辆皮卡车，还碰了她放在那儿的扳手和头巾，我一心想着要取悦她，还自以为了不起地觉得我能修好它，竟然就这样轻易地落入了她的陷阱。我低估了自己的无能，胡乱折腾了一番，把自己的 DNA 拱手呈送到了她需要的地方，包括那把扳手和贾思敏的棉质头巾，而她需要做的，只是把它们放进井里。

我每走一步，都正中她的下怀，包括我的懒惰，还有我道德上的怯懦。如果我当初没有为我所乘的航班撒谎，没有偷那几个安全套，该有多好。我不该从喀耳刻之所逃走，可我还是那样做了。逃走，原本就是我的一贯做法。她一直观察着我，从一开始就为我设好了陷阱，每走一步都充分利用了我的弱点。现在猎人已经成功收网，而我，几乎是自投罗网。

警车摇摇晃晃停了下来。后车门被掀开来，只见一个男人站在狭窄的车门缝前，屁股上别着一把枪。他的身后，是一栋平淡无奇的建筑，外墙上是发黄的水印，还有一排又一排狭小的铁窗。

"欢迎来到克里达洛斯，这里是你们的新家。"

我下了车，把我的粗花呢外套留在了车座上。

为了以防万一庭审结果对我不利，我趁着开庭审理之前，利用晚上的时间在牢房里写下这些。写作对我来说算是一种治疗方式，它能帮助我理清思绪。我来这里已经十五个月了。有时候当你回首重新审视过往发生的事，你会可怜你自己，可怜自己曾经的幼稚和愚蠢。然而，我并不会如此。我已经不是当初那个男人了。

我终于找到一个属于我自己的地方了，这还真是讽刺。

既然无处可躲，我只好让自己慢慢习惯了失态。一间牢房里住着六个人，有时候会更多，尤其是在紧缩暴动①之后。有一阵子，一个从马其顿来的可恶的毒贩把我挤到了地上，不过他现在已经走了，我又有了自己的床垫。身体上的各种不适，包括疼痛，肮脏的指甲和毛孔（这里没有热水），冬天里刺骨的寒冷，还有虱子、牛皮癣，以及手铐和殴打留下的伤痕，这些你都会慢慢习惯。最难挨的是精神上的压力，是对暴力的畏惧，对无聊的害怕，还有那深深的悔恨。

我的庭审有可能会排在任何一天。指派给我的律师是安德里亚·卡

---

① 2015 年，希腊因实施经济紧缩政策引发民众不满，爆发了大规模反紧缩游行示威活动，民众与警方发生激烈冲突，许多人在暴乱中被逮捕入狱。——译者注

莱拉，她满怀希望我们几星期后就能上庭，虽然我们之前就到过这个阶段，但总会因为某些事情而被推迟，比如什么文件丢失了，或是证人又不知怎么不舒服了之类的。有时候，我都不知道她到底值不值那个钱。又或者是她是不是还同时收着其他人的钱。撇开种种疑惑不谈，我还是对她十分感激的。她姿色平平，眉毛浓密，爱穿古板的黑西装，喜欢不停地拨开脸上的头发。她跟我完全不是一类人，她那么好，我根本就配不上她。她一贯素面朝天，上星期当她从桌子对面伸出手来跟我握手时，我还发现她有咬指甲的习惯。但她善良又聪明，跟我相处很谨慎，她的眼睛是漂亮的栗褐色。要不是因为被铐在了椅子上，我会想把头枕在她的腿上。天哪，光是想到那情形都让我想哭了。

我的精神还没有被击垮（这种句子就应该用在这样的回忆录里）。我对自由还抱有希望。我的案子中有两个都取得了有利进展，首先就是针对那个名叫格里塔·穆勒的女人的人身攻击案，卡莱拉很有信心那个案子绝不会被法院受理。很讽刺的是，虽然我们很确信是艾丽斯劝那个女人起诉我的，但这项罪名倒真算得上是确有其事。我推动那辆拖车的门撞上了她的脸，虽然我并没想伤害她，但当时为了取悦艾丽斯，我用了很大的力气，现在想来的确有些惭愧。卡莱拉说这些都无关紧要了，经证实穆勒已经确定要回避此案。她现在已经不在希腊了，而是去了阿姆斯特丹参加一个名叫"大麻杯"的音乐节。圣斯特凡诺斯那家超市的老板已经指认出她是个小偷。即便她现在回来指控我，卡莱拉感觉穆勒的可信度也已经因为她"选择的生活方式"而大打折扣了。所以，目前的情况就是，我原本无罪的案子里，因为我个性上的一些劣迹而对我造成了不利，而我确实犯过的错，却因为对方的一些污点反而对我有利了。

从一开始，就是我一力促成了那次会面。我很确定，艾丽斯之所以一直不停地"看见"贾思敏，只是她减轻自己嫌疑的一种策略，当我坚持要去寻找她看见的那个女孩时，她一定很惊恐吧。不过她很快就做出了调整，把我介绍给了尼基·斯滕豪斯，于是又多了一个指证我的证人。关于艾丽斯，有一点你不得不承认，那就是她实在是极具创造力而且足智多谋。她不可能预料到我会袭击穆勒，但从那以后她很好地利用了那次事件，同样，利用那起强奸案来陷害我，一定不在她最初的计划里。她需要做的，仅仅只是在这一个个事件发生之后，破坏掉我的不在场证明，剩下的就都丢给我自己去完成，我的谎言，我的偷窃行为，还有我无意间表现出的性别歧视，最终把自己推向了深渊。至于路易斯究竟是否有罪，我仍无法确定。我在监狱深处一个没有窗户的小房间里第一次跟卡莱拉会面时，向她说明了我看见路易斯烂醉如泥地被带回家，还有我在安德鲁的洗漱包里找到那些安全套的事。卡莱拉一开始很谨慎。我想她也许会想当然地认为我的确就是强奸劳拉·克拉切特的凶手，认为我说的这些只是想为自己脱罪而已，毕竟从我的为人来看这也没什么好惊讶的。她说，毕竟很多人会带着安全套又不用，我在安德鲁的包里找到的安全套说不定已经放在里面好些年了。但在那之后，我们取得了两个小小的突破。迈克尔雇用的私家侦探找到了一位证人，就是19号俱乐部隔壁珠宝店的老板，他记得在那晚凌晨一点十五分曾看见艾丽斯和安德鲁把路易斯抬进车里，这样一来，至少能证明，她声称我当时不在床上睡觉的话是在撒谎。迈克尔自己也做了一些调查。虽然是件小事，但他发现，那几个安全套的品牌虽然在希腊买不到，却在路易斯的学校附近的一家名叫约翰逊药房的小药店里有售。而且在博姿和 Superdrug（超级药房）的大部分门店都广泛出售，但我们对目前的发现都没有声张。

到目前艾丽斯和安德鲁谁也没有回应卡莱拉的要求，来讨论上述这些问题。卡莱拉认为他们这种不寻常的举动已经足以让人觉得可疑，"尤其是他们二人还是我的律师同行"。

安德鲁现在的角色很有趣。我最近一直在想这件事。我们发现亚坦在希腊的居留手续并不完备，所以稍加逼迫，他立刻就对私家侦探坦白说是安德鲁付钱让他"除掉"了那只狗。这不是个误会，而是实实在在的任务委派。跟双手染血相比，这算好还是坏呢？当然是更坏了。我想说的是，什么样的人会派人去刺杀一只动物呢？很显然，安德鲁是在帮助艾丽斯为路易斯遮掩。但他是否还参与了其他的事呢？他们之间那种亲密感，那种肢体语言。我并不认为他们之间有婚外情，而是一种更深更阴暗的关系。他们看着彼此的时候，很害怕对方会泄露什么。我坚信贾思敏的事他一定有份。我相信是他鼓励并帮助艾丽斯隐藏了尸体。我能想象当时车祸的画面，那猛烈的撞击，还有她跑下公路去找安德鲁，而安德鲁正爬上坡来看她是否有受伤的情景。应该是安德鲁劝她不要报警，还跟她提起那口井，并告诉她说她的孩子们需要她，这件事不是她的错。我断定是安德鲁逼迫她把一场惨烈的车祸变成了一次严重的犯罪，也让她从此生活在谎言中。

卡莱拉说她希望能有证据证明他们之间有婚外情，这样我们也算有了筹码。她问我能否给蒂娜写信了解情况，可我有些犹豫。关于亚坦和黛西之间的关系我也一直守口如瓶。蒂娜是唯一一个自始至终真心善待我的人。无论如何，我不想让她难过。

我们目前取得了一些进展。那条我曾经用来擦手的头巾上，虽然有我的 DNA，却没有贾思敏的。控方称是贾思敏的 DNA 被碱液破坏了，但迈克尔发现，这条丝巾来自凯茜·琦丝敦的"经典"系列。我们的观点是原本的那条丝巾并没有找到，这一条只是个替代品。那把扳手上也丝毫没有贾思敏的 DNA。控方声称是被我擦掉了，但卡莱拉找到一位验尸官愿意出庭做证贾思敏头骨的伤也可以解释为是车辆撞击造成的，还有一位法律鉴定专家能出庭论证那辆丰田车面板受损的情况与伤痕相吻合。对于那些目击证人，卡莱拉在努力想办法降低他们的可信度。尼基·斯滕豪斯指证我案发当晚后来到过圣斯特凡诺斯，但她和艾丽斯是朋友关系，所以有失公正，而另一个证人，那位声称看见我跟一个年轻女孩在一起的老年居民，最近新得了一台四十英寸的平板电视。我们的私家侦探相信，要让这位老人的记忆变得模糊，只需要谈拢一个合适的价位即可。与此同时，他还在想办法寻找那一晚跟我上过床的那个荷兰游客，这样我就有了不在场证明。要是我有她的电话号码就好了。要是我知道她的名字就好了。

此案对我的指控，都基于我强奸了贾思敏并畏罪将其杀害这一假设。

然而，她的尸体因为过于支离破碎而无法取证，所以加夫拉斯用于支撑控方观点的只有我的人品。我是控方最主要的证人，所以我真正地成了自己最大的敌人。对我造成了最大伤害的，就是检察官编制那份关于我的道德缺陷的卷宗。

说实话，这让我很震惊，我完全没料到会出现这种情况。这些品德证明刺痛了我。我的一切言行举止都没逃过他们的注意。麦肯锡一家和霍普金斯一家紧密地配合着，他们的核心指控，是当我发现那片地将被开发后，就开始"苦心经营"跟艾丽斯的关系，好寻求机会回到房子来销毁证据，但这显然很荒唐。可现在，当得知我对待弗洛莉的种种恶劣行径之后，就连蒂娜也站到了我的对立面。他们逐一列举出了我的所有谎言，包括我并没有属于自己的公寓，我好几年都没正经工作过，还有我对自己的行踪从来不说实话。他们声称我如此肆无忌惮实在可疑，通过赫兹汽车租赁公司提供的书面证词，他们证明了我在没有保险的情况下驾驶了那辆家用面包车，还说我"横行霸道"，将个人凌驾于法律与规则之上。他们说我很"狡诈"，根本没人记得艾丽斯或是蒂娜曾让我买过碱液。艾丽斯还举了很多例子，证明我很"傲慢"，对于阶级和社会地位有种"偏执的痴迷"。卷宗里有一节写道："他声称曾在公立学校获得学术奖学金，而实际上却是发放给父母在教会工作的贫困学生的助学金。"这算多大回事啊。更伤人的还有："他谎称其最新完成的'小说'的出版权成了拍卖热门，并极大程度夸大了他早先的文学成就。而他口中的'鸿篇巨制'（这不公平，这话是安德鲁说的，而不是我），那本《生命注解》只卖出了一千五百本，而且已经停印了。他很渴望被视为文学界的重要人物。这种种欺骗行为结合他对个人才智自视过高的举动不得不让人警惕，这就是心理学家所说的'妄想症'。"

而安德鲁呢，他列举了一些例子来证明我是个不诚实的人，不仅仅是我在喀耳刻之所偷的那些零钱，还有我从他家里顺手牵羊的那个打火机，以及我后来"在自由市场上卖掉"的那本马丁·艾米斯的初版书（这本书其实是个礼物），蒂娜带给艾丽斯的那份给女主人的礼物，也被我偷偷拿回家送给了我妈妈。他们把各自掌握的信息都汇总到了一起。知道那本艾米斯的书的只有艾丽斯，而只有蒂娜有可能当场抓住偷走那块香皂的我。

更让人难堪的是他们列举的那些关于我"性欲望"的细节。菲比详细地列出了我让她感到"不自在"的一个个具体的时刻。她还提到关于那罐冰镇健怡可乐的事，那次我们俩一同掉入了泳池，据她的说法，我"爱抚"了她的乳房，她还举出了许多其他我监视她的情形，说我用眼睛"剥光"了她，甚至还提到那一次我透过她房间的门缝偷看她的事。安德鲁的手机也被采作物证了。一开始卡莱拉告诉我这件事的时候我还很纳闷，可后来我才想起他手机里那张我在海滩上盯着黛西看的照片。也不知道会不会有其他更多的东西。

另有一个细节尤其让我痛心，作为补充，蒂娜提到了那天我和她单独在房子里时，我明确对她进行了性挑逗。而且在那之后的第二天，我的举止"热情得让人毛骨悚然"。我觉得她那样说很不公平，我当时纯粹只是好心而已。

　　起初，我总在想那些能改变一个人人生的小事。如果那时候天上没有下雨，我没有走进那家书店，如果我没有被柜台后面那个女孩拒绝……可近来，我越来越觉得这一切不只是命运的安排，虽然命运就如同背景一般，也起了一定的作用。但真正让你落入困境的，是那一件件不起眼的小事，那些看似无关痛痒的缺陷。在夜里，我重新感受到了安德鲁的恨意有多么强烈。我们在查令十字街的偶遇其实并不是一次巧合，他知道在哪儿能找到我，他早就计划好了。即便我们没在那个书店相遇，也会在另外的地方撞见。这一切并不是因为他，而是因为我，因为我对弗洛莉的无情。以我的所作所为，自食恶果是迟早的事。可怜的弗洛莉，我毁了她的人生，像她那样的一个好女孩根本就不该遇见我。我总算学会了一件事，那就是一次不经意的恶行，可以造成永远无法磨灭的伤害。

　　就算对于目前被指控的罪名我是无辜的，但对于弗洛莉的死，我仍有无法推卸的责任。


　　艾丽斯说得没错。

　　圣洁的艾丽斯啊。我在离开帕罗斯前还见过她一次，是在走之前的最后那个下午，加夫拉斯抓着我的胳膊肘，我跌跌撞撞地从警察局走出来的时候。我们穿过一个小广场往停在对面的警车走去，我绝望地看了看四周，想要把眼前的一切清楚地印在脑海中，包括那个广场、那些建筑、那一堵墙、那雕在石头上的喷泉，还有喷泉背后连着山谷的那片坡地。

这时候，我看见了她们，是艾丽斯和伊冯娜·赫尔利，她们就站在一座小型石头喷泉旁的阴影下等着我。伊冯娜面如死灰，满脸的痛苦和绝望如同快要撕裂一般。艾丽斯在一旁扶着她，可我捕捉到了她眼里的那一丝惊慌与恐惧。她看上去才更像一个陷入困境的人。

从那以后，我时常在想，我和她之中到底是谁身处真正的地狱。艾丽斯已经跟恶魔签订了契约，这不是个简单的契约，而是相当残酷的交易。这么多年以来，她一直看着伊冯娜一无所知地就这样活着。就如同她自己时常说的，这是一种最残酷的折磨。而现在，他们把这些罪名强加在我身上，让一位母亲相信夺走她孩子的不是一次意外，而是最可怕的谋杀。

如果不是因为这个，我甚至可能放弃抵抗，就这样默认所有的罪名。但事实是，这是我多年以来第一次真正地认真写作。我的所见所闻，还有我遇到的形形色色的人，如果你肯费心去了解，就能从中听到许多精彩的故事。所以，不，我并不会自怨自艾。现在的我已经脱胎换骨。我的整个经历，也许正是我重生的契机。

## 致谢

*Acknowledgements*

感谢本·索恩先生、安德鲁·沃森先生及鲁丝·布拉蒂诺斯女士在调查研究过程中给予的宝贵帮助。感谢我的编辑鲁丝·特罗斯女士以及霍德&斯托顿出版公司的诸位；感谢弗莱彻公司的格兰妮·福克斯女士以及格林尼&希顿的整个团队，尤其谢谢茉蒂丝·穆雷和凯特·里索两位女士。谢谢巴尼、乔和梅布尔，此外还要一如既往地感谢贾尔斯·史密斯。